ハヤカワ・ミステリ

JACK RITCHIE

ジャック・リッチーのびっくりパレード

JACK RITCHIE'S WONDERLAND PART 2

ジャック・リッチー

小鷹信光編・訳

TOKYO HAYAKAWA BOOKS

A HAYAKAWA POCKET MYSTERY BOOK

JACK RITCHIE'S WONDERLAND PART 2
by
JACK RITCHIE

Compiled and translated by
NOBUMITSU KODAKA
First published 2016 in Japan by
HAYAKAWA PUBLISHING, INC.
This book is published in Japan by
arrangement with
THE ESTATE OF JACK RITCHIE
c/o STERNIG & BYRNE LITERARY AGENCY
through TUTTLE-MORI AGENCY, INC., TOKYO.

装幀・目次デザイン・扉デザイン／水戸部 功

目次

目次

Part III　1970年代

Part IV　1980年代

ジャック・リッチーのびっくりパレード

Part
I

1950年代

ジャック・リッチーの短篇小説が初めて活字になったのはニューヨーク名物のタブロイド紙（写真に紙面を大きく割き、読物、ゴシップ、漫画などを掲載した新聞）、《ニューヨーク・デイリー・ミラー》だった。創刊は一九一九年。一九二五年に部数は百万部を突破。ピーク時の一九四七年には二百四十万部（日曜版は四百七十万部）に達したこの大新聞にリッチーの短篇は合計二十九篇掲載された。

生涯の友でもあった版権代理人、ラリー・スターニグが次にリッチーの作品を売り込んだ先は、意外なことに創刊二年目の新しいミステリ専門誌《マンハント》だった。ハードボイルド系のこの雑誌には五〇年代に十八篇が掲載されている（既訳十四篇）。一方、一年遅れで創刊された《ヒッチコックマガジン》には十六篇（既訳十五篇）。作風をたくみに変えながら両誌の人気作家になった。

恋の季節

Always the Season

松下祥子 訳

　ミス・リンダ・ウィリアムズはタイプの手を休め、法律事務所の窓から外に目をやった。そして頬杖をつき、その男の後ろ姿をうっとりと眺めた。

　またあそこにいる。ガラス窓一枚を隔てて、ほんの十フィート先だ。リンダは彼の立ち姿が好きだった。バスの到着が遅いと眉をひそめて腕時計を見る仕草さえ好きだった。

　黄褐色のコートを着て同じ色の帽子をかぶり、ぴかぴかの新しいブリーフケースを提げている。着ているものは体にぴったり。

〈バーグ、バーグ&ブロンソン弁護士事務所〉のもう一人の秘書であるミス・テシー・ハリスは訴訟準備書類のコピーを仕分けする手をとめた。彼女は三十代後半、ややふっくらした体形で、どんな人生の厄介事に出会っても、たいていは笑顔で我慢する。

「あの人、結婚してるかもよ」テシーが言った。

　リンダにはその声はずっと遠くから聞こえ、反応するのに時間がかかった。「まさか。そうだったら、わたしがこんな気持ちになるはずないもの」

　テシーはあら探しでもするように窓辺に寄った。

「うーん、そうね、きっと。結婚してる男ならではの特徴ってどういうものかよくわからないけど、あの人にはそれがないみたい」

　大きな黄色いバスが、二人の注目の的の男性を拾うと、走り去った。

「名前さえ知らないんでしょ」テシーが言った。

　リンダの声には絶望感がこもっていた。「どうすればいいの？　わたし、毎日ちょっとずつこのデスクを窓のほうへ押し出して、あの人が気づいてくれるんじゃないかと期待してるのよ。もうあと二、三日したら、デスクごと外の通りに出ちゃうわ」

　ミスター・バーグが満足げに葉巻をふかしながら自室から出てきた。リンダのデスクに書類を一束置いて、

「こいつをタイプしてくれないか、リンダ」と言った。

「特に急ぎじゃない。またパンスンビーだ」

「まったくもう！」とテシー。「あのおじいちゃん、いい加減にしてほしいわ」

「人を訴えるのが好きなのさ」ミスター・バーグは言った。「まあ、そうつらく当たらないでやってくれ。誰しも趣味は必要だ」

テシーは書類をちらと見て、片方の眉を上げた。

「お隣さんの車が境の生垣の一部をなぎ倒したというだけで、訴訟ですって！」

　ミスター・バーグはにやりとした。「正しいことを実行するって信念だな」そう言って、肩をすくめた。

「やめさせようとしてもだめだったんだ」

　リンダの目はまだくもっていた。ミスター・バーグも気がついた。「あの子、どうしたんだ？」彼はテシーに訊いた。「具合でも悪いのかね？」

「恋をしてるんです」テシーは答えた。

　ミスター・バーグは「ほう！」と声を漏らし、両手を後ろにまわして、窓から外を眺めた。風に吹かれた落ち葉がかさかさと道路を舞っている。「恋には少し季節はずれじゃないかね？」

　それからの一週間、ちびちびデスクを動かしていくうちに、リンダは三ポンドやせ、悲しげに青ざめた顔色になっていった。リンダを娘のように思っているミス・テシーの同情心はさらに深まった。

　ある朝、リンダが涙のあふれそうな目をしばたたいていると、テシーは慰めるように肩をたたいた。

「どうしたらいいの」リンダは鼻をぐすぐすさせた。

「下品にならずにあの人の目を惹くには」

「正体がわかったわ」テシーが言った。

リンダは目にハンカチを当てるのをやめ、テシーを見た。

「名前はジェイムズ・フィンチリー・ウォーク」テシーは言った。「法律事務所〈ウェイド&ウォーク〉の共同経営者よ」そこで少し頬を染め、「昨日、休みだったから、あとをつけてみたの」

リンダは仰天した。「うそ！」

「うそじゃありません」テシーはきっぱりと言った。

リンダは夢見心地だった。「ジェイムズ・フィンチリー・ウォーク」憧れをこめてつぶやく。「すてきな名前じゃない？」

「最高よ」テシーは言った。

それから、リンダはため息をついた。「でも、名前がわかったからって、どうなるの？　こっちを見てもらえないことに変わりはないわ」

このごろの女の子には積極性ってものがまるでない、といった辛辣な一言をあやうく口に出しそうになったが、そんなことを言える立場ではないとテシーは思い直した。彼女の名前にだって、〝ミセス〟はついていないのだ。

仕事に戻り、しばらく自分の個人的問題を思って気がふさいだが、それからまた彼女はミスター・ウォークのことを考え始めた。

翌朝、ミス・テシー・ハリスは二時間遅刻してきた。その目は怒りの炎に燃えていたが、同時にかなりの満足感もみなぎっていた。

「どうしたの、テシー？」リンダが訊いた。「心配したのよ、アパートに電話してみたんだけど、答えがなかったから」

テシーは手袋とコートを脱いだ。「たいしたことじゃないの。車でちょっと事故を起こしちゃって」

「あらあら！」リンダは同情をこめて言った。「怪我人はでなかったんでしょうね？」

「それほどのものじゃないのよ」テシーは言った。「おたがいのフェンダーがへっこんだくらいよ。でもミスター・パンスンビーはかんかんだった」

リンダは目を丸くした。「ミスター・パンスンビーですって！」

テシーは状況を思い返した。「やれやれ！　あのおじいちゃんの悪口雑言ときたら！　まあ、わたしもたっぷり言い返してやったけど！」その目が勝利にきらめいた。「全体として見れば、こっちの勝ちだったと思うわ」

その日の午後、険悪に顔をしかめたミスター・パンスンビーが肩をいからせ、正面ドアからのしのしと入ってきた。

テシー・ハリスとしばしにらみ合ったあと、彼はバーグの個室にいきなり入っていった。

二分後、彼はミスター・バーグの肘をつかんで部屋から引っ張り出し、テシーを指さして、「ほら！」と吠えた。「そこにいる！　あんたのオフィスの真ん中にな！」

ミスター・バーグはすっかり戸惑っていた。「きみなのか、テシー？　きみがミスター・パンスンビーの車にぶつかった？」

「なにも申し上げることはありません」テシーは頭を上げ、毅然として答え、その頭を下に向けて腕時計を見た。「ですが、わたしの弁護士にお話しいただいてかまいません。もうこちらに来るはずです」

ミスター・ジェイムズ・フィンチリー・ウォークは筋向いのバス停で降りると、目的の場所がどこかに気づいて、思わず足がよろけた。だが胸を張り、帽子とネクタイをまっすぐにしてから、〈バーグ、バーグ＆ブロンソン〉のオフィスに入った。

リンダにちらと目をやった。今週はもう七十回目だが、彼女に声をかける勇気はいつ出るのだろう。毎朝窓辺にすわってタイプに余念のない彼女は、いつもよそよそしく、手の届かない人のように思えたのだ。

今、彼女はちょっとびっくりしたような表情を浮かべているようだった。

「ああ、いらしたわ」テシーは芝居がかったしゃべり方をした。

ミスター・バーグは手を差し伸べた。「バーグです。ミスター・パンスンビーの代理人をつとめております。必ずや穏当な解決をつけられると思います」

リンダは非難するようにテシーをにらみつけたものの、その目にとげはほとんどなかった。

テシーは彼女の視線を避けたが、その物腰にはうまくやったという気持ちが明らかに表われていた。

話し合いは比較的短いものだった。ミスター・パンスンビーが癇癪を起こし、ぷいと出ていってしまったからだ。外のドアが閉まったあと、ミスター・ジェイムズ・フィンチリー・ウォークはオフィスの中をぶらぶら歩き回り、やがてリンダのデスクの前にやって来た。

彼女はやみくもにタイプを続け、一語おきに打ち間違いがあるのにまるで気づきもしなかった。

「訴訟に持ち込むべきだと判断しました」ミスター・ウォークは言った。

リンダはタイプを打つのをやめた。「ミス・ハリスでしたら、あちらですけど」

ミスター・ウォークはテシーにちらと目をやった。「ああ、はい」

彼はリンダに目を戻した。「少し手間どりそうです。なにしろ、信念の問題なので」

背後からテシーの大声が響いた。「話し合いでしたら、ここでやってもかまいませんけど」

ミスター・ウォークは名案だと思った。「それはいい。どうして思いつかなかったんだろう」

続く沈黙の中で、この場を離れようかどうしようかと迷いながら立っていたが、ようやく咳払いして彼はリンダに話しかけた。「あの、すごい偶然なんですよね」

「そうなんですか？」リンダは、偶然なんてものはほとんど関わっていないと承知のうえで、のんきな様子を見事に演じた。

ミスター・ウォークは赤くなった。「ええ。ここ一カ月ほど、毎日このオフィスのすぐ外のバス停からバスに乗っていたんです」

そこで彼はまた咳払いした。「あなたのこと、気になっていました」

リンダの心拍数は、ただでさえ速い百から、もっと速い百二十にまではね上がった。

ミスター・ウォークはドアへ向かおうとしかけたが、向き直り、きっぱりと言った。「あの、今夜のアイス・ショーのチケットが二枚あるんです。もしよかったら……」もちろん、ミスター・ウォークの手元にそんなものはなかったが、これから買えばいいのだ。

「はあ……」リンダは慎重に答えた。「アイス・ショー、見たいと思っていたんです」

しあわせに恍惚となったミスター・ウォークが事務所を出ていったあと、テシーとリンダは抱き合い、リンダはそれから三十分、うれしくてぼうっとしていた。

その雲が晴れてみると、テシーの気分が変わっているのがわかった。しおれて、ふさぎ込んでいる。

「どうしたの、テシー？」リンダは心配して訊いた。

「ウォークの共同経営者なんだけど」テシーはため息まじりに言った。「ぜひウォークに会いたいって頼んだとき、はじめて会ったの」

テシーは遠くを見る目をした。「ミスター・アルバート・ホレス・ウェイド。こめかみのあたりに上品に白が混じってて、四十歳くらい、絶対独身だと思う」

リンダはけっして友達を裏切らない。自分の幸福はしばらく棚に上げ、腰を落ちつけて、テシーがミスター・アルバート・ホレス・ウェイドのことをあれこれ考える手助けをした。

もうミスター・ウェイドに逃げ道はなかった。

パパにまかせろ

Handy Man

高橋知子 訳

　私の十五歳の息子、テッドがジャケットのジッパーをあげた。「トースターを直しておいたよ」彼は言った。「二十分くらいでできた。もっと速くできたのに、父さんが部品をあれこれ一緒くたにしてたから」

「助かったよ」私は言った。「じゃあ、気をつけて行ってきなさい」

「ねえ、直したんだから、バスケットボールの試合のあとすぐに迎えにきて。いい？」

「わかった。気をつけてな」新聞越しに目をやると、息子が笑みを押し殺しているのが見てとれた。

「父さん」彼は無邪気な表情を装って訊いた。「何歳のときに、自分は父親より物知りだと思うようになった？」

「十四歳だ。おまえのほうがそうとう遅れてるぞ」

　彼が出ていくと、私は葉巻入れに入れておいた葉を、パイプに詰めた。「あのトースターは、私にも直せた」私は妻のエイミーに言った。「その暇さえ少しあればな」

「わかってるわ、あなた。むくれないの。あなたのことはわかっているから」

「むくれてなんかいない。それどころか、息子が誇らしいよ。あいつには機械工学の才能が絶対にあるぞ。私はあいつとはちがって理屈屋だ」

　妻はミシンの糸を替えた。「ほかのことで、あの子に父親の威厳を示そうとしたの、フレッド？」彼女は訊いた。「フットボールとか野球とかで？」

「あいつは私より十ヤード遠くまで、ボールを蹴れる」私は気落ちしたようにこたえた。「それに、前回の父と息子の野球の試合で、私は三回エラーをして、四回三振した」

「だけど、あなた。少なくとも、あなたはまだあの子よりも背が高いわ。だから、どんと構えていられるでしょ」

七時半、私は妻を、結婚をひかえた彼女の友人のパーティに送りとどけるために車を出した。

「音からすると、エンジンの調子はいいみたいね、フレッド」妻は言った。「キャブレターを修理してもらいに行ったの？」

「いや」

彼女は私をちらりと見た。「テッドが……？」

「ああ」私はそっけなく言った。「ちゃちなドライヴァー一本で」

妻を送りとどけると家に戻り、腰を落ちつけて思案にふけった。九時に考えるのをやめ、十時になると車に乗ってエイミーを迎えにいった。ついで、テッドを拾いに、高校の体育館に向かった。

「どうだった？」彼が車に乗りこむと、私は訊いた。

「六十七対五十八で勝った。ぼくは十二点入れた」

「すごいじゃない」妻が言った。「あなたのお父さんもチームにいたとき、十二点入れたのよ」彼女はしばらく考えていた。「でも、あれはシーズンを通しての得点だったわよね、フレッド？」

家に着くと、私はドアの鍵をあけ、明かりのスウィッチを入れた。何も起きなかった。

「電球が切れたのね」妻が言った。

窓から月の光がたっぷり射していたので、それを頼りに、私たちは家の中を進んだ。

テッドが無駄に明かりのスウィッチを試している音が聞こえた。

「全部の電球が一度に切れることなんて、そうないよ」彼は言った。「きっと、あれこれ偶然が重なったんだ。懐中電灯をとってきて、ヒューズボックスを見てくる」

私は手探りで安楽椅子まで行くと、腰をおろして待った。

「あなた」妻が言った。「もしヒューズが全部一度に飛んだとしたら、それも偶然ってことよね？」

「それはさておき、エイミー」私は言った。「サンドウィッチがすごく食べたいんだけど。暗すぎて、つくれないってほどじゃないね？」

十五分ほど、黙ってパイプをくゆらしていると、テッドが地下からあがってきた。「見たかぎりでは、どのヒューズも問題がなかった。予備のを試したけど、電気はつかなかった。このブロック一帯が停電してるんじゃないかな」

「いや、隣りは明かりがついている」

「だったら、電気会社に連絡をしたほうがよさそうだね」テッドは言った。

キッチンから戻ってくる妻の影が見えた。彼女は私の手にサンドウィッチを置いた。

「テッド」私は言った。「もう一度やってみようじゃないか。ドラッグストアに行って、確実に異常のないヒューズをひと箱、買ってきてくれないか？　エイミー、私は少々疲れてるんだ。テッドを車で連れていってくれないか？　店に行ったら、ソーダを飲んでくるといい。お金をわたしておく」

「どのくらい、家を空けていてほしいの、あなた？」彼女は訊いた。

「少なくとも……」私はそこで口をつぐんだ。「まあ、ゆっくりしておいで。急ぐ必要はない」

ふたりが家を出て、二十分ほどで戻ってきたとき、私はランプの下に坐って新聞を読んでいた。

明かりのついている部屋を見るなり、テッドがぽかんと口をあけた。「どうやったの、父さん？　家の脇の壁を蹴ったとか？」

「ああ」私はのんびりとこたえた。「電気の回路をたどってみたら、メインの給電ラインの近くに不具合を見つけたんだ。数分で直せたよ」

テッドは腰をおろすと、何をどう考えていいかわからないといった表情で私を見た。私は腕時計に目をやった。「寝る前に、ちょっとテレビでも見ないか？」

テッドはテレビに近づいて、スウィッチを入れた。数分後、彼は私のほうに向きなおった。「故障している。どこがおかしいのか、よくわからない」

妻がミシンで縫っていたカーテンを持って現われた。

「直せそう、テッド？」

「テレビって、ぼくがわからないもののひとつなんだ、母さん」テッドは言った。「すごく複雑だから」

私は椅子から立ちあがり、テレビのプラグを抜いた。尻ポケットからドライヴァーを抜き、テレビの背面のねじをまわしはじめた。「私が見てみよう」

テッドは片眉を吊りあげて、私を見た。ついで肩をすくめ、ソファベッドに腰をかけた。

私は五分ほどテレビの背面をいじると、カヴァーをもとに戻した。「これで」カヴァーをつけ終えると、私は言った。「つくはずだ。横磁場がLブラケットで遮断されていたんだろう。いずれにしろ、どこをいじればいいかはわかった」

テレビのスウィッチを入れると、真空管が温まるわずかの間をおいて、画面に映像がくっきりと映り、音声も流れた。

テッドは三十分ほどテレビを見ると、腰をあげた。「おやすみ、母さん」そう言って、彼は母親にキスをした。「おやすみ、父さん」

彼はしばし私の前に立ち、額をかいて微笑んだ。

「そういうことだ」私は悦に入って言った。「年寄りの父さんを見くびるなよ」

テッドが二階にあがると、妻はテレビのスウィッチを切った。「なかなかやるじゃない」彼女は言った。

「家中の電球をゆるめて、つかなくするなんて」

私はそっと口笛を吹くと、天井をあおいだ。

「サンドウィッチよ」彼女は言った。「冷蔵庫からサラミをとりだすとき、なかの小さな電球がついていたの。家のほかの明かりはどれもついていないのに、どうしてなのかと不思議に思ったわ。だから寝室に行って、照明をひとつひとついじってみたの。で、あなたのちょっとした仕掛けに気がついた」

「うーん」私はつぶやいた。「ひとつのささいな手抜かりが、完全犯罪を台無しにする」

「さあ、テレビに何をしたのか話してちょうだい」

私は誰に向けるでもなく、笑みを洩らした。「真空管を二本、ポケットにしまいこめば、たいていのテレビは映らなくなる」

「ずるい人ね」妻は言った。「なんてずるいの。でも、それなりの理由があってのことよね。残念ながら、テッドは第三幕まで起きていられなかったけれど」

「第三幕？」

「ええ」エイミーは言った。「わたしのミシンにはどんなずるい小細工をして、動かなくしたの？」

私はミシンに目をやった。「ミシンには触れていない、エイミー。ほんとうだ」

彼女はカーテンを畳んだ。「だったら」彼女はそう言って、ため息をついた。「明日、テッドに何ができるか、訊いてみるわ」

私はしばらく彼女をにらむと立ちあがり、ドライヴァーを手にミシンに歩みよった。

かなり厄介な作業だったが、具合の悪い箇所をなんとか突きとめ、修理を完了した。気分がよかった。テッドと妻を起こして、自分が成したことを自慢してやりたくなった。

しかし、思いとどまった。午前五時は、道具を手に自分がどれだけ役に立つのかを自慢するのにふさわしい時間ではない。

村の独身献身隊

Community Affair

小鷹信光　訳

ラルス・ピーターセンは立ちあがり、着席している評議員たちをぐるりと見渡した。「シグヴァルドは今夕の評議員会に参席できぬほど気力、体力が衰えているものと思われる。従って、彼がかかえている当面の問題の対応策を検討するために、今夕の会合はきわめてふさわしいものである。女の評議員は出席していないな？」

「女どもはいないぞ、ラルス」ドクター・トールセンがこたえた。「だが、ネルス、念のためにドアの外を調べなさい。ガキどもが盗み聴きしているかもしれない」

ぼくは席を立って、廊下をのぞいてみた。「誰もいませんよ、ドクター」

ラルスはぼくが席に戻るのを待っていた。「我々評議員は、やっかいな現状をよく理解している。シグヴァルドは、ほとんどベッド暮らしなのに、充分な睡眠をとれずに痩せ細っている」

オーガマンドは顎を掻き、評議員長であるドクター・トールセンを見つめた。「本件を議事録に記載するのかね？」

ドクター・トールセンはじっくり考えてからこたえた。「本件が医学上の問題であることは確かだが、同時に村の共同体の問題でもある。ここで決議することを、議事録に記載しなさい。この先、医学雑誌に本件についての論文を載せることもあり得るので、本件の詳細な記録が必要になることもあろう」

ラルスはテーブルに両の拳を押し当て、身を乗り出した。「シグヴァルドがきのう船にやって来たのは七時だった。その頃には、彼と私は三時間も沖に出て、網をおろしていなければならない時間だった。

漁船で操業するには人手が二人必要だ。私ひとりではどうにもならない。あの女が、私のパートナーからいただこうとしているもののために、私は毎日、二時間も三時間も無駄にさせられている」

グスタフ・クロンキストがうなずいた。「おれもこの目で確かに見た。シグヴァルドが帰宅するのを、あの女は、女に特有なあの期待に満ちた輝きを目にたたえて、必ず玄関口で待ちかまえている。やつがおまんまを先に食わせてもらえるとは、とても思えないね」

ラルスの口調には悲しみがこめられていた。「シグヴァルドは七キロも痩せてしまった。あの女と結婚して、一カ月しかたっていないというのにだ。夕食の時間が遅いことがその理由ではない」彼はまたぐるりとぼくらを見まわした。「我々のこの島では、漁業も共同でおこなっている。乳製品も同じ、電力も共同で賄っている」

ぼくらは共同体についてじっくりと考えた。上体を起こしたグスタフの顔から血の気が失せていた。「ラルス！ 何を言いだすんだ？ すべて共同でおこなうといっても、どこかで一線を引かねばならないぞ」

ラルスはこわばった表情をくずさなかった。「我々は共同体だ。すべて共同でことをなすことを旨としている。シグヴァルドの問題は我々すべての問題なのだ」

グスタフが椅子から降り立った。「ラルス、これはパートナーのあなたが対処すべき問題だ。解決はあなた一人でやってくれないか」

ラルスは首を横に振った。「私には不可能だ。一日中シグヴァルドと一緒に漁に出ているんだからな。それに、私は歳をとりすぎている」彼はぼくら全員に目を向けた。「グスタフ、きみは旅籠《はたご》を営んでいる。まだ四十代で、しかも独身だ。シグヴァルドが沖に出ているあいだ、きみは島にいる。そして、ネルス。きみも独身で、そのうえ二十五の若さだ。おまけに一日中ずっと島にいる」

いまの言葉をよく考えたうえで、ぼくはオーガマンドを指さした。「彼だって独身だし、ずっと島にいるじゃないか」

小男のオーガマンドは顔を真っ赤にして目を伏せた。

「オーガマンドはすでに五十の坂を越えている」ラルスが言った。「それに大きな男でもない。彼は本件の対象外ということにしよう。記録係が適任だ」

グスタフは耳を掻きながら自信なさそうに言った。

「島の外から援軍を呼ぶほうがいいかもしれない。我々は村の共同体で要職に就いている身なのだから。アズヴォー・ヘスタートのような男に応援を頼んだらどうかな」

「いかん」とドクターは言った。「アズヴォーはすでに婚約している身だ。しかも、彼が思っているよりずっと早い時期に、式を挙げざるを得なくなりそうな雲行きなのだ」

「本件にはシグヴァルドの命がかかっている」ラルスが言った。「このままだと長くはもたないかもしれない」

ドクター・トールセンはグスタフをにらみつけた。

「きみは休暇でセントポール（ミネソタ州の州部）へ行くたびに、メードたちを相手にふるまった所業についてあれやこれやとよく自慢話をふれまわってきたではないか」

グスタフは顔を赤くしたが、そう言われて満更でもない様子だった。「あれはウソじゃない」彼は肩をすくめて言った。「たぶんぼくは、シグヴァルドを休ませてやれると思います」

ドクター・トールセンがぼくを見た。「きみはどうかね、ネルス？」

びっくりした。「何ですって？　一人いれば充分じゃないんですか？」

彼は天井を仰ぎ見た。「一人ではたりない。私は、そう断言する」そう告げると、彼はテーブルを木槌でたたいた。「ネルスおよびグスタフの両名は、これよりただちにシグヴァルドの命を救う独身献身隊の任務に就くべし。成功を祈る」

オーガマンドはため息をつき、白い紙をとりだした。

「さっそく行動予定表を作成しよう」

「ひとつだけ教えてくれないか」ぼくはたずねた。

「ダーニャがそれを望むかどうか、ということを」

ドクター・トールセンはおもむろに葉巻に火をつけた。「その点について、私はいかなる懸念も抱いていない」

月、水、金がぼくの受け持ちで、グスタフは、火、木、土に決まった。シグヴァルドは日曜日は漁に出ない。

月曜日の朝、ぼくは陽が昇るのを寝室の窓辺で待った。漁師たちが次々に車で波止場に向かうが、シグヴァルドの姿はなかった。

ダーニャと学校で同じクラスだった頃のことを思いだした。みんなでピクニックに出かけ、ダーニャとぼくが森で一緒に迷子になったときのことも思い返してみた。それ以後ぼくたちは、学校が休みの日もひんぱんに迷子になったものだ。

ぼくは外に出て、しばらく庭のまわりを歩きながら見張りをつづけた。車がさらに何台か走り過ぎていったが、シグヴァルドの車はまだだった。仕方なしに家の中に逆戻りした。朝の六時になったばかりである。

母が二階から降りてきて、首を左右に振った。「熱でもあるのかい？　顔が赤いよ」

「陽に焼けたのさ」

父が顎をこすりながら、キッチンに入ってきた。

「寝てられないようだから、朝飯にするか」

玉子とベーコンを平らげたとき、車の音がしたので窓に近づいてみた。「あ、シグヴァルドだ！」ぼくは思わず大声で叫んでしまった。父が母の顔を見た。母は肩をすくめた。

「この子のどこが具合が悪いのか、わたしもわからないわ」

ぼくが上衣を着てドアに向かうと、父は眉を吊りあげた。「おまえは朝の七時に、ガレージ（車の修理工場）を開けるつもりか？」

「工場を開けるつもりじゃないんだ」ぼくはこたえた。「車で島をひと回りしようと思ってね。鳥や蜂をいっぱい見られるかもしれない」ちょっと考え直して、ぼくは言い直した。「鳥や花を見に行きたいのさ」

ぼくは車のスピードをだしすぎて、ノース・ロードへの曲り角であやうく溝に突っこみそうになった。速度を落とし、五分もたたずにぼくはシグヴァルドの家の車寄せに乗りつけた。イグニションを切り、さてどう振舞おうかと思案していると、家のドアが開いてダーニャが姿をあらわした。

彼女はにっこり笑った。「あら、ネルスじゃないの。いいお天気ね」

「そうだね」とぼく。「シグヴァルドの車のオイル漏れを見にきたんだ」

「夫の車は波止場よ。ついさっき出かけて行ったばかり」

ぼくは舌打ちをしてみせた。「なーんだ、いないのか」

ダーニャはぼくをじっと見つめた。笑みが顔中に広がっていった。「まだ早いわ、ネルス。中に入って朝のコーヒーでもいかが？」

家に入るとダーニャは二つのカップにコーヒーを注いだ。「あなたとこうして二人っきりになるのは久しぶりね、ネルス」

「きみは結婚したんだからね」とぼく。

彼女の笑みは絶えなかった。「だからって、何もそれほど大きく変える必要はないんじゃないかしら。あたしたち、いまも昔馴染みでしょ、ちがうの？」

ぼくはすばやく同意した。「もちろんさ、ダーニャ。ぼくたち、楽しいことをいろいろやったっけね」

彼女はコーヒー・カップをわきにやった。目が意味ありげに光っている。「ピクニックのこと、おぼえてる？」

「学校が休みの日のことも忘れちゃいないよ」ぼくはこたえた。

コーヒーを飲み干すひまもなかった。

午後二時半、ダーニャとぼくは、シグヴァルドがまもなく帰宅することを思いだした。ぼくは大急ぎで服を着て、車まで走った。ノース・ロードで、波止場から帰ってくるシグヴァルドの車とすれちがった。

彼はこっちに手を振り、ぼくも手を振り返した。とても眠そうな顔つきをしていた。今夜はゆっくり眠らせてもらえるはずだ。

工場に戻ると、アンダースンのトラックの修理をしていた父が手を休め、両手のグリースをぬぐった。

「なるほど。これから少しばかり働こうってことかな」

「遅れたのは事実だけど」ぼくは言った「島を見て回るにはもってこいの天気だったんだ。鳥も花もいっぱい見られたよ」ぼくはつなぎの作業衣に着替えた。

「さあ、働くぞ」

父はぼくの足もとに目を向けた。「その前に靴の紐を結んだらどうかね」

水曜日、シグヴァルドの車は午前六時に波止場に向かい、ぼくはダーニャが待つ家に六時十五分すぎに到着。ドアを開けて迎えてくれたダーニャは部屋着をまとっていた。身に着けていたのはそれだけだった。

その日、工場に着いたのは午後三時。「きょうは徹夜で働くよ」と、ぼくは父に告げた。

父は首を横に振った。「きょうは水曜日。映画の日だろう。いつもスヴァンハイルドを連れて映画を観に行ってたんじゃないのか」

そのとおりだった。この二年間、確かにぼくはスヴァンハイルドを映画に連れて行った。だが、ほかの連れがいないときは、彼女はぼくと森で迷子になることはなかったし、連れがいるときも必ず羅針盤《コンパス》を持っていた。

夕食のあと、ぼくは彼女を映画に連れて行き、あやうく眠りこけるところだった。映画が終わると、ぼくは彼女を車で家まで送った。月明かりがあたりを照らし、ぼくは大あくび。「おやすみ、スヴァンハイルド」

彼女は首をかしげ、ぼくをまじまじと見つめた。

「具合でも悪いの、ネルス？」

「どこも悪くなんかない」ぼくはこたえた。「なぜ島中の人たちが、ぼくを病人扱いするんだ？」

「怒らないで、ネルス」彼女はぼくの目を見つめた。「映画のあいだ、あなた、一度もしゃきっとしてなかったわ。そして帰り道でも、いつものようにオルソン・ロードで車を駐めて、そろそろ潮時じゃないかなって、わたしに言ったりもしなかった」

「紳士として振舞えと、いつも言ってたじゃないか」ぼくは言い返した。「いいとも、紳士になるさ」

「でも、ネルス。試してみるのを、完全にやめなければいけないってことでもないのよ」

ぼくはため息をついた。「おやすみ、スヴァンハイルド。この先もまだ、つらい日がつづくんでね」

シグヴァルドは、朝早くから波止場へ行くようになった。目方も増えてきている。

三週間後、彼が車のベアリングの交換に工場へやって来た。ぼくが作業を終えると、彼はポケットに手を突っこみ、財布をとりだした。

ぼくは手を振った。「これはいいんだ、シグヴァルド。いつもいいお客さんだから、きょうは無料サービスってことにしよう」

彼は財布をポケットに戻し、頭を掻いた。「妙な日だな。ビールを一ケース買いにグスタフの店へ行ったら、彼も無料サービスにしてくれたんだ」彼はにこっと笑った。「こんなに気前のいい連中の共同体に住めてとてもうれしいよ」

シグヴァルドが帰ったあと、ぼくはグスタフの店でビールを少しだけ飲んだ。彼は目をこすりながらにやりと笑った。「ああ、ネルス。あしたは水曜日だからきみの番だぞ」そう言って、ぼくの腕をこづいた。

ぼくたちは声をあげて笑い合い、一緒に長いあくびをした。

水曜日、ぼくは八時半にやっとダーニャの家に着いた。彼女は足を踏み鳴らしながら、戸口でお待ちかねだった。「ここに来るのが、毎日少しずつ遅くなってるわね」

「工場の仕事もあるんで、睡眠が必要なんだ」

彼女はしばらくじっとぼくを見つめ、にっこりと笑った。目にはいつもの輝きが甦っていた。ぐいっと近づいてくる。

「ね、ダーニャ」とぼく。「たまにはトランプでもやらないか？」

彼女は首を横に振った。「トランプは、あたしそんなに上手《うま》くないの」

翌々日、またぼくの番がまわってきた。ぼくは車でダーニャの家に向かった。車寄せに近づき、スピードを落としかけたが、ぼくはさっと通り過ぎてアクセルを踏んだ。

ぼくが工場のそばに車を駐めると、父が両方の眉を吊りあげた。「きょうはバードウォッチングの日じゃないのか？」

「鳥はみんなどこかへ行ってしまったんだ」とぼく。「南へ飛んでったんだろう」

九時半、ジョンスンのトラクターのキャビュレターの修理にとりかかっていたとき、電話が鳴った。電話に出たのがぼくだったのはラッキーだった。かけてきたのはダーニャだったからだ。

彼女の声は氷のように冷ややかだった。「もしかして、うっかり忘れてしまったのかしらね」

「ええっ？」とぼく。「あ、きょうは金曜日か？」

「そのとおりよ。思いだしたのね」

「ジョンスンのトラクターにとても手がかかってね」

彼女は、そんなもの、こんな目にあわせてやれと、言葉には書けない悪態まじりでぼくに伝えた。

ぼくが車に向かいかけると、父は空を仰ぎ見た。

「おや、鳥どもが帰ってきたのかね？」

その日の夕方、家で夕飯をすませたあと、評議員会が始まるまで仮眠をとろうとぼくは長椅子に近づいた。

「まだ靴を脱いじゃだめよ」母が言った。「スヴァンハイルドがじきに訪ねてくるから」

ぼくは目をつむった。「きょうは水曜日じゃないよ」

「デートのためじゃないの。あなたに、大事な話があるんだって」

目を開けると、母はキッチンに戻ったあとだった。

しばらくして、スヴァンハイルドのモデルAが、我が家の車寄せに入ってくる音がした。

彼女は中に入って、ゆったりとした椅子に腰をおろした。「痩せたんじゃない、ネルス？　食欲がないの？」

「ちゃんと食べてるよ。食べる時間さえあればね」

彼女はぼくを見つめて、少し顔を赤らめた。「先月は、いつもと様子がちがっていたわ、ずーっとよ。手を気まぐれに遊ばせようともしなかったし、わたしの羅針盤をうっかり壊そうとするのもやめてしまった」

「ほかに考えることがいっぱいあってね」

彼女はぼくをまじまじと見た。「わたしがした何かと関係があるの？」

　ぼくは長いため息をついた。「それとは関係ないよ、スヴァンハイルド」

　彼女はまた顔を赤くした。「ということは、わたしがしようとしなかったことに関係があるのね」

　前より顔を赤らめて、彼女は床に目を落とした。「どっちにするか、決めるのが難しいのよ。男の関心を自分に向けさせておくには……しないほうがいいという女の人もいるけど」彼女は空咳をし、単語を一つぬかした。「結婚するまではね」そこで顔をしかめ、「だけど、ほかの女の人に言わせると、男の関心をひきつけておくには……するしか手はないんだって」彼女はまた単語を一つ飛ばした。「結婚前にね」

　スヴァンハイルドはそのあと三十秒間口をつぐんでいた。「ネルス、森で迷子にならなかったからといって、わたしはそういう女だということには……」彼女はまた顔を赤くした。「雑誌の記事なんかにでてくる不感症の女なんかじゃないわ」彼女は両手に視線を落とした。「だけどね、ネルス。ちがうのよ、わたしは……」その先を彼女はつづけられなかった。

「熱っぽい女じゃないってことかい」とぼく。「たとえば、トタン屋根の上のネコみたいな」口にしたことを考えてるうちに、ぼくは疲労感におそわれた。

　彼女は目をあげた。「そのとおりよ、ネルス。わたしって月並みすぎるのね、それがいけないのかも。どうしたらいいの、ネルス？　結婚前に、森で迷子になるべきなのかしら？」

　ぼくは顎を掻いた。「いますぐ決めなくてもいいよ。ぼくは少なくとも一週間ほど休養をとりたいんだ」

　スヴァンハイルドは、よくわからないという目つきをした。ぼくは立ちあがって、彼女の頭をぽんとたたいた。「いまの話について、少なくとも一週間ぐらいよく考えたいんだよ」

　七時半に、ぼくは評議員会に出かけた。シグヴァルドは来ていなかった。休養はもう充分にとって、村の共同体の案件にも関心を向けられるようになっているはずなのに、彼の欠席は意外だった。ラルスは満面の笑みをたたえていた。「私はここに、グスタフとネルス両名の独身献身隊が我々の島のために尽くした任務の遂行を賞賛する決議案を提案したい」

ちょうどそのとき、シグヴァルドが入ってきた。「遅れてすまない」と彼は言った。「タイヤがパンクしちまってね」彼は腰をおろし、グスタフとぼくを見た。「どんな任務だったんだ、その独身献身隊っていうのは」

ラルスはドクター・トールセンを見つめ、助けを求めた。ドクターは、あたりさわりのない説明を思いつくまで、長々と小槌とにらめっこをつづけた。「グスタフとネルスが野球部のコーチとして尽くした任務だ」

シグヴァルドは笑ってうなずいた。「異議なし」

決議案が承認されると、シグヴァルドが立ちあがった。「申し分のない決議案だ」彼は言った。「それで思いついたんだが、共同体のために最も尽力したものに、毎年勲章を授与することをここで提案したい。共同体奉仕殊勲章だ」

反対するものはいなかったので、この勲章は毎年一名に授けられることが決まった。

オーガマンドは眼鏡をはずして磨き始めた。それがすむと、額の汗をぬぐった。「評議員会の閉会を提議する」

ぼくは立ちあがった。「ちょっと待ってください。ぼくは、いまここで、独身献身隊からの引退を宣言させてもらいたいんだ。その理由は、スヴァンハイルドとの結婚を決めたことです」

シグヴァルドがにこっと笑った。「結婚して最初の一カ月は、ほかのことは何ひとつできなくなるのを覚悟するんだな。だが、しばらくたつと、それも静まってくる。そうなれば、野球部のコーチに戻れるさ、ネルス」彼はぼくにウィンクをよこした。「経験ずみなんでね」

グスタフが坐ったまま背中をのばした。「おれにも告げることがある。独身献身隊の任務からはずしてもらわねばならない。やもめ女のバーゲンと結婚することにしたんでね」

シグヴァルドはびっくりして、グスタフの顔を見つめた。「バーゲン未亡人はまもなく五十だろう」

「人生の盛りさ」グスタフはこたえた。「それに料理も上手《うま》い。大事なのはそっちだ」

ラルスはテーブルにうつ伏せになってしまった。

「どうやら私は漁業権を売却することになりそうだ」

シグヴァルドが立ちあがった。「ぼくが引き継いでもいいんだが。野球には関心があるんでね」

月曜日、朝食のあと、ぼくは父と一緒に工場へ行った。ダーニャは、工場には電話をかけてこなかったが、シグヴァルドが漁から戻る午後三時までは、心配でおちおちしていられなかった。

工場を閉め、向かいのグスタフの店に顔をだし、彼のまん前のストゥールに坐った。「土曜日、ダーニャのところへ行ったのか？」

彼は首を左右に振った。「いや、行かなかった。彼女から電話もなかった」

三週間が経過した頃、ラルスが修理工場にやってきた。とても楽しそうだった。何があったのだろう。

「万事順調ですか、ラルス？」ぼくはたずねた。

「申し分なしだ」彼は言った。「シグヴァルドは一度も遅れずに波止場にくる」

ぼくは頭を掻いた。「さっぱりわからない」

彼は肩をすくめた。「私もだ。だが詮索はしない。成りゆきまかせが一番だ」

電話が鳴ったのは翌日。ダーニャからだった。「ネルス、大急ぎで来て。緊急事態なの」

ぼくは一瞬考えた。何とか精気も回復しているだろう。スヴァンハイルドが羅針盤を失くすようになったのは事実だが、ぼくたちは新婚生活を始めたわけではなかった。時計に目をやった。まもなく二時。「緊急事態なんだろうね、ダーニャ。大急ぎで行くよ」

ぼくは車に飛び乗り、彼女の家まですっ飛ばしたが、あわてて急ブレーキ。先客がいたからだ。砂埃りがおさまると、前庭にいるダーニャと〝おチビおじさん〟のオーガマンドの姿が目に入った。ぼくは目の前に駐まっている先客の車を穴の開くほど見つめた。「これはあんたの車か、オーガマンド？」

彼は苛立っていた。「くそバッテリーがあがっちまった。つべこべ言わずに早く直してくれ」

ダーニャは両手をこねまわした。「さ、早く、ネルス。オーガマンドの車を早くどかして」

頭がボーッとしてきたが、とにかく車から降りて、オーガマンドの車を調べてみた。バッテリーはあがり、エンジンもいかれている。ぼくは首を横に振った。

「予備のバッテリーは持っていない。必要になるとは思わなかったんだ」

オーガマンドが上ずった声で叫んだ。「じゃ、きみの車で押してみてくれ、ネルス。押すんだ！」

彼の車をおもての道路まで押しだすのにかなり手間どってしまった。シグヴァルドの車が通りの先の曲り角を回りこんできた。すれちがうとき、彼はぼくらに手を振った。

四百メートルほど押しつづけ、やっとオーガマンドの車のエンジンがかかった。彼は地獄から飛びでてきたコウモリのような勢いで走りだした。あとを追うと、彼はグスタフの店に直行した。ぼくが店に入ったとき、彼はふるえる手でウィスキーを飲んでいた。

「あんただったのか、オーガマンド？」ぼくはたずねた。「新任の独身献身隊員は」

彼は顎を突きだした。「それがどうした。おれじゃいけなかったのか？　おれはひとり者だし、評議員会のメンバーでもある」

「あんたひとりで任務を遂行したのかい？」

彼はコートに指先をこすりつけた。「ああ、毎日だった。日曜日はのぞいてな」

ぼくはしばし目を閉じた。「だがね、オーガマンド。あんたはとっても小柄で、体も薄っぺらじゃないか」

彼はぼうやを見るような目つきをして、ぼくに笑いかけた。「ネルス、これは体がどうのこうのという話じゃないのさ」

今年の野球シーズンの最後の試合がおこなわれる労働記念日に、ぼくたちは祝いの席を設け、共同体奉仕殊勲章をオーガマンドに献じた。

試合が始まったとき、ぼくの隣に坐っていたシグヴァルドが首を振りながら言った。「ぼくは負け犬じゃないぞ。コーチをつとめ、この島の野球チームを二十二年ぶりに優勝に導くまでに育てたんだ。ところが殊勲章はオーガマンドにさらわれてしまった」

「来年があるよ、シグヴァルド」ぼくは言った。

オーガマンドに目を転じ、びっくりしながら見つめた。信じられるか、こんなことが。彼は痩せるどころか、小さな体に肉がつきだしていたのだ。

ようこそ我が家へ

Hospitality Most Serene

松下祥子　訳

なんとかしようにも、できることはたいしてなかったので、私はトランプを切り、また一人遊び《ソリテール》を始めた。ハンクと呼ばれる背の高い男は小屋の窓からむっつり外を眺め、どっしりした体格のフレッドはポータブル・ラジオで地方ニュースを聞こうと、周波数を合わせるのに夢中だった。

細い口ひげを生やした男はボスらしいが、テーブルの向こう側にすわって、私がトランプをやるのを見守っていた。

「一年中こんなところに住んで、何をしてるんだ?」

男が訊いた。

私はカードを二枚、テーブルに置いた。「冬は銃や罠で猟をする。たまに魚を釣る」顔を上げた。「必要なときは多少の畑仕事もやる」

細い口ひげのボスの男は、濃い茶色の瞳をして、薄笑いがつねに顔の一部をなしていた。「けっこう落ち着いてるな」

私は肩をすくめた。「びくつくほどのことはまだなにも知らない」

男はにやりとした。「それがいちばんだ。おとなしくしてりゃ、とうぶん心配はない」

銃を持った男三人は正午にやってきて、ここを占拠した。私はたんなるおまけにすぎない。たまたまかれらが滞在したいと思った場所にいたというだけだった。

フレッドがラジオの音量を下げた。「腹が減った」

「貯蔵室に鹿肉の半身がある」私は言った。「好きなだけ切ってくれ。懐中電灯を持っていったほうがいい。

窓も明かりもないから」

フレッドは引出しから肉切り包丁を取り出し、やがて三ポンドほどの肉を持って戻ってくると、テーブルに置き、「料理はやってくれ、ミスター」と言った。命令だった。

流しへ行き、鹿肉をステーキの大きさに切った。六時のニュースが始まり、ボスはラジオの音量を上げた。

ニュースが終わると、私は壁のフックから大きなフライパンを下ろした。「あんたら全員の人相風体をけっこう詳しく言っていた。仕事に時間をかけすぎたのか」

「おまえが心配することじゃない」フレッドが言った。煙草に火をつけた。「よっぽどあわてたんだろうな。現金出納係を殺すことなんかなかったんだ。ジム・ターナーは臆病者だった。面倒などを起こしっこなかった」

フレッドは椅子の背にもたれた。「おまえの町の銀行ときたら、まるでぺらぺらの紙箱だな。アナウンサーによれば、去年も強盗に襲われたそうじゃないか」

私はうなずいた。「このあたりの連中は、ウィリー・スティーヴンスの仕業だったとにらんでる。あの事件からこっち、誰も姿を見ていない」

ハンクがラジオを切った。「あのポンコツがエンコしなけりゃ、今頃はシカゴだった」

私は煙草の灰を床に落とした。「車が故障して幸運だったと言うべきだな。走り続けていたら、きっと道路封鎖にぶつかったろう。あんたらみたいな都会の連中は、こういう場所は家と家のあいだにたっぷり距離があるから盗みは簡単だと思いがちだがね、こっちには郡のパトカーが何台もあって、どれにもちゃんと使い物になる無線装置がついてるんだ」

フレッドが唸った。「おたくのウィリーってやつは、逃げきったんだろう」

私は肩をすくめた。「ウィリーは土地っ子だ。地図に載ってない道路をたくさん知っていた」

料理用ストーブに薪をくべた。「きっと車はエンコした場所にそのまま置いてきたんだろうな」

ボスはにやりとした。「おれら都会の人間にも脳ミソってもんはある。車なら道路から突き落としたから、こっちがとっくにいなくなるまで、見つかりゃしない」

ハンクは持ってきていたかばんを開錠し、中の現金をテーブルにどさっとあけた。長い顔に満足感が浮かんでいた。「一万八千」

野菜の缶詰を二缶あけ、コーヒーをかけた。「一人あたり六千か。きちんと平等に分ければだがな」

ボスがこちらを見た。「おまえには関係のないことだ」

私はかすかににやりとした。「考えてみると、六千てのは悪い額じゃない。まともな配管工が一年に稼ぐくらいだ。ま、超過勤務がいくらか必要かな」

フライパンのステーキをひっくり返した。「ちょっと笑っちゃうけどな、あんたらが配管工と同じ程度とはさ。ちがうかな？」

ボスは眉をひそめ、椅子を押し下げた。「カネを片づけて、食事にしよう」

テーブルに食器を並べ、食べ物を運んできてやった。

ハンクはむしゃむしゃやりながらしゃべった。「町に戻ったら、最高の暮らしをするんだ。分厚いステーキ、高い酒、それに女も高級なやつだけ」

コンデンス・ミルクの缶に穴をあけ、テーブルに出した。「ばかな質問に思えるかもしれないがね、おれの将来はどうなるんだ？」

フレッドが白い歯を見せた。「将来なんか心配するな。すっかり計画してある」

食事がすむと、ハンクは楊枝を使いながら、あとの二人を見た。「二十五セント玉でけちなポーカーでもやらないか？　時間つぶしに」

私は棚のトランプを取りに行った。三人はせっせと小銭を数えていた。その隙にスペードのエースを抜いてポケットに収めた。

それから、自分用にステーキ・サンドイッチをこしらえ、テーブルにすわって、三人がポーカーをやるのを眺めた。

ハンクはついていて、続き番号の札を五枚そろえ、エース三枚のフレッドを負かした。そのとき、私はスペードのエースをポケットからそっとぬき出し、膝でテーブルの下に押さえつけた。「カードのやり方を見てると、人格がよくわかる。ことに、こういうまっとうなゲームだとな」

ボスは残った二十五セント硬貨二個をもてあそんでいた。「なにか面白いことでもわかったのか？」

二秒ばかり間を置いて、私は咳払いした。「いや。べつに」

フレッドは考えこむようにこっちを見た。それからカードに手を伸ばし、数を数え始めた。

私は膝をずらし、エースを床に落とした。

フレッドはまとめたカードを指先でとんとんと叩いた。「一枚足りない」

私は身をそらし、テーブルの下を見た。「ああ、あった。床の上だ。落っこちたらしい」私はフレッドににっこり笑いかけた。「さっきの手であれを使えたらよかったのにな。入っていなくて残念だった」

フレッドがハンクを見る目には疑念の色が浮かんでいた。これで今夜はポーカーはお開きだろう。

腕時計を見て、私はあくびをした。「ここにはベッドは一つしかない。おれに使わせてくれるとは思わないが、それでもあんたらのうち二人は床で寝ることになる」

私はカードを指さした。「誰がベッドを取るか、トランプで決めたらどうだ？」

ボスはほかの二人に目をやってから、立ち上がった。

ベッドへ行き、靴を脱ぎ始めた。

「そうか」私はハンクとフレッドに微笑を向けた。「誰がベッドを取るか、決まってたようだな」

ボスは靴を片方床に置いて、こちらを見た。「おまえは貯蔵室で寝ろ。眠ってるあいだに斧で首をばっさりやられるのはごめんだ」

スペアのランタンに火を点し、毛布を一枚つかむと、貯蔵室に入った。誰かが掛け金をかけ、受け金の輪になにか差し込むのが音でわかった。

我が家には居室と貯蔵室の二部屋しかない。貯蔵室は丘の斜面に切り込まれていて、床は土、出入り口は居室との境のドアだけだ。

二時間ほど待ち、みんなが眠り込んだと確信してから、仕事にとりかかった。壁に掛けた小型のスコップを取り、ドアのそばの土を掘り始める。

八インチの深さの穴ができると、罠の一つを選んだ。去年の冬、黒熊をつかまえた大きなやつだ。

その罠を穴の中に固定し、仕掛けた。穴の上に粗い麻布をかぶせ、ぴんと張って、木片で四隅をとめた。上に土を撒いて布を覆う。

仕上げに板を置くと、ジャガイモ樽のところへ行った。油布の袋に入れた金をここに隠してあるのだ。二十ドル紙幣を十五枚取り出し、ポケットに入れた。

そのあとは夜じゅう箱に腰かけ、あっちにいる三人のこと、朝になったらすべきことを考えて過ごした。

八時ごろ、ハンクがドアの掛け金をはずした。

居室に入った。「おはよう」彼を苛立たせようと、なるべく陽気にしゃべった。

ボスはまだベッドで寝ていたが、フレッドはテーブルに向き合っていた。床で一晩寝かされたせいで、ぶすっとしている。「コーヒーをいれろ」彼はぴしりと言った。

私はにっこり笑って、朝食の支度を始めた。卵を取りに戸棚へ行ったとき、棚の一つに一ガロン壜が置いてあるのが目につくように戸をあけっぱなしにしておいた。

ベーコンが焼ける匂いでボスは目を覚ました。あくびをして、ポケットの煙草を探っている。

ボスに会釈した。「ここは空気がいいし、一晩ぐっすり眠れば、すっきりさわやかだ」

フレッドは眉をひそめてこちらを見た。「あそこの壜には何が入ってるんだ？」

やめとけ、というように私は首を振った。「朝一番には強すぎるやつだ。まあ、それなりの胃袋があるんなら別だがね」

「ここに持ってこい」フレッドは唸るように言った。

彼は栓を抜き、酒の匂いを嗅いだ。グラスに注ぎ、一口飲むとがらがら声になっていた。「自家製か？」

私は肩をすくめた。「壜に納税印はついてない」

朝食後、私はテーブルにすわって、トランプをぱらぱらやった。「ポーカーをやりたいやつはいないか？」

フレッドはウィスキーをもう一杯注ぎ、ハンクをじっと見つめた。「いいとも。仲よしゲームも悪くない」

私は小銭をテーブルに出した。「まず、カードを数えておこう」

何回かやったあと、ハンクも酒を飲み始めた。「おれたちはあとどのくらい、ここにいるんだ？」

「二日ぐらいかな」ボスは言った。「ここならまずまず安全だ」

ハンクは不機嫌な表情になった。「今すぐ出かけたほうがいいと思うね。あそこの未舗装道路で、今度は絶対に車をつかまえられる、焦らずに待てばな」

ボスは手札から目を上げた。「おれが行くと言うまでは、ここにいる」

二人は十秒間にらみ合ったが、ハンクが先に目をそらした。

私はコインをかちゃかちゃいじくりながら言った。

「ここでは誰がボスか、すぐわかるな」

ハンクはこっちをにらみつけ、グラスにお代わりを注いだ。上着を脱ぎ、ベッドに置いてあったボスのスポーツ・ジャケットのすぐ横に投げた。

三十分ほどプレーをしていると、ハンクに運がまわってきた。彼が賭け金の大きな山をボスから取り去ったあと、私は首を振って言った。「おれもあのウィスキーをちょいとやったほうがよさそうだ。ハンクにつきをたっぷりくれてるみたいだからな」

ボスは煙草を揉み消した。「おれにも一杯注いでくれ」

七枚カードのスタッド・ポーカーをやっている途中、私は四枚目のあとでおりて、水桶のそばへ行った。テーブルの賭け金が大きくなってきて、誰もこちらには目もくれない。例の二十ドル紙幣の束をポケットから取り出し、ベッドの上のハンクの上着の下に滑り込ませた。

私が席に戻ったとき、三人はまだ賭けていた。テーブルの中央には四十ドルくらい積んであったが、とうとうボスは手札を伏せてゲームからおりた。

フレッドとハンクはさらに賭け金を増やしていたが、フレッドがコールして手札が開かれた。

ハンクがにんまりして札を開くと、9が四枚そろっていた。

フレッドは怒りに顔を赤黒くして、手札を叩きつけた。「こんないかさまゲームはもうやってられない！」

ハンクの顔から薄笑いが消え、テーブルに身を乗り出した。「おい、いまのはどういう意味だ？」

フレッドはよろめきながら立ち上がると同時に肩のホルスターから自動拳銃を抜いた。「いつまでも勝ち続けるやつはいない。手先がよほど器用でなけりゃな」

ボスがこわい顔をして立ち上がった。「その銃をしまえ」

フレッドは銃をやや下に向けた。「こんなろくでなしを仲間に引っ張り込んだのがまずかったんだ。どういう野郎か、結局ろくにわかってないまんまだ」

私はベッドに近づき、ハンクの上着とその下の金を取り上げた。「あんたの上着だ、ハンク。お役御免らしいぜ」

上着を軽く振ると、金が床に落ちた。ぱさっと音がして、みんながそっちを見た。

酒をしこたま飲んでいても、フレッドが先に反応し、ハンクをにらみつけた。「こずるい裏切り者の泥棒め！ あの仕事なら一万八千どころじゃないと、わかってたんだ」

ハンクは口をぽかんとあけて、床の金を見つめている。

フレッドの銃がまた上がった。「ずっとかばんを運んでいたのはおまえだ。鍵だって持っていた」

次に何が来るかに気づいたハンクは、それに逆らおうと声を大きくした。「見たこともない――あんなカネ、今まで見たこともなかった！」

フレッドの険悪な表情に変化はなかった。そして、手にした銃が二度火を噴いた。

ハンクの体は弾丸の衝撃に揺さぶられ、くるりと向きを変えて床に倒れた。着地する前にもう死んでいただろう。

フレッドが死体を見下ろした。怒りに体を震わせている。ボスもハンクの死体を見た。厳しい顔つきだった。

ハンクの上着を手にしたまま、私はベッドにがっくりすわり込んだ。一、二秒して上着を放し、手を数インチ動かした。また立ち上がったときには、ボスの上着を腕に掛けていた。

「こうなると」静かに言った。「分け前は半分ずつに増えるな」

二人はこっちを見た。フレッドは目を細くして、上着をしげしげと見つめた。「そいつを見せろ」ほとんど叫び声だった。

彼は私の手から上着をひっつかみ、ボスのほうを向いて、「こいつはハンクの上着じゃない」と怒った声で言った。「あんたのだ」

私はじりじりと貯蔵室のドアに近づいた。

ボスはすっかり困惑し、眉根を寄せて上着を見た。それから貯蔵室のドアのそばにいる私の姿にちらと目を向けた。

彼はふいに悟って、目を丸くした。「ばかなことを考えるな、フレッド。こいつに何をされたか、わからないのか?」

だが、フレッドは聞く耳を持たなかった。あの険悪な表情が顔に戻っていた。

「このあほが……」ボスはヒステリー気味の声でしゃべりかけた。

フレッドの銃が吠えた。

私は貯蔵室に駆け込み、ばたんとドアを閉めた。闇の中、手探りで罠の上の板を取り除いた。それからジャガイモ樽の後ろに這っていき、待った。

三十秒としないうちにフレッドがドアを開けた。後ろからの光に照らされて、立ち姿のシルエットが見えた。左手をドア枠にかけて体を支え、右手に銃を持っている。

私は悪態をつき、ジャガイモを一個投げつけてやった。胸に当たり、フレッドは闇に向かって一発撃った。

ぶつぶつつぶやきながら、彼は前進し始めた。二歩目で悲鳴を上げた。熊罠がばしっと嚙みついたのだ。

私は壁に手を走らせ、やがて鋤に触れた。鋼鉄の罠を必死にはずそうとしているフレッドの頭の側面に鋤を振り下ろした。一撃で充分だった。

床から銃を取り上げ、気をつけて居室に戻った。ボスはハンクやフレッド同様にすでに息絶えていた。

私はウィスキーを一杯注いだ。

三つの死体を森の中へ引っ張っていって埋めるのはきつい仕事になる。

だが、少なくとも場所に問題はなかった。小屋の裏手の小さな谷間はうってつけだ。あと三人分の余裕はある。

一年ほど前、二人で銀行強盗をやったあとで、ウィリー・スティーヴンスを埋めたのがここだった。五千しか手に入らなかったから、山分けにする額ではないと思ったのだ。

ハンクの死体から鍵をぬき取り、自分のものになった金を拝見することにした。

夜の庭仕事

No Shroud

松下祥子 訳

私たちは台所の窓際にすわり、警官の一団がバラの茂みのそばを掘り起こすのを眺めていた。六時で、太陽はそろそろ沈もうとしている。

「家内のイヴリンがどう思うかなあ」私は言った。「庭についてはうるさいんですよ。私はさわらせてさえもらえない」

ピーターソン部長刑事は、しわくちゃのスーツを着た大柄な男だったが、ぼんやりと鼻を鳴らした。「草の一本残らず、元通りにしますよ、必要ならね。まあ、そっちに賭けるつもりはないが」

私はテーブルの上で手を組んだ。「どこかの女が名前も名乗らずに電話してきたからって、警察がイヴリンの庭をめちゃくちゃにしていいとは思えませんがね」

ピーターソンはあくびをした。「ちゃんと機会をあげたろう。なのに、あんたは質問にきちんと答えようとしない」

「すみませんね、すべての答えを知ってるわけじゃないんで」私は首の後ろの凝りをほぐした。「コーヒーはいかがです？」

カップをもうひとつとり出し、彼の前に置いた。

ピーターソンは薄汚れたメモ帳をぱらぱらとめくった。「もう一度復習しよう。奥さんはどこにいるんだ？」

「言ったでしょう、部長刑事。ここ一週間出かけているんです。妹が住んでいるアイオワ州のどこかの小さな町へ行ったんだが、町の名前をどうしても思い出せない。妹が病気だと聞いたとたん、イヴリンはすべてを投げ出して、すぐさま駆けつけたんだ」

「でしょうな」ピーターソンは皮肉っぽく言った。

「それに、あんたは妹さんの苗字も思い出せない」

「結婚したばかりなんですよ、部長刑事。それで、あっちへほんのひと月前に引っ越した」私はまじめな顔でうなずいた。「でも、結婚前の名前がエミリー・ターナーだったのはおぼえている。ええ、それは確かです」

ピーターソンは笑った。「そいつは大助かりだ」不審げな目を私に向けた。「奥さんは行き先の住所を書き残していかなかったのか？ 緊急の場合に備えて？」

私はにっこり笑った。「イヴリンは緊急事態くらい自分ひとりで必ずなんとかできると信じていましてね」

彼はカップを手でもてあそんでいた。「奥さんの写真、ありますか？」

私は寝室へ行き、イヴリンが化粧台に置いていた大きめの写真を持ってきた。「去年の夏のピクニックで撮ったやつです。お気に入りの一枚でね」

ピーターソンは目を凝らして写真を見た。

「私たちの隣に写ってる男はフランク・グレイディ」私は言った。「警察で働いている。刑事かなにかじゃないかな。なかなかハンサムな男ですよね？」

ピーターソンは眉をひそめ、写真をテーブルに置いた。「女性からの電話によれば、あんたは昨夜、庭を掘り返しているところを見られている」

「見間違いですよ、部長刑事。私は夜のあいだ、静かに居間で本を読んでいました」

彼はにやりと笑った。「そうだろうな」

私はコーヒーのお代わりを注いでやった。「ゆうべは暗かったですよね、部長刑事。細い月さえ出ていなかった」

彼は煙草に火をつけ、マッチの燃えかすを皿に置いた。「その点をおたくの弁護士に知らせるのをお忘れなく」

ピーターソンの目がちらと写真に向いた。「電話の主は、おたくの奥さんと仲良しだと言っている」

私は考えこむようにうなずいた。「ミセス・ウィンターズだな、間違いない。隣の家に住んでいる未亡人です。でも、家は百フィート以上離れているし、暗い夜だった」

「はいはい。細い月さえ出ていなかった」ピーターソンは煙草の煙をくゆらせた。「その女性とはすでに話をした。おたくの奥さんがしばらく留守にするなら、その話を聞かされたはずだと言っている」

「イヴリンはあわてふためいて出かけたんです」私は言った。「五時に知らせを受けて、六時の列車に乗らなきゃならなかった。ええ、時間があればきっと隣へ行って、ミセス・ウィンターズに教えていたでしょうがね」

窓から外に目をやった。男たちはノイバラを根こそぎにしようとしていた。「ああ、そういえば」私は言った。「クロイチゴ酒があるんだ」

ピーターソンは顔をしかめた。「私はコーヒーでけっこう」

私は立ち上がった。「じゃ、一杯やらせてもらいますよ」

ピーターソンは私が壜を持って戻ってくるのを待って、言った。「ミセス・ウィンターズは昨夜銃声を三発聞いたと主張している」

「銃なんか持っていませんよ」私はやや苛立った口ぶりで告げた。「銃ってやつがこわいんでね」

裏手の廊下に足音がして、さっきファロン巡査部長と名乗った男が台所に入ってきた。細身で、表情は目に見せるだけだ。彼は流しに行って手を洗った。「見つけたものがある」

　ピーターソンが椅子の上で体をひねった。「というと?」

「オウム」ファロンは無表情に言った。「庭にオウムが一羽埋められていた」

　私はクロイチゴ酒をゆっくり飲んだ。「ネプチューンかもしれない。鳥籠がからっぽになっていたから」

　ファロンはこちらに目を向けた。「ご立派な観察力ですな。死骸を見たいですか?」

「いや」私は言った。「死んだものを見るのは耐えられない」ため息をついた。「イヴリンはあのオウムをかわいがっていた。大好きだったんだ」

　ファロンは手を拭いた。「ちょっとぐちゃぐちゃになってるが、頭を一発撃たれたんだと思う」

　ピーターソンはテーブルの上に身を乗り出した。「銃を見せてもらおうじゃないか、ミスター・ベアード」

　私は声を鋭くした。「銃なんか持っていません。そう言ったでしょう」

　ファロンは二人の警官を庭から呼び入れ、家宅捜索を始めた。五分としないうちに、小型のオートマティックの銃身をつまんで台所に持ってきた。「二五口径。化粧だんすの引出しに入っていた。オウムを撃つのには最適だし、必要とあらば人間も殺せる大きさだ」

　彼はクリップから弾丸を抜いてテーブルに置いた。それから、一緒に持ってきた箱の中のカートリッジの数を数えた。「三個足りない」

　ピーターソンは私の目をとらえた。「一個がどこにあるかは、もうわかっている。あとの二個はどこなんだ?」

　私は唇を舐めた。「ぜんぜん知りませんよ」

　ファロンは椅子の上に片足をのせた。「次はどうする、ピート?」

ピーターソンは肩をすくめた。「庭は広い。どんどん掘ってくれ」彼は薄暗くなってきた庭に目をやった。「投光照明を立てたほうがいいな」

ファロンが出ていくと、私は立ち上がり、台所の明かりをつけた。

ピーターソンは写真をじっと見つめた。「女性が姿を消すと、われわれはいつも夫を真っ先に疑う」

「知ってますとも」私は言った。

彼は写真から目を離した。「ミセス・ウィンターズの話では、この家にしょっちゅう男が立ち寄っていたらしい」彼はためらいがちに言った。「ご主人はそこまで気づいていないだろうとほのめかしていた」

私は微笑した。「フランク・グレイディのことかな。本人に訊いてみたらどうです？」

われわれは三十秒ほどにらみ合った。

私はクロイチゴ酒を飲んだ。「それが本当なら、彼はそう長く警察に勤めていられませんね。警察官の品行に関する規律は厳しいでしょう」

そして私はにやりとした。「しかし、隠蔽もできるな。なんといっても、あんたがたはみんな、いわば戦友ですからね」

部長刑事は怒りに顔を赤くして、台所の電話に手を伸ばした。ダイヤルを回し、つながるのを待った。

「フランク・グレイディに連絡しろ」かみつくように言った。「この住所にすぐさま来るよう言ってくれ」紙切れを見て、道路の名前と番地を読み上げた。

ファロンが台所に戻ってきて、私をじろりと見た。

「猫が見つかった。頭を撃ち抜かれていた」

ピーターソンはゆっくり息を吐いた。「これで弾丸は二個。まだあと一個ある」ファロンのほうを向いた。

「掘り続けろ」

ファロンはドアへ向かったが、足を止めた。思案顔になっていた。「ピート、まず地下室を見てみるよ。

そこが当たりのことが多いからな」

ピーターソンと私は台所のテーブルを前に、黙って待った。しばらくすると、階下から石炭置き場をシャベルで掘っている音が聞こえてきた。

ファロンが床に石炭粉の跡をつけながら戻ってきた。

「下に半分使いかけのセメント袋があった」

「レンガ細工に使ったんだ」私はすばやく告げた。「庭のバーベキューの炉を直すのに」

ファロンはにやりとした。「地下にいたあいだに、あたりをちょいと見てみた。石炭の山の下に、かなり最近敷いたらしいセメントの跡が見つかった」

「一カ月ばかり前に水道管が破裂して」私は言った。「配管工が地下室の床の一部を掘り起こさなきゃならなかったんだ」

ピーターソンは微笑した。「配管工の名前を教えてもらえるかな」

私は首を振った。「残念ながら、名前は知らない。家のことはいつもイヴリンが仕切っているから」

ファロンはにやにやしながら外に出て、家の前に駐車したトラックまで行った。空気ハンマーを携えた操作員を伴って帰ってくると、二人で地下室へ降りた。

ピーターソンは脚を組んでゆったりとすわった。

「あんたみたいな連中はみんな、想像力に欠けているんだ。女房を始末するだろう。すると、いいことを思いついたとばかり、遺体を庭に埋める。あるいは地下室にな」

こちらをしげしげと見て、彼はにんまりした。「もし私が女房を始末したかったら、どうするかわかるか？」

私はなにも言わなかった。

彼は笑った。「遺体は北へ運ぶ。何カ月も車が通らない、昔の木材伐採用道路に曲がり込むんだ。そこに遺体を埋める。森の奥にな。遺体が見つかる可能性は、百万にひとつもない。で、死体がなければ、立件できない。わかるか？」

階下では空気ハンマーがガンガン音を立て始めた。

ピーターソンはご機嫌だった。「そうだ、なにもそこまで北へ行くことはない。このあたりにも、おあつらえむきの場所はいくつかある」

私をじろじろ見た。「警察の厄介になった経験はあるのか？」

しばし考慮したうえで、嘘をついてもしょうがないと決めた。「ええ。十年くらい前、車を盗んで逮捕されました。それだけです」

ピーターソンは鼻を鳴らした。「つかまったのはそれだけだ、という意味だろう？」

ああ、そういう意味だよ、と思ったが、なにも言わなかった。

玄関のドアベルが鳴って、ピーターソンは立ち上がった。彼はフランク・グレイディを連れて戻ってきた。

グレイディは背の高い男だ。肩が張っていて、黒っぽい髪は巻き毛になりやすい。台所の戸口で立ち止まった。

「やあ、フランク」私は言った。「ちょっと誤解が起きてるみたいなんだ」

目に警戒の色が表われていた。「おれとなんの関係がある？」空気ハンマーの音が耳に入って、彼は軽く首をかしげ、眉根を寄せた。

ピーターソンは私を指さした。「この人は奥さんが今どこにいるか、ちゃんと説明ができないんだが、こっちはかなりはっきりわかってきた」

「イヴリンはアイオワの妹を訪ねているんだよ、フランク」私は言った。「だけど、部長刑事はおれの言うことを信じてくれない」

ピーターソンは煙草に火をつけた。「これまでのところ、庭を掘り返したらオウムと猫が出てきた。どっちも頭を撃ち抜かれている。掘る作業はまだ続けていて、大いに希望がある」

　フランクはやっと事態がのみこめたようだ。ずかずか部屋に入ってくるなり、私の喉に手をかけた。「おい、イヴリンに何をしたんだ？」彼は唸るように言った。

　ピーターソンが私たちを懸命に引き離した。「落ち着け、フランク。こいつのやったことがはっきりしたら、ちゃんと決まりをつけてやる」

　私は喉をさすった。「イヴリンにはなんにもしちゃいない。そう言ってるんだ、フランク」

　グレイディは私をにらみつけ、荒い息をついた。

　私はピーターソンのほうを向き、悲しげに微笑した。「どうやらミセス・ウィンターズの言うとおりだったようだ。家内は、私ひとりに尽くしていたわけじゃなかったらしい」

「今そんなことは心配しなくていい」ピーターソンはぴしりと言った。

「心配するとも」私は言った。「警察は適切な措置をとってくれるんでしょうね」私はグレイディににやりと笑いかけた。「フランク、怒るべきなのはこっちのほうさ」

　彼はまたかかってこようとしたが、ピーターソンが割って入った。「すわれ！　二人とも！」

　階下では空気ハンマーの音がやみ、シャベルで掘る音に変わった。

　ピーターソンは私をじろりと見た。「奥さんはだいぶ年下だったんだろう？」

　七時十五分になっていたから、部長刑事の質問が過去形になっていたのは訂正してやらなかった。「年の差に意味はないですよ」

　彼は冷静に私を観察した。「どうして彼女はあんたと結婚したんだ？」

　私はかすかにほほえんだ。「私の魅力のせいだと思っていましたがね。彼女は自分の活動の基地が欲しかったのかもしれない。あるいは安定した生活か」

「なにが安定した生活だ！」フランクが叫んだ。「金があったのはイヴリンのほうだ。この家だって彼女のものだ。彼女には一万ドルの生命保険が掛かっていて、受取人はこいつですよ」

私は微笑した。「だがね、おれにも保険が掛かっていて、イヴリンが受取人だ。それでまあ釣り合ってると思わないか？」

しばらくみんな無言だった。やがてグレイディがピーターソンに言った。「おれとイヴリンのあいだにはなにもなかった。あればよかったのに、と思いますよ」

地下室から階段を上がってくるゆっくりした足音に、三人そろって緊張し、耳を澄ました。

ファロンは見るからにうんざりし、ぷりぷりしていた。「猿」彼は言った。「いまいましい猿を見つけた。頭を撃ち抜かれている。ほかにはなにもなかった」

ピーターソンはかっとなって顔を赤らめた。テーブルごしに手を伸ばし、私のシャツをわしづかみにした。

「彼女をいったいどうしたんだ？」

心臓が肋骨を打ち、一瞬パニックを感じた。「そんなことをすると体に悪いですよ、部長刑事。やめたほうがいい」

ファロンがピーターソンの肩に手を置いた。「落ち着け、ピート」

ピーターソンは私から手を離し、いらいらと額を揉んだ。「わからない。まずオウムを殺し、次に猫、次に猿だと」

ファロンは苦笑いした。「次はもっと大きいものを予定していたのかもしれない」こちらに近づいた。

「これでもまだ銃がこわいか？　殺すのも？」

電話が鳴り、ピーターソンが受話器に手を伸ばした。相手の話を聞く彼の表情が変わった。「確かなのか？」

電話を切ると、たっぷり一分たって、ようやく私を見ることができた。「ついさっき、女性が轢き逃げされて殺された。身分証明書によれば、おたくの奥さんだ」

私はグレイディをちらと見てから、両手に目を落とした。

「事故は駅前で起きた。奥さんはバス停へ向かって道路を横断しているところだった」

ピーターソンの目は困惑していた。「正式に身元を確認してもらいますよ」

その目がグレイディの青ざめた顔に移動した。「きみも行ってくれ、グレイディ。ミセス・ベアードに間違いないか、念を入れて確かめたい」

二人でイヴリンの遺体の身元を確認し、私は埋葬の手配をした。遺体は彼女の生まれ故郷へ送ることに決めた。伐採業が中心の北部の小さな町だった。

深夜十二時近くなってようやく家に帰り、軽い食事をこしらえた。食べ終わると、窓辺に近づいた。ミセス・ウィンターズの居間には明かりがついていた。

裏口から家を出て、庭を横切った。居間の脇の窓の一つを爪で軽くこつこつ叩いてから、家の裏手にまわった。

まもなくダイアナ・ウィンターズが裏口を開け、私を中に入れてくれた。

彼女の温かい唇に長いあいだキスをしてから、ようやく抱擁を解いた。「用意した車を使ったかい？」

彼女は鏡の前に行き、漆黒の髪の乱れを直した。

「ええ。町の北側まで行って、そこに置いてきたわ。ヘッドライトの片方が粉々になっちゃったけど」

私は肩をすくめた。「それは持ち主に心配してもらえばいいさ」

彼女は冷蔵庫へ行き、ウィスキー・アンド・ソーダの用意をした。「イヴリンがあの列車に乗っていないんじゃないかって、ちょっと不安だったのよ」

「イヴリンはいつだって時間に正確だった」私は言った。「七時に着くと手紙で知らせてきたから、その点は信頼できるとわかっていた」

私は彼女が飲み物をつくるのを眺めた。「一緒にいるところを見られないようにしないとな。遺産の処理がすんだら、しばらくフロリダで過ごそうと思うんだ」

「ハヴァナはどう、ダーリン？　あそこは行ったことがないのよ」

「わかった」私は言った。「じゃ、ハヴァナにしよう」グラスを取り上げた。「部長刑事に、動物はぼくが殺したと白状したよ。抑圧されたサディズムが酒を飲むと満開になるせいだと言っておいた」

私はため息をついた。「ほんとに、あの動物たちにはかわいそうなことをしたが、目的は果たしてくれた。あいつらのおかげで、哀れな女房が死んだとき、ぼくはこのうえもない証人たちに囲まれていたんだからな」

私はグラスを掲げた。「警察に乾杯。そして、ぼくの鉄壁のアリバイにも」

ダイアナはにっこりした。「この筋書き、また使えないかしら？」

「だめだ」私は言った。「どんなことも二度繰り返しちゃいけない。次はなにか新手を編み出さないとな」

二杯目は、次回の成功を祈って乾杯した。

Part
II

1960年代

五〇年代に百七篇の短篇を新聞、雑誌に寄稿したジャック・リッチーはその執筆ペースを維持させながら、六〇年代には発表された短篇数を百二十五篇までに増やした。主戦場は《ヒッチコックマガジン》に移り（百二十五篇中六十篇）、同誌の看板作家の一人となった。生涯を通じて、同誌に掲載された総短篇数は百十七篇（未訳二十一篇）。本書には「地球壊滅押しボタン」など十四篇を採った。

《ミスター》《ミリオネア》などのメンズ・マガジンに載った作品も本書に数篇収録したが、リッチーがそれ以上に高い原稿を得たのは、全米のボーイスカウトを読者対象にした少年雑誌《ボーイズ・ライフ》（一九一一年創刊）とダイナーズ・クラブの会誌《シグネチャー》（一九五〇年創刊）だった。後者には「戦場のピアニスト」などすべて五〇年代に十篇の逸品（未訳四篇）が掲載された。

正当防衛

Preservation

松下祥子 訳

カーター教授は黄色い髪を長く伸ばし、同じ色のふさふさした口ひげを垂らしていた。その突き刺すような青い目をじっと見つめると、前に会ったことがあるような気がしたが、いつどこでだったか、思い出せなかった。

彼の推薦状をじっくりと確かめた。きちんとしているようだ。「はい」私は言った。「お申し込みいただくことはできます。しかしコンピューターは六カ月先まで予約が詰まっているんですが？」

彼は問題ないというように手をひらひらさせた。

「通常の就業時間外に使わせていただくということで、まったくかまいません」

私は首を振った。「教授、コンピューターは一日二十四時間使われているんです。それに、使用時間のうち六十パーセントは政府に優先権があります」

彼は眉をひそめた。「六カ月は待てません」

「申しわけありませんが、待っていただくしかない。7型コンピューターは非常に需要が多いのですが、対応できるだけの数が国内にそろっていないもので」

彼はいらだたしげに口ひげを引っ張った。「キャンセルはありませんか？」

「たまにはね」私は言った。「でも、めったにない。実際、ここ一年以上ありませんね」私は彼の膝の上の書類ケースに目をやった。「ご存じかと思いますが、数値は前もってすべて1と0に置き換えなければなりません。この機械は、要するに、イエスかノーしか答えられない。ですから、1は1のままですが、2は1

０になり、３は１１、４は１００、５は１０１、というふうに変わっていきます」

彼はまた眉をひそめた。「その作業は誰がやるんです？」

「ふつうは、うちの大学院生数人にやらせています。数値は機械に入れる前に二度三度とチェックします。なにしろ、７型は一時間使うと二万ドルかかると計算されています——単純な事務的ミスで時間と金を無駄にするのはばかげていますからね」

その点を考えて彼は言った。「その作業はあなたにやっていただきたいですな。あなた一人にね。で、私の仕事は極秘にしておいていただきたい」

「カーター教授」私は我慢強く言った。「大学から７型の担当責任者に任命されて以来、私の仕事はだいたい管理運営に限られています。計算に関することなら、資格のある人がほかにたくさん……」

「いや」教授は強く言った。「あなたにやっていただきたい。そのための時間給はお望みどおりにお支払いする所存です」

相手の顔をしげしげと見た。虫が好かないやつだ、と本能的に思った——たんなる嫌悪感以上のものだったかもしれない。「何を研究しておられるんですか？」

彼の口元が引き締まった。「あなたには関係ない」

私は苦労して笑みを見せた。「人に小説を渡して読めと言っておきながら、あとでその人が筋もまったく覚えていないと期待するのは無理でしょう。おわかりと思いますが、数式もそれと同じようなものです。数式を見れば、少なくとも、研究の方向くらいは見当がつきます」

彼は数秒間ためらってから、しぶしぶ口を開いた。

「テレポーテーションです」

私は思わずデスクの上の手紙に目を落とした。ベイフィールドの市民大学の学長はカーターを無条件で推薦していた。だが、電話で確かめてみたほうがいいかもしれない。

カーターはそんな考えを読みとったようだ。「レッドマン博士、私は頭のおかしい人間ではありません。研究主題はテレポーテーションです」

「なるほど」私は無表情に答えた。「四次元を通して移動する？　どこへですか、教授？　ほかの惑星へ？　それとも、未来へ？」

「どちらでもない」カーターは言った。「過去へです」彼は書類ケースをデスクに置いた。「いいですね、レッドマン博士、絶対に極秘ですよ」ポケットからメモ帳を取りだし、住所を書きつけた。「連絡先はベイフィールドのここです」

教授が出て行くと、私は書類ケースを開け、紙を七枚取りだした。数式はなぐり書きだが、専門家らしい筆跡だった。

一枚目をしばらく眺めたあと、それから紙をすべて書類ケースに戻した。さっと眺めてすむものではなかったのだ。よく調べ、考えてみる必要がある。そして最終的にはコンピューターにかける必要も。

五時に車で帰宅した。家に入る前に、近所で十歳の息子が同じ年頃の少年たちと一緒に遊んでいる姿が目にとまった。亜麻色の髪をしたトムは今のところ、知性が必要なことにはまったく興味を示していない。現在の彼の野心はカウボーイになることで、私はかすかに苛立ちを感じていた。

夕食後、カーター教授の書類ケースを部屋に持っていった。余分の寝室を書斎に改造した部屋だ。

十一時に妻がドアを開けた。「そろそろ寝る時間よ」

私はぼんやりとうなずいた。

「わかったわ」彼女は言った。「お邪魔はしません。でも、あまり遅くまでがんばらないでね」

午前三時近くになって、いろんなメモを書きつけた紙を集め、くしゃくしゃに丸めて、屑籠に投げ捨てた。

手が冷たくなっていた。ひどく冷たい。

ベイフィールドまでなら二時間で行ける。朝まで待つべきだろうか？

だめだ。

コートと帽子を見つけ、闇の中を歩いてガレージに入った。

ベイフィールドに行くのは初めてだったが、教授の住所はメイン・ストリートだったから、アパートメントを見つけるのは容易だった。

くたびれたカーペット敷きの階段を昇って三階まで行くと、31号室のドアの脇のブザーを押した。

しばらく待ち、また押した。ようやく中で人の動く気配があり、ややあって錠が回った。

カーター教授はドレッシング・ガウン姿で、長い黄色の髪は梳いてあった。私を見て、それから小脇に抱えた書類ケースを見ると、「ああ」と言って、中に入れてくれた。

彼はドアを閉めた。「結局、私の数式をコンピューターにかける時間ができたのですか？　それでこちらに？」

「いいえ」私は言った。

彼はがっかりした顔になった。「しかし、ここまでいらした。なぜです？」

「あなたの数式をよく調べました」

彼の舌が唇を舐めた。「それで？」

寝室のドアが開いていて、化粧台の上にブラシ、櫛、ヘアトニックなどが整然と並んでいるのが見えた。

彼はしばらく待っていたが、私がなにも言わないので、静かに笑った。「私の数式ですが、正確ですね、そうでしょう？」

私は深呼吸した。「かもしれない。だがコンピューターにかけてみなければ、確かなお答えはできません」

彼は片方の眉毛を上げた。「かもしれない、というだけですか？　それで夜中のこんな時間にここまでいらした？」

私はなにも言わなかった。

教授の明るい青い目がきらめいた。「では、もうお気づきでしょう。これはたんなる受動的な傍観者のテレポーテーションではない。つまり、人が過去に電送されても、木の葉一枚、草の葉一本すらいじることはできないというものではありません」

「ええ」私は言った。「明らかに、そういうものではない」

彼は勝ち誇った笑みをのぞかせた。「では、私が実際に過去へ戻り、歴史を変えることができることを事実として受け容れてくださるんですね？　おわかりですか、私はリンカーンやマッキンリーやケネディの暗殺を防ぐことができるんですよ」

私はゆっくりと答えた。「すでになされたことをみだりに変更するのは賢明とはいえないでしょう——理由はどうあれね。昔は昔のままにしておくべきです」

彼は軽蔑するようにこちらを見た。「ほんの二つ三つ変更を加えるだけで宇宙が崩壊すると、本気で信じておられるんですか？」

「現在、人間がこうあるのは、じつに脆弱な偶然によるものです」私は言った。「過去をほんのわずかでも変えれば、われわれの存在そのものが消えてなくなるかもしれない」

「たわごとだ」彼はぴしりと言った。「私は歴史を作り変え、改善できる。それに、これは一人の個人を電送するという問題ではない。何十、何百、何千という人間を送ることだってできるんだ！」

彼は興奮して片手を振った。「戦争の結果さえ変えられる。アラモの砦の悲劇を消すこともできる。カスター軍が大虐殺されるのを未然に防ぐことも」にらみつけんばかりだった。「機関銃、大砲、ロケット弾、火炎放射器を備えた現代の軍隊が乗りこめば……」

私はそれまで彼をじっと見つめていた。きっかけを待っていたのかもしれない。私はブロンズ製ブックエンドを取りあげ、一撃した。彼は即死だった。私は証拠になる指紋を消して、部屋を出た。

気持ちのいい六月の朝。妻は新聞を読んでいた。「もう三カ月になるのに」彼女は言った。「警察はカーター教授を殺した犯人が誰だか、ぜんぜんわかっていないのよ。どうやら迷宮入りね」

息子は新聞の別版を見ていた。「今日はカスター大虐殺の日だって。一八七六年に、将軍とその指揮下の全軍が殺されたんだ」

私は朝食のコーヒーに砂糖を入れた。「おまえのひいおじいさんのひとりはそのリトル・ビッグ・ホーンの戦いで生き残ったんだよ」

息子はそんなはずない、と言い返しそうな顔で私を見あげた。

「ほんとうだ」私はそう言ってにっこり笑った。「もちろんさ、ひいおじいさんはインディアンだったからな」

無罪放免

They Won't Touch Me

高橋知子 訳

「アメリカのカネで五万ドル要求する」私は言った。

「もともと私はドルしか扱っていない」ウィラードはこたえたが、不審げだった。「アメリカにとどまるつもりなのか？」

「いや、いずれ帰国する」

「だったらなぜ、アメリカのカネにする？」

「ドルは世界じゅうどこでも通用する。私の国の通貨に両替するにしても、なんら問題はない。その気になれば、どの国の通貨にもすんなりと替えられる」

ミスター・ウィラードだけに目を向けているのはひと苦労だった。いくつもの障害物やカネで雇われて彼を警護している者たちがいた。しかし粘れば、物事はたいていうまくいく。

ウィラードは煙草に火をつけた。「いいか、もっと安くこの仕事を請け負う者がいる。大勢な。それに、無報酬でやる者も」

「ほう」私は言った。「だが、彼らはあなたの組織の者だろう。つかまる恐れは充分ある。そうなれば、当然ながら口を割る」

彼は私をにらんだ。「うちの者たちはしゃべらない」

私は笑みを浮かべただけで、何も言わなかった。

彼は煙草をふかした。「おまえだって警察につかまるかもしれない。そうなれば、おまえはしゃべる」

私は肩をすくめた。「だが、私には話せることは何もない。すべては、じつに遺憾な事故だったということになる」

彼は鼻を鳴らした。「警察に冷や汗をかかされて、きっとおまえは口を割るだろう」

「いや、警察が私に冷や汗をかかせることはない」

われわれはバーのボックス席に坐っていた。彼はウェイターが二杯めの飲み物を持ってきて、場を離れるまで黙っていた。

「マンテルには一日二十四時間、護衛がついている」彼は言った。「誰も彼には近づけない」

「だが、私ならできる」私は言った。

彼はグラスに口をつけた。「高性能のライフルを使うんだろう？」

私は首を振った。「いや。そういった類のものでもやれるだろうが、つかうつもりはない。私の計画には用がないんでね」

彼はさらに、こちらの腹を探った。「どこでマンテルをしとめるつもりだ？　委員会の部屋か？　やつのホテルか？」

「いや。何日か午前中の様子を監視したが、いつも決まった行動をとっているようだ。九時半に、委員たちが集まるビルに入る。マンテルが乗っているのは、三台つづく車の二台めだ。車は縁石につけて停まり、マンテルと護衛は建物まで歩く。彼らが歩く歩道は幅が広い——階段まではおよそ五十フィート。そこで、マンテルをしとめる」

「なるほど。だが、どうやって？」

私の説明を聞く彼の目が細くなった。

「なんとね」彼は言った。「そんなこと、やりおおせるわけがない」

私は微笑んだ。「いや、うまくいく」

彼は指でテーブルを叩いた。「どうかな。そんなことが起きれば、国じゅうの指が私に向けられる」

「だが、これ以上ぐずぐずしていたら」私は言った。「時機を逸する。新聞で読んだところによると……」

彼は自分のグラスを凝視した。「新聞の記事などあてにならない。だがそれでも……」

「私の計画なら、偶発的な事故として処理される」私は言った。「きわめてとんでもない偶発的事故だとね。どのみち、あなたと私のあいだに、つながりはいっさいない。私は外国人で、この国に来てまだ一年しか経っていない」

彼は視線をあげた。「そして、新聞を読むのが好きなようだな」

私はうなずいた。「ああ。アメリカの新聞を読むのがね。その新聞で、以前はあなたの組織の一員で、いまは刑務所にいるミスター・マンテルという男がいることを知った。ところが、彼は刑務所での生活をいまよりましなものにしたいと考えている——あるいは、いずれ釈放されることを願ってさえいるかもしれない——そこで、議会の委員会にみずから進んで出ていき、知っていることを洗いざらい話すことにした。そんなことになれば、あなたにはそうとうの痛手だ」

私は笑って先をつづけた。「新聞では、あなたのこともあれこれと読んだ。あなたはかなりの大物だ。もっとも、さほど尊敬の念は払われていないようだが。となれば、このミスター・マンテルのような件では、彼の死に喜んで五万ドル支払うにちがいないと私は踏んだ」

彼は私を見つめ、意を固めたようだった。「そこで、おまえは五万ドルをせしめて、故国に帰ろうというわけか。その五万ドルで何をするつもりだ？」

「とびきり高級な私用の車を買う」私はこたえた。「で、その車を磨いて、これは自分のものだと何度も確かめるのさ。自分だけのものだと」

数日後、道路脇で待機していると、三台の車が通りすぎた。私はズボンとブーツについた煙草の灰を払った。車のエンジンをかけ、道路に車を出した。三台のセダンは一ブロック先にある委員会のビルの前で停止し、右側のドアが開いた。

私がアクセルを踏みこむと、エンジンがうなりをあげた。その直後ハンドルを右に切り、縁石を乗り越えた。

　歩道にいた一行は迫り来る私の車に気づき、目を見開いた。

　私はもう一度ハンドルを切り、一瞬ブレーキを踏んでタイヤをきしらせた。目撃者の目には、私の車がコントロールを失ったように見えただろう。

　だが、そうではなかった。

　マンテルは衝突をかわそうとするように手を顔の前方にあげ、私が跳ねる瞬間、悲鳴をあげた。

　ブレーキをめいっぱい踏むと、車は歩道にのりあげたまま停まった。

　ハンドルに頭を伏せ、うめき声を絞りだしていると、銃を持った男たちが駆けつけてきた。

　留置所の監房で一時間ほどうずくまっていると、大使館の職員が私に会いにやってきた。

　彼はため息をついた。「じつに痛ましい事故だった。マンテルという男と刑事がひとり死んだ。ほかにふたりが重症を負った」

　私は床を見つめた。「停まりたかったのに、足がアクセルから離れず、車をコントロールできなくなったんです」私はハンカチで額をふいた。「アメリカ人は私を死刑にするでしょうね」

　彼は首を振った。「いや、ピーター。彼らはきみを刑務所に入れることさえしない。彼らはきみに触れることはできない。大使館の職員は外交官特権を有しているし、それは運転手にも適用されるんだ」

　私は驚いたふうを装ったが、笑みをこぼさずにいるのは難しかった。

おいしいカネにお別れを

Goodbye, Sweet Money

松下祥子 訳

ハリソン部長刑事はピーバディのオフィスに入ってくると、私のほうに会釈してから、ピーバディに話しかけた。「大金庫からはなにも奪られていないというのは、確かですか？」

「確かです」ピーバディは答えた。「手がつけられていなかった。しかし不幸にして、賊は貸金庫のほとんどを徹底的にあさっていきました」

「現金のほかにも、なにか？」

「まだ被害者全員に話を聞いていませんが、これまでにわかったかぎりでは、賊は現金専門だったようです。なんといっても、うちは郊外の支店にすぎません。本店のように、コンクリートや金属や手の込んだ警報装置などで守られてはいません」ピーバディは言った。

ハリソンは陰気な顔で同意を示した。「どうやら、男は土曜日の午後、銀行員の最後の一人が帰ったあとで、貸金庫室に入ったらしい。週末のあいだずっとたてこもっていられたし、実際、そうしたようですな」ハリソンは葉巻を嚙んだ。「現金はいくら盗まれたか計算しましたか？」

「いえ、まだ」ピーバディは答えた。

ハリソンが出て行くと、ピーバディの秘書、ミス・ヒンクルが部屋に入ってきた。「ドクター・レーガンと奥様がお見えです」

ピーバディはため息をついた。「怒った人間に会うのは大の苦手だ」

美人とはいえないミス・ヒンクルは、母親のように優しく彼をさとした。「仕事の一部なんだとお考えなさいよ」

「なんとかそうしてみるよ、ミス・ヒンクル」ピーバディは言った。「お通ししてくれ」

レーガン医師とその妻はどちらも二十代後半だった。

「いったいどういう銀行なんだ、ここは？」レーガンが強い口調で言った。

「うちは支店でして」ピーバディは言った。「本店のように、金属やコンクリートや警報装置は……」

ミセス・レーガンも夫に劣らず怒っていた。「でも、保険は掛かっているんでしょうね？」

「ああ、それはもちろん」ピーバディは答えた。「最大限の保険が掛かっております。しかしながら、貸金庫内の現金については、適用範囲が……」彼は言葉を切った。「ところで、なくなったものは？　宝石ですか？　債券ですか？」

「紙切れじゃない、現金だ」レーガンは噛みつくように言った。「四万ドル」

ピーバディは片方の眉を吊りあげた。「ほう？　確かですか？」

レーガンは怒りを爆発させた。「確かだ。決まってるだろう」

私は咳払いした。「ドクター・レーガン、われわれの記録によりますと、あなたはごく最近インターンを終え、ここ三年、開業医としてやっておられる」私はフォルダーの中の書類を調べた。「その三年間に、あなたは総計三万七千五百八十三ドル五十七セントの収入を得て――それにかかる所得税を払っている」

レーガンは眉をひそめた。「あんた、いったい誰なんだ？」

ピーバディが割って入った。「ああ、申し訳ない。ご紹介するのを忘れていました。ミスター・アンダーソンです。国税局の方でして。どうも国税局は貸金庫窃盗事件というものに興味があるらしい。なぜかはよくわかりませんがね」

「具体的に申しますと、ドクター・レーガン」私は言った。「われわれが関心を寄せているのは、あなたが三万七千五百八十三ドル五十七セントの収入で、どうやって四万ドルも貯金できたのか、という点なのですが？」

ドクター・レーガンの顔からゆっくり血の気が引いていった。彼は唇を湿した。「貯金？　貯金なんて言いましたか？　あれはベッシー伯母から相続したカネです」

私はポケットからボールペンをとりだした。「ベッシー伯母さんのフル・ネームを教えていただけますか？　それに、亡くなった年月日も？　そういうことは確認しませんとね。もちろん、相続税は払われたでしょうな？」

ドクター・レーガンは汗をかき始め、助けを求めて妻を見た。

彼女は素早く小さく笑った。「あなたって、遺産相続のことをずっと話しているから、ときどき、ほんとに相続したんだと自分で信じてしまうのよ。でも、ベッシー伯母さまはまだお元気でしょ。思い出した？」

レーガンはハンカチで額を拭った。「じゃ、あのカネのことをこの人にどうやって……」

「わたしたち、貯金したんじゃないの」司令官のような口ぶりだった。「それに、四万ドルじゃないわ。四千ドルよ――それに対する所得税は払いました。話はわかるわね？」

夫はまだ異を唱えそうな様子だった。

「あなた」妻はきっぱりと言った。「四万ドルであろうとなかろうと、どれほどの違いがあるの？　どうせなくなってしまったんだし、銀行の保険の対象でもないらしいわ――空想上の四万ドルにかかる所得税を逃れた罪で、刑務所に送られたくはないでしょ、ヘンリー？」

夫はぼんやりと首を振った。「そうだな」

「それにね、ヘンリー」妻は言った。「あそこからおカネはまだ入ってくるってことを忘れないで」

夫は明るい顔になった。「そのとおりだ。たった三年であれだけ稼いだ……」言葉を切った。顔が曇った。「だけど、医療社会化制度はどうなる？」

妻は夫の腕をとった。「その問題はまたいずれ考えましょう」

二人がいなくなると、ミス・ヒンクルはコーヒーとサンドイッチを持って部屋に戻ってきた。「さあ、ちょっとお休みしましょう。やりすぎてはいけないわ」

「ミス・ヒンクル」ピーバディが言った。「きみがいなければ、どうしていいか見当もつかないよ」

ピーバディと私は三日がかりで盗難被害者全員を面接した。それがすむと私は飲み物を作った。

「合計はいくらになった？」私は訊いた。

「お客さんたちの申告を合わせると、失くなったのは二十一万ドルだ」

「で、貸金庫からわれわれが実際にいただいたのは？」

「四十六万ドル。レーガン夫妻を筆頭に、税金逃れをやってる連中のおかげでね」

「よし」私は言った。「そうすると、純益二十五万ドルがわれわれのものになる。残る二十一万ドルは小包で警察に送ろう。良心の呵責に耐えかねて、全額返すことに決めた、という匿名の手紙を添えてね。警察の記録上は一件落着ってことにはならないにしても、カネが返ってくれば、もう誰もわざわざ泥棒をつかまえようとは思わない。熱が冷めちまうってわけだ」

ピーバディはにっこりした。「だけど、本当に全額が返却されたのか、疑いを持つ人もいくらか出てくるんじゃないかな」

「その場合は、国税局に連絡してくれればいい。もっとも、誰もそんなことはしないだろうという、妙な予感がするんだがね」私はマティーニを一口飲んで、小さく笑った。「私としては、利益の五十パーセントをいただくのが筋のように思えるね」

ピーバディはとぼけ顔で天井を見ながら言った。

「明らかに、私の取り分も五十パーセントが当然だ」

「ちょっと待って、お二人さん」ミス・ヒンクルがぴしりと言った。「これを考え出したのはわたしよ。あなたたち二人を引き合わせたのもわたしなんですから、三人平等に分けていただかなくちゃね」

戦場のピアニスト

Six-Second Hero

高橋知子 訳

支援団体が軽食を用意していると支部長が告げ、集会は休憩に入った。

シーレンと私が最初に煙草を喫いに屋外に出た。月が煌々と輝き、シーレンの視線が、今出てきた白い木造の建物の正面に向けられた。「ジェニングズからスタークまで、支部ナンバー四三一四。ジェニングズって誰だ？」

「第一次世界大戦の古参兵だ」

スタークについては尋ねる必要がなかった。シーレンは煙草をふかした。「自分がここに来ることになるとは思ってもいなかった。だけど、たった四十マイルしか離れていないところで、この集会がおこなわれると知って……」

「最近はどうしてるんだ？」

彼は引きしまった笑みを見せた。「弁護士になった。弁護士に二本の手は必要ないからな」

われ知らず、視線が彼の手袋をはめた左手に向き、またエド・スタークのことが思いおこされた。スタークとは親しくしたことが一度もなかったが、小さな町では毎日、町民のほぼ全員を見かけるものだ。われわれはともに、一九四四年に高校を卒業した。その後まもなく、スタークと私、そのほか二十名の者が一台のバスで徴兵検査場へ向かった。そして基本訓練を受け、任務を与えられ、配属先に送られた。ほどなくして、所属部隊で知った顔はスタークだけになった。

スタークは意欲的な兵士のひとりで、自信にあふれ、うぬぼれが強く、彼にとって戦争は殺戮という危険な冒険だった。私は、当時そこしかなかったという理由で陸軍に入ったが、戦争の終結を待ち望んでいた。船で海外へ発ち、戦闘に加わる時が来て、やがて交代要員が必要になりはじめた。新参の兵士のひとりについて教えてくれたのは、隊の補佐官であるニューウエルだった。

「そいつの名前はシーレン」彼は言った。「ピアニストだ」

スタークには感心した様子はなかった。「つまり、ピアノを弾くということか」

「ほんもののコンサート・ピアニストということだ。カーネギー・ホールとかそういうところの。かつては全米じゅうをまわっていて、神童のひとりに挙げられた」

それで私は思い出したが、スタークは「そいつの名前は聞いたことがない」と言った。

「戦闘服に着替えたのは、みずからの意志だった」ニューウェルは言った。「豊かな感性の持ち主だが、戦場ではそんなものは必要ないだろうな」

シーレンは小柄で物静かな男で、われわれの大半と同様に恐怖心を抱いていたが、決して不満を洩らさなかった。

われわれがその村――ひとつの通りに十数軒の家が並び、村人はドイツ軍によって排除されていた――に入った日、戦争の終結はもう間近に見えていた。村は戦闘地図には載っていただろうが、計画は変更され、煉瓦ひとつ壊すことなく、隊はその村を通過した。

わが隊が分乗していた二トン半のトラックは、つかの間停止し、私たち三人――スタークとシーレンと私――をおろした。大隊の残りの部隊を待つよう命じられたのだ。

トラックが去り、家を一軒一軒まわっていると、ピアノがあった。シーレンはじっとピアノを見つめ、背嚢をおろし、その前に坐った。

ピアノを弾く彼の姿を見ていると、これ——この鍵盤とそれが奏でる音——こそが彼の人生なのだと察せられた。スタークは肘掛け椅子に体をあずけ、うたた寝をしていた。

三人とも彼らが近づく音が聞こえなかった。ふと気づくと、彼らはそこにいた。

入り口のすぐ近くに、ドイツ軍の中尉がワルサーを手に立ち、そのうしろに彼の率いる偵察隊の兵士たちが並んでいた。私たちにできることは何もなく、ただ両手を挙げた。ドイツ軍兵士はスタークを起こし、彼から武器をとりあげた。

「手をおろしていい」中尉は言った。彼は若く——おそらく、私たちよりほんの二、三歳年上だろう——疲れた表情をしていた。

彼は丁寧な英語を使った。「きみはピアノがうまいな。じつにうまい」

シーレンはその褒め言葉を受け、礼儀正しく応じた。

「あなたもピアノを弾くのですか？」

中尉は首を振った。「いや。ヴァイオリンだ。だが、きみのように、コンサートで演奏する腕前には達しなかった。毎晩家で、兄妹たちを楽しませるために弾いていた」彼はしばらく押し黙っていた。「しかし、それももうかなわない。兄は北アフリカで死んだ」

彼はピストルをホルスターに戻し、ため息をついた。

「この戦争は、もうじき終わる。目下、きみたちは私の捕虜だ。数時間後には、われわれがきみたちの捕虜になるだろう。いまここで、きみたちに降伏すべきなのかもしれない」彼は部下たちに目をやった。なかには疲労困憊で、ソファに崩れおちる者や、壁に力なく寄りかかる者がいた。

「われわれの部隊は三十分前に、ここを通過した」シーレンが言った。「大隊の残りも、じきにやって来る」

中尉はしばしシーレンを見つめ、ゆっくりとうなずいた。「ああ、きみの言葉を信じよう。実のところ、われわれは道に迷った偵察隊だ」

部下たちが彼を見つめた。おそらく、英語がわかるのだろう。彼らは、この先どうなるのかを待っているようだった。

中尉はうなじに手を這わせた。「ああ、もう終わった、この戦争は。完全に終わった。これ以上長びかせても無駄だ……」

そのときいきなりスタークがドイツ兵のひとりに突進し、彼の手からシュマイザーのサブマシンガンをひったくるのが、目の隅にうつった。私は叫んだが間に合わず、床に伏せた。

五、六秒とはつづかなかった。ひとりのドイツ兵だけが、武器を使用する時間があった。彼は殺されるまえに、素早く一発放った。

ついで、恐ろしいまでの静けさが訪れ、兵士たちは——両手を挙げようとした者までも——息絶えていた。

スタークが目をぎらつかせて、部屋の真ん中に立っていた。「八人だ。八人全員殺した」

私はシーレンを見あげた。ずたずたになった左手から血が流れ、目は驚愕で見開かれていた。「こんなこと、しなくてよかった」彼は消えいるような声で言った。「しなくてよかったのに」

そして彼は死んだ中尉のホルスターからピストルをもぎとると、スタークに狙いを定め、引き金を絞った。

シーレンは私が何を思っているか察したのかもしれない。「あのとき、私は彼を殺した」彼は言った。「私にすれば確かに、彼を殺したのだ」

ああ、と私は思った、**意志がそのまま行為となるなら、きみはスタークを殺した。**だが実際には、中尉の銃に弾丸はこめられていなかった。おそらく、あの中尉は戦時下でさえ、人を殺したくなかったのだろう。

私たちはホールからの人声に耳を澄ました。

「ここに来たとき、生きているスタークに会えるんじゃないかと思っていた」シーレンは言った。

私は首を振った。「いや。よくある交通事故だった。帰国して一週間後、メイン・ストリートを渡っているときに、車にはねられた」

シーレンの目がきらめいた。しばらくして、彼は訊いた。「誰がその車を運転していた？」

私は喫いさしの煙草を義足で踏みつぶした。「私だ」

地球壊滅押しボタン

The Push Button

松下祥子 訳

「押しボタンを探しているんだ」ジェイムズ・ハートリーが言った。

私は微笑した。「ほう？」

彼はバーの鏡に映る自分の姿を陰気な目つきで見つめた。「このくだらん世界のどこかに押しボタンがあって、そいつを押すと、地球全体が爆発する」彼はこっちを見た。「いつかその押しボタンを見つけてやる。見つけたら、押してやるんだ」

私はため息をついた。「憂鬱な気分だというのはよくわかりますがね、どうして世界中のほかの人間も道連れにしなきゃならないんです？」

きちんとした服装の三十代の男、ハートリーは肩をすくめた。「それがみんなのためになる。存在の大きすぎる痛みってところだ」

私は彼が二杯目のマティーニを飲み終えるのを見て、言った。「もう一杯どうです、ミスター・ハートリー？」

彼は反射的に腕時計に目をやって、うなずいた。

「もう一杯やる時間はありそうだ」眉根を寄せた。

「どうして名前を？　前に会ったことはないだろう？」

「ええ、まあ……」私はバーテンダーの目をとらえ、二人分のお代わりを身振りで注文した。

ハートリーの視線が私の前に置いてある小さい箱に向いた。「そいつはなんだ？」

「箱ですよ」私は答えた。

彼は肩をすくめた。「わかったよ。おれが口を差し挟むことじゃないというんだろ」

私はバーテンダーが飲み物を運んできて、立ち去るまで待った。「アルバーティを探していてあなたに出会ったのは、たいした偶然です」私は言った。

ハートリーはグラスに口をつけた。「で、そのアルバーティというのは？」

私は箱をこつこつと叩いた。「これを渡さなければならないのです。彼は一年間箱を持つ資格がある。今度こそ役に立てばよいと……」

ハートリーはまた箱に目を戻した。「中に何が入っているんだ？　宝石かなにかか？」

「いいえ」私はごく慎重に蓋を上げた。

ハートリーは中を覗いて眉をひそめると、私を見た。

「なんだこいつは？」

「押しボタンです」私は言った。

彼はまたそれをじっと見てから、私に目を移し、きっぱりした態度で飲み物に向き合った。かなり長いあいだなにも言わなかった彼が、とうとう大きな音を立てて息を吐いた。「まさか、あんたのその小さい押しボタンが、ほんとうに……」

「もちろん本物です」私は言った。「しかし、あなたの番ではありません。ミスター・アルバーティに優先権があります」

彼は首を振った。「いったい、どうしてそんな小さなものが……」

「大きさはまったく関係ありません」私は言った。「箱はピラミッドなみに大きくても、豆粒ほど小さくてもかまわない。大事なのは、中に入っている〝しようとする意志〟です」

彼は押しボタンをにらみつけた。「じゃあ、もしおれがそいつを押したら、世界はほんとうに……」

「はい」

彼は鼻を鳴らした。「まさか」人差指を伸ばした片手が箱のほうへ動いた。

「いけませんよ、ミスター・ハートリー、それではミスター・アルバーティに対してフェアじゃない」私は顎を撫でた。「しかしまあ、ぜひにとおっしゃるのでしたら、あなたに押させてあげられないこともない」

手が止まり、ハートリーは鋭い目で私を見ると、指を引っ込めた。「大異変が起きるのを心配してるわけじゃないが、もしかしてその中には、ニトログリセリンかなんかが入っているんじゃないのか？」

私は微笑した。「私が自滅を考えていながら自分でボタンを押す勇気がない、とお思いですか？　で、私はその仕事をあなたにやらせようとしていると？」首を振った。「いいえ、まったくそんなことではありません」箱の中に手を入れ、押しボタンをつまみ上げた。

ハートリーは油断なく見ていた。「ごくふつうの押しボタンみたいに見えるがね」

「はい」私は言った。「それが木の板に取りつけてある」私はそれを彼のほうへ押しやった。「押してみたらいかがです？」

彼は唇を舐めた。「どうしておれが？」

私はため息をついた。「ああ、ではまあ、しかたない。しかし、ミスター・アルバーティには大いに期待を寄せているんです。彼で十六番目でしてね」

「十六番目？」

私はうなずいた。「いいですか、ミスター・ハートリー、世界を粉みじんに爆破しようというあなたの真摯な欲求は、ほかに例がないわけではない。実をいうと、その願いが口にされることがあまりにも多いので……その……チーフが決めたんですよ、これを利用しない手はないとね。それでわれわれはこの小さな押しボタンを用意して、これまでに十五人の方にお見せし、それぞれに一年、世界を壊滅させる時間を差しあげました」

彼の目は押しボタンに釘づけになっていた。「ところが、誰一人として実行しなかった？」

私はくすりと笑った。「明らかにね。みなさん——こう言ってよろしければ——口ばかりでしてね、実際にボタンを押すとなると、尻込みしてしまい、私は箱を取り戻すしかなくなった。しかし、アルバーティにはおおいに期待しているんです。自暴自棄になっていますからね、破産寸前で」

ハートリーは咳払いした。「すると、あと一年のあいだのいつか……」

私はうなずいた。「昼夜いつ起きてもおかしくない。指一本で軽く押してやるだけで……ドッカーン！」

彼は唇を舐めた。「そいつを買い取りたいという人がいたら？　いくらで売る？」

私は首を振った。「いやいや、ミスター・ハートリー、生きた人間にとってはカネは役に立つものでしょうが、こういう状況では……」そのとき、がっちりした体格の灰色の髪の男が私たちの後ろを通り過ぎ、カウンターの向こう端に席をとった。私はそちらを向いた。

「失礼します」私は言った。「あの人がアルバーティだと思います」

私は押しボタンをまた箱にしまい、アルバーティの隣へ移動した。十五分後、私がバーを去ったとき、箱とその中身は彼のものになっていた。

一時間後、メリディス・ホテルのダイニング・ルームで、私はがっちりした体格の灰色の髪の男にまた会った。

私が近づいて行くと、彼は目をあげた。「ハートリーは押しボタンをきっかり一万ドルで買いとってくれたよ」

私は彼のテーブルについた。「いやあ、ピート、バーテンダーが客の話をするときは、よく耳を澄ましておいて損はないな。一、二杯ひっかけると、ハートリーが必ずあの押しボタンの話を持ち出すってのも、それで知ったのさ」

肩をぽんと叩かれて、振り向いた。

ハートリーと、もう一人の男が立っていた。二人はバッジを見せた。

警察車の中で、ハートリー部長刑事は言った。「ぺてん師にカモにされたのは初めての体験だった」彼は考えこむように顎を撫でた。「しかし、本当に押しボタンがあって、それが目の前にあったら、おれには押す勇気が出るだろうか?」

私は彼を冷たくねめつけた。もしこいつにその勇気が出なければ、私が押してやるさ。

殺人光線だぞ

Pardon My Death Ray

松下祥子 訳

その男は十五分話し続け、私たちはいま要点の確認に入っていた。

「まあ、殺人光線と呼んでいいでしょうな」アム＝ブルルリは言った。「ともかく、トラグラ銀河のわれわれはそう呼んでいます」

ローラはまだ懐疑的だった。「地球の距離に換算すると、その殺人光線はどのくらいの距離まで届くというの？」

「およそ二十万マイルです。もちろん、進む速度は光速です」


私は顔についていた口紅を拭った。「あなたはどうやってそれより早くここまで来られたんです？」

「われわれは十二次元を使います」彼はおずおずと微笑した。「実を申しますと、私自身、ぜんぶは理解していません。指示に従うだけで」

ローラは考えこんでいた。「地球はその殺人光線に、ほんの一秒ほどさらされるのですか？」

「信じ難いでしょうが」アム＝ブルルリは言った。「それで充分すぎるくらいです」

「殺人光線はいつここに届くはずだとおっしゃいました？」私は訊いた。

アム＝ブルルリはあちこちのポケットをあさり、ようやくさっき見ていた紙切れを見つけた。「こちらの時間にすると、今夜八時十分十秒過ぎきっかりです。中部標準時で」

「あなたが着陸なさる地点として、どうしてこの大学を選ばれたんですか？」ローラが訊いた。

「われわれのコンピューターが、地球上の知性指標はこの地点が最高だと嗅ぎつけたのです」

　ローラは驚いたようだった。「ハーヴァードかイェールのほうが高そうですけど」

「いいえ」アム＝ブルルリは言った。「あちらは順番表のずっと下のほうでした」実験室を見回した。「キャンパスにほとんど人がいないようですね」

「土曜の午後ですから」ローラは言った。「みんなフットボールの試合を見に行っています」

「あなたがたは学生ですか？」アム＝ブルルリは訊いた。

「いいえ」ローラは答えた。「講師です」

　アム＝ブルルリはぼんやりとうなずいた。「あちこち廊下を歩き回ってみて、みんな帰ってしまったんだと思ったところ、あなたがたの声が聞こえました」

　私はまだむかっ腹を立てていた。「まずドアをノックすべきだったんだ。それを覚えておけば、殴られて目にあざができるなんてことはなくなりますよ」

　ローラは話題を変えた。「殺人光線を止める方法はまったくないんですか？」

「遺憾ながら、ありません。少なくともわれわれの銀河系では、これまでのところ、誰も打つ手を見つけていない……」

　私は苦笑いした。「で、今という今、地球は何をすればいいんです？」

「そうですね、全員が宇宙船に乗って、惑星から立ち退くとか。少なくとも、一秒間」

「私たちはまだ宇宙船の時代に到達していません」ローラが言った。

　アム＝ブルルリは顎をさすった。「なるほど、それは問題ですな」

　私は彼をじろじろ眺めた。「あなたは、かなり人間らしく見えますがね」

　彼は悠然とほほえんだ。「その場にふさわしく、ですよ。言い換えれば、私は〝等価物〟としてやって来たのです」

「等価物？」

「ええ。もし私が地球人であれば、こういう人物であるはずだという、正確な等価物です」

アム＝ブルルリは見たところ、六十歳に近く、きゃしゃな体格で、髪は灰色になりかけていた。

「おたくの銀河系にいるときは、どんな風貌なんですか？」ローラが訊いた。

「ええ、進化がつねに続いていくというのはだいたいどこでも同じでしてね、われわれの場合、しだいに頭蓋がなにより大きくなっていきました。腕と脚はまだついているものの、ごく小さくなってしまい、物理的歩行は難しい。静止していると、われわれは大きな卵によく似ています」

私は窓から外を眺めた。「性生活のようなものはあるんですか？」

彼は考えこんで唇を結んだ。「つまり、フララリーオードルすることですか？　まあ、なにせ卵形ですから……いちおう可能とはいうものの、どちらかといえば……」

ローラはすぐ笑って言葉を挟んだ。「おそろしく戦闘的な人たちなんでしょうね、こんな殺人光線などをもちだしてくるようでは」

「いや、とんでもない」アム＝ブルルリが言った。「われわれはごく平和的です。しかし、お恥ずかしいジレンマに見舞われましてね。科学の進歩というのはうんざりするほど連続的で、これができれば次はあれと、次々続いていくのが宿命なのです。ところが、われわれの技術的ノーハウの進歩過程に時間差が生じまして、殺人光線発明という段階に達したのは、銀河間平和の絶対宣言がなされてから九十七年後のことだったのです」

彼は同情を求めてこちらを見た。「状況をご理解いただかなければなりません。おわかりでしょう？　設計図の上ではうまくできているように見えるが、〃本当に使い物になるのか？〃という疑念が頭を去らない。われわれは殺人光線を手にして、どうしても一度は試しに使ってみなければならないと感じたのです」

「それで、地球に狙いを定めてボタンを押した？」ローラは訊いた。

「いやいや」アム＝ブルルリは言った。「とんでもない。殺人光線を安全に試す場所は宇宙空間しかないと決めたのは確かです。そこで、原生動物を載せたカプセルを打ち上げて生命体のいない惑星の一つの周囲を回らせ、殺人光線にさらしました。計画は完全に成功したので、今後、殺人光線発射装置は博物館に収めるつもりです。もちろん、電池は外してね」

彼は恥ずかしそうな顔になった。「殺人光線は宇宙空間を無害に突き抜け、いずれこちらの銀河内で分解するものと考えていたんです。ところが驚いたことに、この地球という惑星には生命体が――われわれの知る形での生命体が――存在することに気づいた者がいた」

しばらく沈黙が続き、私は言った。「アム＝ブルルリ、ちょっと二人だけで話したいんだがね」

廊下に出ると、私は言った。「こうして事情を聞かせてもらったあと、私たちにどうしろというんです？」

「ええ、まあ……みんなに警告を与えるとか」

「なぜです？　光線を防ぐ方法はないんでしょう？」

彼はその点をしばし考えてから、悲しげにうなずいた。「おっしゃるとおりです。今夜何が起きようとしているか、知らせずにおくほうが人道的かもしれませんね」

私は出口へ向かって廊下を歩いていくアム＝ブルルリを見送った。

実験室に戻ると、私はにっこり笑った。「あの人のことは、うまくあしらってやらないとな」

ローラは目をぱちくりさせた。「うまくあしらう？」

「うん。いまのはマリガン教授さ」

彼女は記憶をたどっていた。「聞いたことないわ」

「きみが来るより前の人だよ。今では退職してるけど、たまに保護者に隠れて出てきちゃうんだ。まったく無害なんだが、実に奇想天外な話を始める」

その晩、私はローラをレストランに誘った。

八時が近づくと、壁の時計につい目がいった。

ローラは考えこんでいた。「まさか、マリガン教授がほんとに知っているとか……」

「そんなこと、ぜったいないよ」私はきっぱりと言った。

それでも、私の目は時計から離れなかった。八時十分になり、秒針が十二に触れて、さらに動いた。カウントダウンをしないではいられなかった。十……九……八……七……六……五……四……三……二……一……ゼロ！

なにも起きなかった。

午前二時、私は目をつぶって、故郷のゼラニアス銀河とのコミュニケーションに精神を集中させた。

上司であるオンプルイラ地域司令官が答えた。「どうってことはない。きみの提案どおり、K-M3ユニディーを使って殺人光線の方向を逸らした。明らかに、トラグラ銀河の連中はこいつを開発する段階まで至っていないな」

私は重ねて礼を言った。

「ところで」彼は言った。「地球人に関するきみの研究はとっくの昔に終わっているはずだろう。なにをぐずぐずしているんだ？」

私はローラの寝息にしばらく聞き入った。「さあ、どうしてでしょうか。たぶんフララリーオードルのせいじゃないですかね」

Part

III

1970年代

七〇年代に入って、初めてジャック・リッチーはシリーズ・キャラクターを創造した。全二十九篇に達したミルウォーキー警察の名（迷？）部長刑事、ヘンリー・ターンバックルである。ターンバックルのデビュー作「寝た子を起こすな」（『ジャック・リッチーのあの手この手』に収録）は《アルフレッド・ヒッチコックＭＭ》七一年八月号に掲載されたのだが、その後ヘンリーは《マイク・シェインＭＭ》《ＥＱＭＭ》にも顔を出すようになる。本書には《ヒッチコック》から二篇、《ＥＱＭＭ》から一篇を選んで収録した。

もう一人のシリーズ・キャラクター、カーデュラ（本書には『カーデュラ探偵社』未収録の一篇を収録）を生みだした《ヒッチコック》が七〇年代の主要舞台だったが、七〇年代になって初登場した《ＥＱＭＭ》でもリッチーは大いに活躍した（生涯三十一作、未訳七作）。

保安官は昼寝どき

Home-Town Boy

高橋知子 訳

「きみはその仕事にうってつけだ」カースンは言った。

スレイターは警戒するような目で彼を見た。「そうかい？」

「計画はすべて立ててある。手を加えることは何もない」

「そこまで自信を持って言うのなら、自分でやったらどうだ？」

カースンは乱ぐい歯をむきだしにした。「ここは私の地元だ。よく見てみろ。マスクぐらいで、私を赤ん坊のころから知っている人たちに正体を隠せると思うか？」

カースンは太鼓腹で、身長は六フィート五インチ近くあった。右のこめかみから鼻梁にかけて、ヘビのような傷が走っている。

スレイターはビールに口をつけた。「どうしておれに話をもちかけたんだ？」

「まわりの者に酒をおごって話を聞いていたら、ある者がきみのことを話題にした」

「おれはきれいな体だ」スレイターは言った。「まっとうにやっている」

カースンは微笑んだ。「だったらどうして、こんなバーに坐ってビールやウィスキーを飲んでいるんだ？仮釈放中の規定に違反するんじゃないのか？」

小柄で激しやすいスレイターはビールを飲み干し、口をぬぐった。「わかった。話を聞こう。だが、何も約束はしないぞ」

「ここには小さな銀行の支店がある」カースンは言っ

た。「建物は一階建てで、部屋はふたつしかない。大きいメインの部屋と奥の支店長のオフィスだ」

「金はどのくらいある？」

「常時、現金で二万ドルほどある」

「どうして知ってる？」

「訊いたことがあるからだ」カースンは葉巻をふかした。「襲うには、午後一時半がいちばんいい。この町の保安官が昼寝をする時間だからだ。保安官事務所の奥の部屋に、折りたたみ式のベッドが置いてある」

スレイターはにやりとした。「保安官が昼寝をすることは、町民全員が知っているんだな？」

カースンはうなずいた。「銀行はメイン・ストリートにある。なにもかもがメイン・ストリートにあるがな。銀行は、西から町に入って右側だ。すぐにわかる。町に銀行はそこしかないし、メイン・ストリートは四ブロックしかない」

「銀行には誰がいる？」

「支店長――名前はプレスコット――と、アリス・ワーナーだけだ。女は出納係だ」

「客はどうだ？」

「何人かいるかもしれないが、どうだかな。午後の早い時間、町は人も物もほとんど動かない。プレスコットとアリスを支店長のオフィスに連れていき、縛りあげて猿ぐつわをかませろ。そうすれば、町から逃げる時間がたっぷりかせげる。ふたりが発見されるまで、しばらくかかるだろうからな」

「ちゃんと下調べはしたんだな？」

「とことんやったさ」カースンはこたえた。「これについては、ずっと案を練ってきたんだ」

スレイターは考え深げに顎をさすった。「この仕事は、ひとりでは手にあまる。相棒が必要だ」

カースンは同意した。「誰か心当たりはあるか？」

「ああ。だが、そうなると金は三人で分けることになる。きっちり三等分だ」スレイターはボックス席のテーブルを指で叩いた。「心配すべきは、居眠り保安官だけなんだな？」

「彼だけだ。で、そいつは昼寝をしている」

「よれよれの爺さんなのか？」

「そんなに歳はくっていない」カースンは言った。「それに、やつを見くびらないほうがいい。十一年前、あいつは州立刑務所から脱走した囚人をふたり殺している。町を出てすぐのところにバリケードを築いて脱走犯の行く手をふさぎ、銃撃戦が終わったときには、ふたりとも死んでいた」

「で、やつはこの郡のヒーローになったってわけか」

カースンはうなずいた。「だが、心配することは何もない。彼はここ何年ものあいだ一日も欠かさず、同じ時間に昼寝をしている」

「カネはどこで分ける？」

「日曜日に、ここで会おう。二時ごろに」カースンは喫いさしの葉巻を灰皿に落とした。「何ひとつ、しくじりようがない。これっぽっちもな」

「ここはロッキー山脈の東側と西側をあわせて、もっとも平穏な町だ」プレスコット支店長が言った。

ミス・ワーナーは支払い済みの小切手に目を通していた。「わたしはこの町が大好き」

プレスコットは板ガラスの窓のそばに立っていた。

「保安官だ」

「何をしているの？」

「いつもと同じだ。通りすぎる車を監視している。一分につき、一台しか通らないが」

ミス・ワーナーは壁時計をちらりと見た。「いまは昼寝の時間じゃないの？　三十分も遅れているわ」

「きっと、腕時計がとまっているんだろう。だけど、あくびをしている」プレスコットは笑った。

ミス・ワーナーはほんの少し顔をしかめた。「保安官はみんなに好かれてるわ。親切で善良な人よ」

「まあ、少なくともそれは確かだな」プレスコットが見ていると、保安官は通りを横切りはじめた。「こっちにやって来る。ここに入ってきて、〝暑い一日だな〟と言うぞ。で、出ていく前に、冷水機の水を一杯もらえないかと言う。お決まりの台詞だ」

保安官はガラスのドアから入って来た。「やあ、アリス。やあ、ジム」彼はつばの広い帽子を脱ぎ、額をぬぐった。「暑い一日だな」

プレスコットは微笑んだ。「そうですね、保安官」

保安官はガタガタと音を立てて通りかかったトラックを見つめ、あくびをかみ殺した。

「きょうはちょっと遅かったんじゃないですか、保安官？」プレスコットは訊いた。「いまごろは昼寝をしているものと思っていました」

保安官は壁時計を一瞥し、ついで自分の腕時計に目をやった。「しまった。時計がとまっている」彼は時計の竜頭《りゅうず》をまわして針を進めた。彼はドアのほうへ行きかけたが、ふと何かを思い出したようだった。

「少々喉が渇いてるんだ。もしよければ……？」

プレスコットは笑顔を見せた。「もちろん。お好きなだけどうぞ」

保安官はプレスコットのオフィスにある冷水機に近づいた。

外では、ライトブルーのセダンが縁石に寄って停止し、スレイターと赤毛の男がおりてきた。ふたりは銃を手に、ドアをくぐった。

プレスコットのオフィスでは、保安官が官給の銃をホルスターから抜き、セイフティをはずしていた。

保安官は太鼓腹で、身長は六フィート五インチ近くあった。右のこめかみから鼻梁にかけて、ヘビのような傷が走っている。

さあ、これでまたみんなの尊敬を集められるぞ。彼は撃ちはじめた。

独房天国

The Value of Privacy

高橋知子 訳

監房は同房者がいないほうがいい。おれは常々そう思っている。たいていの囚人は、独房暮らしは処罰、あるいは隔離だと考えているが、おれはプライヴァシーというものに多大なる価値を置いている。

わが監房が特別に独房用につくられているわけではない。実際、四人収容できるようになっている。しかし、よき振る舞いや勤勉な仕事ぶり、刑期の長さ、少なからぬ悪知恵などのおかげで、これまでのところ、おれはこの監房を独占することに成功している。監房を広くつかえることで、金魚や、制限つきの――だが、すばらしい――自分だけの蔵書と、年代物の栞《しおり》のコレクションを置くスペースも確保できている。

おれが個人秘書という名誉に浴した歴代の刑務所長は全員、ほかとは異なるおれの状況にやがて慣れるか、とりあえず目をつぶるかしてきた。

ところがいま、おれには同房者がいる。

マイク・ヒーガンは鉄格子のはまった窓辺に立って、中庭をねめつけていた。「くそっ、あそこにいる連中などひとりも怖くないぞ」

おれは生あくびをしながら、金魚にえさをやっていた。「所長は、あんたはこの特別な房でじっとしているほうが、ことのほか安全だと思っているようだな」

ヒーガンは鼻を鳴らした。「ふざけたことを。おれはいつだって危険を覚悟している。誰が相手でも、びびることはない」

ヒーガンはほかの者だけでなく、自分自身に言いきかせているのだろう。おれはそう踏んでいた。同房になって一週間、その間、彼はほとんど眠っていないようだった。

刑務所に送られるまで、ヒーガンは警察官だった。体がでかく、粗暴でタフな警察官だ。そうとうな数の者を――黙秘権などおかまいなしに、自白を手に入れるという評判から察するところ、おそらく無実の者も――この壁のなかに放りこんできた。

もっともいまは、ここにいるおれたちと同様、ただの四人でしかない。

彼が起こした事件については、所長のオフィスにあった新聞で読んでいた。ヒーガンの管轄区域内の倉庫で盗難騒ぎがつづき、警察は事件を解決することも阻止することもできずにいたらしい。地元の倉庫協会は業を煮やし――警察に対する不信感からかもしれないが――独自に私立探偵を雇った。広範囲にわたる調査が実を結んだのか、州当局の指揮のもとヒーガンの自宅の強制捜索をおこなったところ、地下に、容易に足のつく雑多な盗品が――なかには劇場の廊下用のカーペット十二本、納屋用赤ペンキ三十ガロン、乾燥玉ねぎ十箱もあった――整然と積まれているのが発見された。

おれは金魚のえさを棚に戻した。「いったい、乾燥玉ねぎ十箱なんてどうするんだ？」

ヒーガンは肩をすくめた。「面倒なことを何も訊かないレストランがいくつもある。卸売り価格の三分の一までなら出すさ――」彼は口をつぐみ、おれをにらんだ。「おれははめられたんだ。盗品が地下にあるなんて知らなかった」

七時四十五分、就業開始を告げるベルが鳴り、おれは監房から狭い通路に出た。

ヒーガンは一日じゅう、監房にいることになっていた。

看守のひとり、チャーリー・フラナガンがおれの監房のすぐ外の持ち場についていた。彼にしろ彼の交代要員にしろ、おれがその日の仕事を終えて五時の施錠の時間に戻るまでそこにずっといるだろう。

　フラナガンと朝の挨拶をかわすと、おれは監房棟からそろって出ていく四人の列に加わった。

　いつものように、屋外に出ると、ひとりで動くことを許可された。中央の庭を横切って管理棟へ行き、二階にある所長のオフィスに向かった。

　いうまでもなく、この早い時間に所長はまだ来ていなかった。彼が出勤するのは九時だ。

　おれはその日に処理する書類を彼のデスクに並べると、彼の葉巻を一本ちょうだいして火をつけた。きのうの新聞に目を通し、九時十五分前に部屋の空気を入れかえた。

　窓辺で見ていると、ハサウェイ所長が三階建てのヴィクトリア朝風の屋敷の大きな玄関から出てきた。われらが刑務所は、いまだに所長の住居が壁のなかにある最後の刑務所のひとつだ。

　彼は足をとめ、庭師兼、庭の管理人を務める囚人のオーヴィル・アスティンとしばらく話をしてから、中央の庭を抜けて管理棟へ近づいてきた。彼はにこやかな表情で、オフィスに入ってきた。「きょうもいい天気だな、パウエル？」

「はい、所長。穏やかで、よく晴れています。降水確率はわずか十パーセントだとか」

　ハサウェイは自分のデスクについた。「きみは最近、少々疲れているようだな。何か悩み事でもあるのか？」

　おれはうなずいた。「ヒーガンがおれの房に来てから、夜中に何度も目がさめるんです。彼のいびきのせいです、所長。それはもう強烈で」

　ハサウェイはため息をついた。「悪いが、パウエル、そこを我慢してやっていくしかない。きみが自分のプライヴァシーをどう考えているかは承知しているが、こっちもどうにもならない状況なんだ。囚人たちはヒーガンを必ず殺すと決意を固めている。そうじゃないのか、パウエル？」

「それについて、おれはこれっぽっちも知りません、所長」

　所長は小ずるい笑みを見せた。「私は刑務所制度に三十年以上関わっている。囚人たちが何を考えているかはお見通しだし、彼らがヒーガンを殺す計画を立てているのも百も承知だ。だから、彼はきみと一緒の房にいるのが、いちばん安全だと考えている」彼はくすっと笑った。「なんだかんだと言っても、きみがほかの囚人たちに対して絶対的な影響力を持っているのは、私もきみもわかっているし、彼がきみの房にいるあいだに殺されたとなれば、きみが責めを負わされる恐れは充分ある。となれば、きみは、まあ、ヒーガン殺害を許さないだろうと私は見ている。そうだろ？」彼はまたくすっと笑った。

「おれが房を空けているあいだ、彼を警護下においてますよね、所長。彼を独房に入れて、一日二十四時間、警護したらどうなんです？」

　ハサウェイは首を振った。「一週間で何時間になるか、わかってるか？」

「そんなことは考えもしませんでした、所長」

「だが、私は考えていた。ぴったり百六十八時間だ。つまりヒーガンの安全を保証するために、一週間につき百六十八時間の警護が必要になる。言い換えれば、看守の四・二人ぶんの勤務時間をすべて投じる必要があるということだ」彼は頭を振った。「私が前回の予算案を承認させるのに、議会の財政委員会にどれほどかけあったか、きみはまったくわかっていない。ひとりの囚人を守るためだけに、警備員を四・二人使ったことが委員会の耳に入れば、なんと言われるか考えてみろ。とんでもないことになる」

「ええ、所長、確かに。だったら、ヒーガンをさっさとほかの刑務所に移したらどうです？　そうすれば、少なくとも、彼の命に対する責任を背負わなくてすむでしょう」

「あいにく、わが州に刑務所はここしかない。ほかにあるのは、女の矯正施設だけだ。たとえ彼をそこに移しても、ここより安全が確保できるとは思わない。一度訪問したことがあるが、収容されている女のなかには、およそ信じられないようなのがいる」

　十一時、看守長のセイヤーがいささか息を荒げて、オフィスに入ってきた。「ヒーガンの命を狙った襲撃がありました、所長」

　所長は素早く立ちあがった。「ヒーガンは怪我をしたのか？」

「かすり傷ひとつありません。オーヴィル・アスティンがヒーガンを刺そうとしたんです」

　ハサウェイは目をしばたたかせた。「オーヴィル？　うちの庭師の？」

「はい、所長。彼が芝刈り用のはさみで襲いかかったんです。ですが幸い、彼は生け垣につまずいて、そこをフラナガンがとりおさえました」

「いったいどこで、そんなことが起きたんだ？」

「あなたの家の庭です、所長。ヒーガンに運動をさせたほうがいいと思って、所長の家の庭ならば絶対に安全だと判断したのですが」

　所長は同意を示した。「まあ、そうだな。オーヴィルがヒーガンを殺そうとするなど、いったい誰が思う？　アスティンはいま、どこにいる？」

「独房に入れました、所長」

　午後、所長が診療室で、民間から来ている責任者と医療用品について話しあっているあいだに、おれは独房棟Cへ行くのに必要な偽の許可証をつくった。

　独房は非常に狭く、外はまったく見えない。しかし清潔で照明も明るく、食事も、壁のなかのほかの囚人たちと同じものが与えられる。

　いつものように、看守はひとりとして、おれの許可証をわざわざ確認することはしなかった。実のところ、どうして手間をかけて偽の許可証を繰り返しつくっているのか、自分でもわからない。おそらく、その習慣をやめるのが面倒だからだろう。

おれはオーヴィル・アスティンの独房の羽目板のうしろに、体を滑りこませた。彼は両手を頭の下で組んで狭い寝台に寝ころび、天井に向かって微笑んでいた。

「オーヴィル」おれは言った。「いったい何があったんだ？」

彼は体を起こした。「あんたか、ミスター・パウエル？」

「そうだ」

彼の笑みが広がった。「いまごろは、みんな、おれの噂をしているだろうな。ヒーガンにとって幸いなことに、おれは最後の最後でとりおさえられた」

「オーヴィル、あんたは人殺しができる人間じゃ絶対にない」

彼はいささか気分を害したようだった。「おれは義理の母親を殺した、そうだろ？」

それは疑いようもない事実だった。彼は、あるぐずついた天気の日曜日の午後、シシカバブの串で義母を刺し殺した。女房は彼を赦し、この十四年間、彼が仮釈放をたぶん二度辞退したことも知らずに、夫が出所するのを待っている。

「おれが言ってるのは、血も涙もない殺しのことだ、オーヴィル」おれは言った。「血も涙もある殺しとは別物だ。それに、血を見ただけで、あんたが卒倒することも知っている」

「自分の血なら、卒倒する。ほかのやつの血なら、しない。おれがヒーガンにナイフを突きつけるなんて、誰も思っちゃいなかっただろう。ヒーガンにナイフを突きつける素振りを見せるともな。今後は、おれのことをただの庭師じゃないと思うようになる、そうだろ？」

おれは当て推量で言った。「看守長の話からすると、フラナガンはあんたを、文字どおり打ち負かしたってわけじゃなさそうだな。あんたが起きあがるのに、手を貸したそうじゃないか」

オーヴィルの顎がこわばった。「おれはフラナガンに負かされた。自分が負かされたときは、負かされたとわかる。ヒーガンは運よく生きのびた」彼はまた微笑んだ。「今度のことで、おれは少なくともあと五年は食らう、そうだろ？　誰かに頼んで、種子のカタログを届けてもらえないか？　それと、おれの有機栽培での庭造りに関する雑誌も」

おれは話を打ち切った。「わかった、オーヴィル」

房の施錠時間になり、自分の監房に戻ると、ヒーガンは真っ青な顔をしていた。

彼の声はいくぶんしわがれていた。「おれがどんなふうに殺されそうになったか、聞いたか？」

おれはうなずいた。「オーヴィル・アスティン。ノミも殺しそうにないやつだ」

ヒーガンの目がわずかに鋭くなった。「ノミも殺しそうにないだと？　あいつはこんなでかい短刀を持ってたんだ」

「芝刈り用のはさみだ」

「短刀だ。おれには、短刀が二本あるように見えた」

照明が落とされたあとも、ヒーガンは午前二時半まで寝つかなかった。どうしてわかったかというと、二時半に彼のいびきで起こされたからだ。

おれは上段の寝台からおりてヒーガンの枕もとへ行き、彼を横向きにしようとした。彼は悲鳴をあげて寝台から跳ね起き、おれの首に手を伸ばした。

おれは必死で彼の手をかわしながら、おれだ、あんたを傷つける気はない、と早口で彼をなだめた。再度寝台に横になったが、ふたたび眠りに落ちるまでしばらく時間がかかった。

五時、ヒーガンがまたいびきをかきはじめ、おれは目をさました。今度は、彼の眠りを妨げないほうが賢明だと判断した。六時に起床のベルが鳴るまで、おれは彼のいびきに耐えた。

　午後、監房に戻ると、ヒーガンは寝台の奥の隅にうずくまっていた。「窓に近づくな、パウエル。連中が間違ってあんたを殺すかもしれない」

「連中って？」

「外にいるハゲタカ連中だ。あいつらは全員、おれを殺すために外にいる」

「ここにいるあんたを、どうやって殺せるんだ？」

「クラーレだ」彼は陰鬱な声で言った。「それに、吹き矢」

「塀のなかにいて、いったいどうやってクラーレを手に入れる？」

　彼は敵意もあらわに笑った。「おまえら詐欺師のことはわかっている。おまえらがこれと決めたら、手に入れられないものはない」

　食事が運ばれてくると、ヒーガンはうさんくさそうにトレイを凝視した。「この食事に毒が入っていないと、どうしたらおれにわかる？」

　おれはため息をついた。「妄想に駆られているだけだ」

　彼の目が細くなった。「なるほど、パウエル、毒が入っていないと断言できるなら、半分食べろ」

「おれはチリが大嫌いだ」

　彼は威嚇するように立ちあがった。「食べろ、くそったれ。食べろ」

　その夜、おれは胸焼けでひどく苦しんだ。

　翌朝、新入りの囚人の一団が入所の面接のために、所長のオフィスに連れてこられた。そのなかに、アルバート・ロッケンマイアーがいた。

　ロッケンマイアーは生まれてこのかた、この刑務所を出たり入ったりしていた。今回の服役は生涯つづく予定だ。貯蓄貸付事務所に強盗に入ったさいに、そこの経営者を殺害した罪で有罪判決をくだされたばかりだった。

おれは彼とふたりきりで話をする機会を得た。「九十九年の刑期を食らったそうじゃないか？」

ロッケンマイアーは肩をすくめた。「自分がいつかここにぶちこまれて、二度と出られなくなる日が来るとずっとわかっていた。これで不安はなくなり、気が楽になった。聞いたところじゃ、ヒーガンがあんたの房にいるらしいな」

「いかにも」

「で、やつはまだ生きてるのか？」

「まだ生きている」

ロッケンマイアーはにやりとした。「実のところ、あいつと仕事がらみで出くわしたことは一度もない。あいつがお巡りだったということを除けば、個人的になんら含むところはない。とはいえ、一般的な原則にもとづけば、おれがあいつに何かをする可能性はある。そうしたところで、おれが何を失うというんだ？」

「確かにな」おれは言った。「あんたが何を失う？」

しかし十日過ぎても、ヒーガンはまだ生きていた。もっとも目に見えて痩せ、神経をそうとう尖らせてはいたが。

ダンラップとシケルズとおれは、図書館の資料室で恒例の会議を開いた。ダンラップは看守たちの食事係というきわめて重要で恵まれた立場にいた。その立場にふさわしく、でっぷりと太っていた。シケルズは作業日に、作業服の尻ポケットに少々油染みたぼろ布を入れて、刑務所の発電所を見まわるという重要な任にあたっていた。

囚人の大半は、おれたち三人のことを実行委員会――選ばれたのではなく自然とそうなった――と呼んだ。

おれたちは平和と秩序、光明、平穏の主唱者で、公的な刑務所の運営陣をわずらわせるほど重大ではない、ささいな問題に直面していそうな囚人――ときには看守——に、いつでも導きの手を差しのべる心づもりをしていた。

ダンラップは一パイントのストロベリー・アイスクリームを慎重に三等分すると、皿と銀色のスプーンを各自にまわした。

シケルズが会議の要点を口にした。「ヒーガンがここに来てからそろそろ二週間になるが、やつはまだ生きている。誰も手を出そうとさえしない、したのはオーヴィルくらいだ。だが実際のところ、それを数に入れることはできないだろう？」

ダンラップはスプーンですくったアイスクリームを、ゆっくりと口に運んだ。「ヒーガン殺害については、全員が話題にしているが、それを実行したがっているやつは皆無だ。ヒーガンがおまえの房にいるからおじけづいてるんだと思うか、パウエル？」

おれはそう思わなかった。「誰かが本気でヒーガンを殺したがっているとしたら、もうとっくにやっているはずだ。実際にまだ殺されていないのなら、この先も決して殺されることはないだろうな」

ダンラップがむっつりとした表情でうなずいた。

「だけど、何か手を打つべきだ。何十人というわれらが仲間がムショ暮らしをするハメになった元凶であるお巡りがここにいて、そいつはまだ生きている。情けない話だ」

シケルズが同意した。「ヒーガンみたいな野郎が、レヴンワースでどのくらいもつと思う？　あるいはサン・クエンティンで？　それとかソルダッドで？」彼は冷ややかに笑った。「二十四時間ももたないだろうな。長くても四十八時間だ。もしヒーガンに対して何も——しかもすぐに——なされなければ、おれたちはアメリカのヒックスヴィル（ニューヨーク州にある村。田舎町を意味する）と見なされる。きっと仲間たちは、おれたち実行委員会が何かすると思って見ている」

ダンラップは思案ありげに、彼を見つめた。「おれたちの誰かがヒーガンを殺すべきだと言うのか？」

シケルズはゆっくりと言った。「おれがやるのは不法侵入だ。ナイフとかその手のものの扱い方を憶える気はない」

ダンラップも弁明をした。「横領がおれの領分だ。死亡記事を読んだだけで、おれは気が遠くなる」

ふたりは問いかけるような目でおれを見た。

確かに、おれは殺し屋としての資質を多少なりと有している。はるか昔、二千ドルでレフティ・シュローダー殺しを請け負ったことがあり、レフティ殺害はおれのキャリアの長さと幅の広さを物語っている。運悪く、犯行現場から逃走中に、おれは盗んだ車をボーリング場に向かっている非番の警察官四人の乗ったセダンにぶつけてしまった。

おれはにやりとした。「おれはマシンガンの男だ。スペシャリストだ。マシンガンを調達してくれたら、喜んでヒーガンを亡き者にしてやる」

当然ながら、おれたちはマシンガンを持っていなかった。

しばらくして、シケルズが沈黙を破った。「誰かを雇って、ヒーガンを殺させるってのはどうだ？」

ダンラップが肝心な点を指摘した。「その見返りとして、おれたちに何が提示できるっていうんだ？　カネなんてないぞ」

シケルズは自分の皿を指さした。「アイスクリームのことを考えていた。ここでは、年に三パイントしかアイスクリームを食べられない——感謝祭の日と独立記念日とクリスマスにな。自分のぶんをいらないと断ったやつを見たことがあるか？」

言うまでもないが、実のところ、実行委員会は看守の食事係というダンラップの立場を利用して、年に三回以上アイスクリームにありついている。とはいえ、それは単におれたちが負っている責任への見返りだと考えていた。

　シケルズは要点をずばり口にした。「ヒーガン殺しに名乗りをあげたやつに、今後一年間、毎月アイスクリームを一パイントやるってのはどうだ？」

　おれは眉をひそめて思案した。シケルズはそれについて何か思うところがあるのだろう。娑婆ではたいして重要に思えないことが、壁のなかではそうとう重きが置かれることはある。かつて、チューイングガム一パックの所有権をめぐって、囚人ふたりが片方が気絶するまで殴りあうのを見たことがある。丸一年、毎月アイスクリームを一パイントもらえるなら、たいていのことはやれるはずだ。

　ダンラップはまだ疑わしげだった。「アイスクリーム十二パイントと引き替えに、誰が人殺しをする？」

「それで捕まったとしても、何も失うものがないやつだ」シケルズは言った。「それに、アイスクリームはここにたっぷりある」

　確かに、アイスクリームはたっぷりあった。アイスクリーム十二パイントで、ヒーガンといううっとうしい存在を消すことができるのだ。

　ダンラップは顔を輝かせた。「この会議がひと区切りついたらすぐに、いまの話をみんなに広めよう」

　所長のオフィスに戻るさい、おれは近道にと洗濯室のある建物を通った。仕分け室で、アルバート・ロッケンマイアーに出くわした。

　明らかに失うもののない男がここにいた。確かにみずから率先してヒーガンを殺そうとはしていない。それはヒーガンを個人的にまったく知らないので、殺す動機がほとんどないからだろうが、アイスクリーム十二パイントと引き替えならどうする？

「アルバート」おれは言った。「アイスクリームは好きか？」

　彼は長いテーブルから顔をあげた。「もちろん。それがなんだ？」

　おれはためらった。突然、この計画に対する不安に襲われた。「訊いてみただけだ」おれは慌てて言った。「売店のスタッフに頼まれて、調べてるんだ」

　おれはその場を離れた。しまった、じきにロッケンマイアーはダンラップかシケルズから、くだんの提案を聞くだろう。

　その夜食堂で、ダンラップとシケルズとおれは、暗黙のうちにおれたちの定位置になっているいつもの席についた。三人とも、皿に盛られたキャベツやミートボール、煮込んだトマトを黙々と口に運んでいた。

　ようやく、おれは顔をあげた。「ふたりとも、おれたちの提案を広めてるんだろうな？」

　シケルズは、大部分が米でできたミートボールを丁寧に二等分していた。「そんな暇なかった。きょうは少々忙しくてな。発電所の発電機が一基、妙な音を立ててる気がして不具合を探っていた」

　ダンラップは自分の食べ物をつついていた。当然ながら、看守の食堂ですでに食べていたが、ここでは食べるふりをしなければならなかった。「仕事が猛烈に忙しくて。ほかのやつと話す暇もなかった」

　おれはため息を洩らした。提案について、ふたりも再度考えていたのだろうか？

　自由になるカネが五千ドルありさえすれば、ヒーガンの死と引き替えに喜んで全部差しだす。しかし、アイスクリーム十二パイントだったら？　ヒーガンのような野郎の命と引き替えだとしても？　なぜか、なんというか……妥当とは思えなかった。

　ダンラップとシケルズはおれを見つめた。

　おれは咳払いをした。「アイスクリームに関する提案はいったん保留にして、もっと検討したほうがよさそうだ」

　ふたりは顔を輝かせた。

「それがいい」シケルズが嬉しそうに言った。「もう少し考えよう」

　監房に戻ると、ヒーガンが——ここのところ、ずっとそうしているように——下段の寝台で身を丸くしていた。おれの房に来てから、体重が二十ポンドほど落ち、目の下のくまが見るからに黒ずんでいた。

その晩、おれは寝台に横になったものの眠れず、寝返りを打っていた。ヒーガンは恐怖心からくる不眠症でまだ起きていたが、おれはおれでなかなか寝つけそうになかった。

しかし、ようやくまぶたが重たくなりだした。午前三時、ヒーガンのいびきに起こされた。おれはうんざりして自分の寝台から身を乗り出し、下にいるヒーガンをにらんだ。

人を絞め殺すにはどうすればいい？　そうとうな抵抗にあうだろうか？　殺す相手より自分のほうが、でかくて力も強くなければならないことは確かだ。それとも、不意をつけばやれるだろうか？　もしおれがいきなり襲えば……？

だめだ。それでは絶対にうまくいかない。あまりにも手際が悪いし、あまりにも野蛮だし、それにしくじる恐れもある。

おれは寝台に体を戻し、天井を見つめた。

クラーレは？

実際に、クラーレは手に入るものなのか？　もしクラーレが入手できないとなれば、有効な代替品はなんだ？　診療室で働いている囚人のなかには、化学の知識を持っているやつがいるのはわかっている。そいつらならば、何か思いつくだろうか？

ヒーガンの血流に一滴落とすだけで功を奏する方法は？　薬品がたっぷりついた針を、おれがやつの靴のなかにしのばせればいいのか？

それか場合によっては、遠くから吹き矢を使ってもやれるだろうか？

おれは額に浮かんだ汗をぬぐった。

それとも、誰かがついにヒーガンを殺す気になるのを期待して、もうしばらく様子を見るのが得策か？

もし誰もそんな気を起こさなければ？　あとどのくらい、おれはヒーガンのいびきに耐えられるだろう？

おれは窓際にいるハサウェイ所長に近づいた。

秋も深まり、冷たい風が木の葉を中央の庭一面に散らしていた。

所長は煙草をふかした。「結局、ヒーガンははめられていたわけだ」

「ええ、所長」おれは言った。「もとの警察の仕事に戻るんでしょうね？」

ハサウェイは顔をしかめた。「いや。どうも、彼は警察の仕事への関心をすっかり失ったようだ。彼と個人的に話をして驚いたんだが、旅に出るつもりらしい。どこに行くのか訊いたところ、私かほかの誰かに正確な居場所を知られるのを恐れているのか、口をつぐんでしまった。見るからに、心底脅え、当惑しきった男という感じだった」

おれたちは、ヒーガンと彼の付添人が正門に通じる建物に向かうのを見ていた。ヒーガンは何か、あるいは誰かがあとをつけていると思っているかのように、肩越しにうしろを振り返る習慣が身にこびりついていた。

「さて」ハサウェイは言った。「彼は行った、ふたたび外の世界へ出て行った。だが、私にはどうもよくわからない。どうしてロッケンマイアーは自分から、ヒーガンをはめたと告白したんだ？　あいつに失うものは何もないのはわかっているが、手に入れる必要のあるものが何かあったのか？」

おれは小さく笑った。

その日の午後には看守用の食堂に行って、ダンラップにアイスクリーム一パイントを食べないよう告げなければならなかった。

ロッケンマイアーはこの先一年間、毎月一パイントずつアイスクリームにありつけることになった。ヒーガンをはめたという告白をでっちあげればその報酬にやると、おれが約束したアイスクリームだ。

これはおれたちの——彼とおれとの——ささやかな秘密だ。

おれは軽くあくびをした。やっと今夜は以前のように、ぐっすりと眠れそうだ。

地球からの殺人者

The Killer from the Earth

松下祥子 訳

「おれのベルトと靴紐を没収するんだろうな？」ドーソンが訊いた。

　これは修辞的疑問文だ。彼の宇宙服にはベルトも靴紐もついていない。

　彼は私をねめつけた。「あの野郎どもは出発したのか？」

「ええ」私は答えた。「出発しました」

　ドーソンと二人の仲間は、われわれの惑星に到着した最初の、そして今のところは最後の、地球人だった。あとの乗組員二人が予定通り出発するのは許可したが、ドーソンは留め置くことにした。

　なにしろ、彼には殺人の罪がある。

　ドーソンは敵意をむきだしにして私を見た。「あんた、いったい何なんだよ？　精神分析医か？」

「それも多少あります」私は言った。「私の役目は、あなたから質問があればお答えすること。それに話を聞くことです」

　彼は寝台に腰をおろし、しばらくして顔をあげた。「このいまいましい惑星にだって、弁護士ってやつはいるんだろう？」

「はい」私は言った。「ですが、刑事弁護士はいません」

　彼は顔をしかめた。「おれは裁判を受けるんじゃないのか？」

　私は微笑した。「裁判というものはありません。人は無罪か有罪かだけです。で、あなたは有罪だ」

　彼は口元をゆがめた。「おれは鉄道《レイルロード》（不充分な証拠に基づいて手早く有罪判決を下し、投獄する）されてるってことか？　そうなのか？」

〝鉄道される〟という表現の意味がすぐには理解できなかった。ここに滞在していた八日間に、宇宙飛行士三人がこの単語を動詞として使った例はなかった。だが、帰納推理によって私はその意味をつかんだ。言語は私の得意分野ではない。英語を学ぶのに二日近くかかってしまったくらいだ。

「いいえ」私は言った。「あなたは鉄道されているのではありません。映像を自分でご覧になったでしょう」

　彼の目がきらっと光った。「あれは何だったんだ？　タイム・マシーンか？」

「ある意味ではね」私は答えた。「タイム・カメラと呼ぶのが妥当かもしれない。われわれの惑星では、あらゆる場所を特定の時間に戻して再調査することができるんです、必要な場合は。ですから、あなたは自分がドナジャック教授を殺すところをご覧になった」

　彼は食ってかかった。「地球ではあんなものは法廷で認められない。自己負罪というんだ」

　私はため息をついた。「申し上げたように、こちらに裁判というものはありません。過去を再生することが自己負罪になるとは、われわれは考えません。それは史実であると考えます。あなたがドナジャック教授を殺害したのは史実です。われわれに関心があるのは正義ですよ、ミスター・ドーソン。詭弁ではありません。あとはあなたの処罰を残すだけです」

　彼は唇を舐めた。「殺人の罰は何だ？」

「さまざまです。状況によりけりですね」

「おれの場合はどうなんだ？」

「刑罰委員会が検討中です」

「刑罰委員会が刑を宣告するのか？」

「いいえ」私は言った。「委員会は刑を検討するのです」

　彼には理解できなかった。「じゃ、誰が刑を宣告する?」

私はにっこりした。「被害者です」

彼はぎろりとにらんだ。「被害者? 死んでる人間がどうやって?」

それはそうだ。「当然ながら、死んでしまったらそんなことはできません。しかし、この惑星では誰もが――存命中に――自分の殺人者にどんな罰を与えてほしいかを中央登記局に正式に指示しておくのです。確かに稀有な出来事とはいえ、そんなことが起きた場合に備えて」また微笑を浮かべた。「われわれとしては、誰にもまして被害者にこそ、自分を殺した者の運命を決定する権利があると考えます」

彼がこの点を把握するのにしばらく時間がかかった。

「それで、刑罰委員会は刑を検討する?」

私はうなずいた。「個人は自分を殺した者の刑罰を決定する基本的権利を与えられていますが、それでも介入が必要だと国家が考える場合もあるのです。たとえば被害者が、冗談半分で、殺人犯は十日間拘禁されればよい、と指示していたとすると、委員会は介入しなければならないと考える。それで、死刑判決を下す場合さえあります」

彼の目が細くなった。「地球では、死刑は六十年近く前に廃止になった」

私はため息をついた。宇宙飛行士三人の頭の中から集めた情報によれば、地球人は極端から極端へ動くという悪習にいまだに染まっている。遠い過去には、ごく軽微な違法行為にも死刑を課していた一方で、逆に現在では、もっとも凶悪な犯罪にすら死刑を課すことを拒否するのだ。

「教授はおれにどんな罰を与えると決めていたんだ?」

「申しわけありませんが」私は言った。「委員会が評決を下さないうちは、私の一存では明らかにできません」

彼は短く笑った。「煮えたぎる油に入れられたやつはいるか？」

私はなにも言わなかった。

彼は私をじろっとにらんでから、寝床に横になった。どうやら口はきかないと決めたらしい。

私は待った。

地球人は、ほかの人間がそばにいると、沈黙を妙に気にするようだ。

十分後、ドーソンはまたしぶしぶ話し出したが、それでも実質的にはなにも言わずにすまそうとしていた。些細なこと、あるいは彼が些細だと思うことだけを話した。われわれの気候はきちんと制御されているが、地球には天候の変化があるので、その話をした。彼は水上スキーが好きで、アスパラガスを嫌い、猫アレルギーがあると言った。

独房を出ると、私はこのやりとりを傍受していた助手のヒーロンのところへ戻った。

ヒーロンは分析機に目をやった。「一つ、おかしなことがありますね」

「なんだ？」

「彼は猫アレルギーがあると言った」

「それで？」

「彼にはそんなものはない」

ドーソンを収監したとき、型通りの身体検査をし、それにはアレルギー検査も含まれていた。

私は眉をひそめた。「どうしてありもしないのにアレルギーがあると言ったんだろう？　自分で猫アレルギーだと思い込んでいる可能性は？」

ヒーロンはにやりとした。「そうだとすれば、なぜアレルギーがあるなんて思いこんでいるのか？　それがぼくらの解くべき問題でしょう、もし大事なことだと思われるんなら」

私は肩をすくめ、ドナジャック教授の死をもう一度目撃しようと、再生室に入った。

映写エリアをじっと見ていると、ドナジャク教授とその書斎が眼前に現われた。

ドナジャク教授はぬきんでた科学者の一人で、引力質量比率、黒光幾何学、内破の無限性といった、多様な分野で重要な仕事をしていた。

ドナジャク教授ががらんとした部屋の中に一人でいるのが見えた。教授の武器といえるものは、鉛筆と紙、チョークと黒板くらいだった。

この瞬間――死ぬ一分前――教授は黒板の前にじっと立ち、眉根を寄せて、そこに書かれたいくつもの式を真剣に見つめていた。

背後のドアがそっと開き、ドーソンが姿を現わした。手には重い金属の棒。手袋をはめている。原始的な方法だが、これで犯人が自分だと露見しないことを期待したのだ。

音もなく教授の真後ろに忍び寄り、にやりと笑みを浮かべて凶器を振りあげた。

ドーソンが一撃を下す前に、私は目をつぶった。おぞましい行為そのものをまた目撃する必要はない。私は公的立場にいるので、仕事上、もう何度も見ているのだ。

目を開けると、ドナジャク教授は書斎の床に倒れて死んでいた。

ドーソンは教授をしばし見下ろしてから、デスクの上にあったダイヤモンドをポケットに入れた。

これが殺人の動機だった。

ダイヤモンドの入手。

ダイヤモンドは約千二百カラットで、ドナジャク教授はそれを文鎮に使っていた。

われわれは五百年ほど前、光線の切断力を開発し、性能を高めた時点で、工業用ダイヤモンドの生産をやめてしまった。宝石としては、それよりさらに昔、光線屈折力のずっと強い合成物質がとってかわっていた。

要するに、たまに子供が蒐集するくらいで、この惑星においてはダイヤモンドはすたれ、無価値なものなのである。もしドーソンがあの石をくれないかとドナジャク教授に訊いていれば、教授は喜んで渡していたはずだ。

　だが、ドーソンは訊かなかった。おそらく、千二百カラットのダイヤモンドをくれなどと言い出すのは、いくらなんでもばかげていると考えたのだろう。

　とはいえ、もしこの石がこの惑星で地球上と同じだけの価値を持っているのなら、文鎮に使われているわけがないと推察してしかるべきだった。だが、欲がからんでいると、地球人は正しい推察ができなくなる。

　ドーソンは教授の死体を部屋の隅のクロゼットに引きずっていった。戻ってきて、安楽椅子を動かし、床の血を覆い隠した。

　地球船がこの惑星を飛び立つまでドナジャク教授の死体は発見されずにすむだろうとドーソンが期待していたのは明らかだ。

　ドナジャク教授が一時間後に大学で講義をする予定が入っていなければ、ドーソンの目論見どおりにいっていたかもしれない。教授が現われなかったので、教員助手が迎えに行かされ、クロゼットのドアの下から血が滲み出ているのを発見したのである。

　時間再生によって、当局はすぐに事の経緯を判断することができ、ドーソンは地球船の出発予定時刻の二時間前に発射地点で収監された。

　あとの二人は仲間意識から、ドーソンに殺人などできるはずがないと言い張ったが、それも時間再生の映像を見せられるまでだった。

　ドーソンが紛れもなく有罪だとわかると、二人は賢明にも彼を置き去りにすることを決めた。コンピューターの計算に従って出発しないと、次に二つの銀河がぴたりと並行し、無事地球に戻れる条件が整うまで、七年以上待たなければならない。

　再生室を出ると、ヒーロンが刑罰委員会からの知らせを渡してくれた。

　読みながら、私は顔をしかめた。「刑罰委員会はドナジャク教授の要請を認めた。まさか、そうくるとは思わなかったな」

「意外でした」ヒーロンは正直に言った。「でも、ドーソンは運悪く、たいへんな著名人を殺してしまったということを忘れちゃいけない。委員会が怒っているのも理解できる」

　そのとおりだ。「それに、ドナジャク教授を襲う前にドーソンの顔に浮かんでいた笑みも、委員会は勘定に入れたんじゃないかな」

　ヒーロンはため息をついた。「あんな刑、どうやって執行するんです？」

「さあね。現在のところ、まったく見当もつかない」私は通信文を読み直した。「時間制限がある。執行まで、ぼくらは一週間与えられている。もしうまくやりおおせなかったら、きっと委員会はドーソンの刑を終身禁固に下げるだろうな」

　ヒーロンはその点を考えてみた。「ひょっとすると委員会は、立派な人間が意味もなく殺されたことに憤慨するあまり、感情的になってドナジャクの願いを承認したが、そのあと理性をとり戻し、良心がとがめて時間制限を加えた。ぼくらが刑の執行に成功しないだろうと、ひそかに期待して、とか？」

　私はにやりとした。「たいした心理学者になってきたな、ヒーロン。しかし、ぼくには委員たちの頭の中や感情を読むことはできない。これが委員会の求めることだという言葉を受けいれるしかないし、そのとおり実行されるようにするのがぼくの義務だ」

　翌朝、私が独房に行くと、ドーソンはそわそわして待ちかまえていた。

「で、委員会の決定は？」彼はすぐ訊いてきた。

　私は嘘をついた。「まだ評決は出ていません」

　彼は深呼吸して、寝床に戻った。横たわり、天井を見つめた。「こういう場合の刑罰だが、けっこう妙ちきりんなやつもあるのか？」

「はい」私は言った。「たまに、そういう言葉で表現しうるものもあります」

寝転がった彼を観察した。地球人とこの惑星のわれわれとのあいだに、肉体的な差異はわずかしかない。われわれの頭蓋は平均して周囲が一インチ半大きく、全身の毛はやや少ない。

人間以外の動植物もよく似ている。これは偶然ではない。基本的に太陽を中心とする同じような条件下にあれば、惑星の発展はこういうパターンをたどるのだ。動植物が類似の進化を遂げた銀河系は、ほかにいくつも知られている。

しばらく黙っていたドーソンがまたしゃべりだした。

「すると、この惑星にはまだ人殺しをするやつがいるんだな」

「残念ながら、そのとおりです。遺伝子工学のエンジニアが問題に取り組んでいますがね」

殺人事件は年間少なくとも百件は起きる。惑星の人口が二十億人に固定されているのだから、地球の水準からすれば、そのくらい取るに足りないと見なしてもおかしくない。だが、われわれはそんなふうには考えない。

さらにしばらく話したが、ドーソンに関して新しくわかったことはほとんどなかった。出て行こうとした私は、ふと足を止めた。「考えていたんですがね。ここにいると、ちょっと寂しくないですか？」

「寂しい？」

「時間つぶしの一助にペットでもどうかな、と思いまして。金魚？ インコ？」私はにっこり笑った。「そうだ。うちの助手が飼っている猫が四週間前に子猫を産んだんだ。見ていてすごく楽しいですよ。この次来るとき、一匹持ってきましょうか」

彼の顔が見る見る蒼白になった。「猫なんかいらない！」

「ほんの子猫ですよ」

声が大きくなった。「猫なんかいらない！」それから自制心を取り戻した。「猫アレルギーなんでね」

私はまだにこやかにしていた。「アレルギーなら、五分で消える治療法がありますよ」

また声が大きくなった。「この部屋に猫はいらないと言っただろう！」

私はヒーロンのところに戻った。「ドーソンが猫におびえているのは明らかだ。なぜだか知りたいね」

ヒーロンは制御盤に近づき、ドーソンの独房に真相ガスを流しこんだ。このガスは無色無臭で、吸いこんだ人は一種の昏睡状態に陥るが、その状態で尋問に答えることができる。嘘や言い逃れは不可能だし、ガスの効果が消えると、何があったのかまったく記憶していない。

われわれは三人の宇宙飛行士全員にこのガスをたっぷり使った。潜在意識下に入りこみ、かれらの言語を習得し、地球の歴史をかなり学んだが、三人は自分の頭の中にそんな知識があったとは、おそらく気づいてもいなかっただろう。

見ていると、ドーソンはあくびをし、寝台に横たわった。数秒のうちに昏睡状態に陥った。

ヒーロンは部屋からガスを抜き、私はドーソンに質問しようと、また入室した。

彼の猫恐怖症はごく幼いころに始まったものだとわかった。三歳のとき、子猫を撫でていたところ、母猫がその行為を攻撃と勘違いし、彼に襲いかかった。彼は恐怖のあまり悲鳴をあげて逃げ出したが、母猫はその背中に飛びつき、両親が引き離してくれるまでしがみついたままだった。

私はヒーロンのところへ戻った。「これから二日間、ぼくの代理をつとめてくれないか。ドーソンには、ぼくがほかの用件で呼ばれて出かけたと言っておけ」

「何をすればいいんですか？」

「ドジな人間のふりをしてもらいたいんだ、ヒーロン。委員会がドーソンの件で評決を下したと、うっかり漏らしてしまう」

彼は眉をひそめた。「どういう罰を受けるか、あいつに知らせるんですか？」

「いや。そこまでは教えない。だが、刑が執行されるのは三日後の深夜十二時だということも、漏らしてほしい」

ヒーロンはうなずいた。「ほかには？」

「うん。あいつに子猫を一匹あげると言ってくれ」

ヒーロンはとまどった。「でも、それはもうやったでしょう」

「わかってる。でも、もう一度やってほしいんだ。そして、彼と話をするときはいつも、どこかで話題に……」みなまで言わなかった。

ヒーロンがあとを引きとった。「猫を持ち出す？」

「そう」

彼は私を見つめた。「なんだか、いやだなあ」

怒りがこみあげてきた。「きみがいいと思おうと、思うまいと、関係ないんだ、ヒーロン」

彼はため息をついた。「ときどき、われわれは思ったほど進歩していないんじゃないかと疑うことがありますよ」

次の二日間、私はモニターの前にすわり、ヒーロンが言われたとおりにする様子を観察した。

三日目、夕方七時まで待って、ドーソンに会いに行った。

私は笑顔を見せた。「どうしてました？」

ドーソンはこの二十四時間、なにも食べず、一睡もしていなかった。その目には狂ったような狡猾さが浮かんでいた。「委員会はもうおれのことで心を決めたかね？」

「いいえ」私は言った。「まだです」

飛びかからんばかりだった。「嘘つきめ！　決定は出たとヒーロンは言っていた！」

　私は眉をひそめた。「ヒーロンが！　あいつ、ここで何をしていたんだ？　誰もこの部屋に入ってはいけないと、厳しく言い含めておいたのに」

　ドーソンは声を荒げた。「どういう罰なんだ？」

「そのときが来ればわかります」

「おれは死ぬんだ！　そうだろう？」

　しばらく黙りこみ、私はうなずいた。「ええ。そこまでは教えられます」

　恐怖に駆られ、彼の目がぎらついた。「死ぬんだ。疑問は一つ。どうやって死ぬ？」

　私はなにも告げなかった。

「今夜だろ？　深夜十二時だな？」

　今度もなにも言わなかった。

　ドーソンは私の腕をつかんだ。「ヒーロンに訊かれたんだ。おれが世界でいちばん——宇宙でいちばん——こわいものは何かって！」

　私は警戒心を装った。「ほう？　で、なんと答えたんです？」

「なにも答える必要なんかなかった！　あいつは知ってた。知ってたんだ」ドーソンは汗びっしょりになっていた。「猫は一匹じゃないんだろ？　一匹どころじゃないよな。十四も来るかもしれない。この部屋の中で……爪を立て、フーフー唸り、ギャーギャーわめく……」

　さっと時計に目をやった。「私は今夜、ここにいることはできません」それからにっこり笑った。「どうぞ仮眠をとって、休んでください」

　私は部屋を出た。

　ヒーロンは私の言葉を期待するようにこちらを見た。

　私は深く息を吸った。「なにもああいう出来事を……」言いよどんだ。「生《なま》で目撃する必要はない。時間再生でいつでも見られる」

ヒーロンはくたびれた微笑を浮かべた。「わかってます。でもぼくらのうち一人はここにいるべきだと思う。なにか起きたらお知らせしますよ」

十二時少し過ぎ、ヒーロンからドーソン死亡の連絡があった。

私はモニター室へ行った。

ヒーロンはまだ動揺していた。「ドーソンは寝台のシーツを細く裂いて、十二時十五分前に首を吊りました。これから自分に起きると予想したことに耐えられなくなったんです」

私はデスクからファイルを取りあげ、ドナジャク教授の要請を読み返した。

〝生命は一人ひとりの人間にとって、もっとも貴重な所有物であると信じます。私は私を殺害した人物に、このことをしっかり認識してもらいたい。

どのようにすればよいのか、実行可能なことなのかどうかもわかりませんが、殺人者が私から奪ったものを、その手で自分自身から奪ってほしいと願います。殺人者に自殺してもらいたいのです。〟

ヒーロンは時間再生を三十分戻し、私はすわって、自己処刑を目撃することにした。

四人で一つ

Four on an Alibi

松下祥子 訳

まさかこんなことが。ヘクター伯父が図書室の敷物の真ん中に倒れていた。血だまりの中、右手にリヴォルヴァーを持って。

ぼくは二階の部屋のベッドにいて、目は覚ましていたのだが、そのとき銃声が聞こえたのだ。すぐさまパジャマのズボンだけ身につけ、様子を調べに下に降りた。

一階でいくつもドアを開け、最後に図書室の電灯のスイッチを入れると、完全に死んでいるヘクター伯父の姿が目に入った。

まずい。よしてくれよ。

従兄のクラレンスとぼくは、二人で伯父の遺産──ぼくの推定でおよそ二百万ドル──の共同受取人になっていて、その件については支障はなさそうだった。

しかし、そのほかにまだヘクター伯父の生命保険の問題が残っていた。額面は約四十万ドル──こちらもクラレンスとぼくが受取人──だが、もちろん、自殺の場合は自動的に無効になる。

ため息が出た。どうあっても、ヘクター伯父は殺されたように見せかけねばならない。

伯父はなんらかの理由で──物音を聞きつけて、とか──下に降りてきたところ、侵入者と鉢合わせし、そいつは即座に伯父を撃ち殺した。

そう、それでいい。単純明快だ。

ぼくはフランス窓に近づいた。カーテンの端で手を覆って窓の一つを開錠し、わずかに開けた。隙間から風が入ってきて、外の寒さが身にしみた。

ヘクター伯父の右手からリヴォルヴァーをとって、ぼくは眉をひそめた。それはぼくのスミス&ウェッソン三八口径だった。今朝、家の裏手の林の中で射撃をするのに使ったばかりだ。

ふだんなら射撃をしたあとは銃を清掃し、自室の銃器棚に戻して鍵をかけておく。だが、今日は午後また射撃に出るつもりで、化粧だんすの引出しにしまっただけだった。ヘクター伯父はぼくのいないあいだにドレッシング・ルームに入り、拳銃を持っていったらしい。

もちろん、この銃は始末しなければならない——どこかの川とか、適当な水中に捨てる。

それは明日だ。今ガレージから車を出そうとすれば、車庫棟の上に住んでいる召使の一人が必ず目を覚ます。

部屋をもう一度見渡した。すべてきちんとして見える。

出るとき、電灯を消し、スイッチについた指紋はこすれて特定できないようにした。

拳銃の指紋は家の奥の掃除用具戸棚にあった乾拭き用の布で拭きとった。

拳銃を明日までどうするか？　念のため、隠しておこう。それもぼくからなるべく離れた場所に。

戸棚の隅に電気掃除機が置いてあるのが目にとまった。理想的だ。リヴォルヴァーを掃除機の袋の中に入れた。

家の中では、銃声を耳にしたり、わざわざ様子を見に出てきた人間は、ぼくのほかに誰もいないようだった。ダンヴァースをはじめ、数人の召使が三階に寝ているのだが。

今ぼくがやったことを家族の誰かに知らせるべきだろうか？　いや、こういうことは知っている人間が少なければ少ないほどいい。

それに、従兄のクラレンスは自室にさえいなかった。いつものように徹夜でカード・ゲームをやりに出かけていたのだ。

クラレンスの妻、マリアンは？　彼女を起こし、ヘクター伯父が殺害されたと知らせるべきか？

いや。率直にいって、召使の誰かが朝になって死体を見つけ、騒ぎ出すほうが望ましい。

二階へ上がった。自室のドアの前で立ち止まり、もう一度状況を考えてみた。それから肩をすくめ、部屋に入って床に就いた。

よく眠れなかった。朝、ダンヴァースが洗濯したてのシャツを数枚持ってきたとき、知らせがあるのではないかと待ち構えたが、どうやら死体はまだ発見されていないようだった。

シャワーを浴び、服を着て下に降りると、朝食のテーブルにはマリアンがいた。

「クラレンスは帰ってきたかい？」ぼくは訊いた。

彼女はうなずいた。「五時ごろだったか、千鳥足で帰ってきたわ。当然、まだ寝てるけど」

マリアンは夫より十歳ほど年下で、いってみればツイッギーとは正反対の体形だ。ものに動じない性格で、クラレンスのような男と暮らしていくのにそれが非常に役立っている。

彼女はベーコンを取り分けた。「ヘクター伯父さま、今朝は遅いみたいね」

廊下から女の悲鳴が響き渡った。

マリアンは軽く驚きを示しただけだった。「なに、いまの？」

耳を澄ますと、二回目、三回目の悲鳴が聞こえた。三回目のは音質がやや違った。「思うに、一人か二人のメイドの声じゃないかな」

ダンヴァースが部屋に来て知らせた。「失礼いたします。たった今、メイドの一人が図書室で伯父さまの死体を見つけたようでございます。殺人事件かと思われます」

メイド二人は蒼白な顔で目を見開き、図書室のドアの外に立っていた。二人そろって切迫した様子で中を指さしている。

ヘクター伯父は確かにまだそこにいた。前に見たときよりややこわばってはいたが。

ぼくはすぐにてきぱきとその場を仕切った。「おまえたち、なにかに手を触れたか？」

「いいえ」メイドの一人がすぐ答えた。「ドアをあけたら、そこに倒れていらして。あたし、部屋に足を踏み入れてもいません」

よしよしとうなずいた。「よかった。じゃ、今から図書室のドアを閉めて、警察に電話する」

マリアンがぼくの肩越しに覗きこんだ。「ヘクター伯父さまが死んでるって、どうして確実にわかるの？　応急手当を必要としてるかもしれないでしょ？」

「マリアン」ぼくは言った。「死人なら何人も見たことがある。ヘクター伯父さんはその一人だよ」

ぼくは警察に電話した。


六分後、パトカーが一台到着。警官たちは状況を把握し、車に戻って無線連絡した。まもなく刑事の一群と、鑑識班、医療技術者の小隊が派遣されてきて、仕事を開始した。

マリアンとダンヴァースとぼくが居間で待っていると、スパングラー警部補という、責任者らしき刑事がようやく現われた。

彼はすわった。「銃声を聞いた方はいますか？」

マリアンとダンヴァースとぼくは聞かなかったと答えた。

スパングラーはうなずいた。「銃というのは、人が考えるほど大きな音を立てないのがふつうですからね」メモ帳を開いた。「さてと、伯父さんは殺害されたように見えます。となると明らかに、彼を殺した人間がいるはずだ」

そのとおりだ。「間違いなく、侵入者ですね。泥棒とか、そんなような。ヘクター伯父は物音を聞きつけ、何事かと降りてきた。侵入者は彼を撃ち殺し、すぐさま逃亡した。たぶん、開いていたフランス窓から出たんじゃないかな」

「たぶんね」スパングラーは考えをめぐらすように鼻をこすった。「伯父さんの財産はどのくらいです？」

こんなわかりきった事件にそういう質問は不適切ではないかと思ったが、答えた。「およそ二百万ドル前後です。従兄のクラレンス・ハケットとぼくが主要相続人です」

「従兄のクラレンス？」

「主人です」マリアンが説明した。「クラレンスはまだ寝ています。ちょっと具合が悪くて」

スパングラーはお気の毒にと言ったものの、引き下がらなかった。「起こしていただくわけにはいきませんかね？」

マリアンはクラレンスを起こすように、ダンヴァースを二階へやった。

スパングラーはまたぼくのほうを向いた。「図書室の中のものに触った人はいますか？」

「絶対に誰もなにも触っていません。図書室に入った者さえいません」

「伯父さんが生きている姿を最後に見たのはいつでしたか？」

「ゆうべ八時半ごろです。居間のそばを通ったら、伯父はここでテレビを見ていました」

マリアンはうなずいた。「わたしは早めに床に就きました――九時ごろかしら。伯父さまはまだここにいらして、西部劇に熱中していました」

スパングラーはその点をしばらく考えているようだった。「気がついたんですが、図書室の中央の電灯をつけたり消したりするスイッチは、オフになっています。ランプも一つもついていない。おかしな物音が聞こえたというとき、闇の中で調べるものですかね？」

まずい。図書室を出たとき、どうして明かりを消したりしたんだ？　もちろんたんなる習慣からだが、おかげで厄介なことになった。「侵入者を不意打ちしようとしたのでは？」ぼくは言った。「だから当然、明かりはつけなかった」

「伯父さんがこの侵入者を不意打ちするつもりだったのなら、どうして武器を持っていかなかったんでしょう？　銃とか、棍棒とか、なにか。それに、伯父さんは心臓をきれいに撃ち抜かれていた。とすると、侵入者はまず明かりのついた部屋で伯父さんを殺し、それから電気を無駄にするまいと、明かりを消して出ていった？」

　ぼくは決然と笑みを浮かべた。「侵入者は懐中電灯を持っていたに違いない。その明かりを頼りに伯父を撃ち、それから出ていった。フランス窓からね」

　スパングラーはじろりとぼくを見ていた。「あなたと伯父さんとは、うまくいっていましたか？」

　実のところ、ヘクター伯父とぼくは犬猿の仲だったが、深刻なほどではない。「言い争いをしたことは一度もありませんでした」ぼくは真実を述べた。

　スパングラーはゆっくりとうなずいた。「あなたの手に火薬の粉がついていないか、うちの者にテストさせていただいてもかまわないでしょうな？」

　火薬の粉？　なんてことだ！　もちろん火薬の粉なら手についている。なにしろ昨日の朝、家の裏手の林に出て、あの三八口径をパンパンやっていたのだから。

　ぼくは軽く笑った。「いやあ、ぼくの手に火薬の粉がついているのはすぐわかりますよ。昨日の朝、林の中で拳銃をパンパンやっていたので」

「かなりの偶然ですな」彼は言った。「伯父さんが殺された、まさにその日に林でパンパンやっていたとはね」

「偶然じゃありません」弁解するように言った。「ぼくはよく林で射撃の練習をやるんです」

　スパングラーの助手の一人が入ってきて、彼の耳元でなにかささやいた。スパングラーは失礼と言って部屋を出ていった。

　ダンヴァースが戻ってきた。「奥様、ご主人様の目を覚まし、立ち上がっていただきましたので、何が起きたかをお知らせいたしました。いま、シャワーを浴びておられます」

　スパングラーは十五分後に戻ってきた。「おたくのメイドの一人が電気掃除機の袋の中身をあけようとしたところ、中に拳銃が入っているのを見つけました。凶器ではないかと思いますね。そうでなければ、誰がそんなものをそんなところに隠そうとしますか？」

　メイドのやつめ。なんでよりによって家じゅうに警官がうようよしているときに、掃除機の袋の中身をあけなきゃならなかったんだ？

「この部屋にいるどなたか、三八口径のスミス&ウェッソン・リヴォルヴァーを所有しておられますか？」スパングラーが訊いた。

　ぼくはためらった。拳銃はぼくの名前で登録してあるので、持ち主はぼくだと必ず突き止められる。だが一方、隠す前に指紋をきれいに拭いてあったから、必要以上に自分と拳銃の関係を強調することはないと思った。

　ぼくは咳払いした。「以前、三八口径のリヴォルヴァーを所有していましたが、二週間前にヘクター伯父に譲ってしまいました」

　スパングラーはうっすら微笑した。「侵入者はどうやってその拳銃を手に入れたんでしょうな？」

「この事件を再構成してみると」ぼくは助け舟を出した。「ヘクター伯父は銃を持って降りてきた。短いもみ合いがあり――いや、長かったかもしれないが――ともかく、侵入者はヘクター伯父の手から拳銃をもぎとり、彼を撃ち、それから逃げ出した」

　スパングラーはにやにやした笑い顔をこすった。

「伯父さんを撃った？　銃から指紋を拭きとった？

電灯を消した？　掃除機の袋に拳銃を隠した？　図書室に戻って、フランス窓から逃げた？」

　そう繰り返されると、確かにちょっとあやしげに聞こえた。

「あなたが最後にそのリヴォルヴァーを発砲したのはいつでしたか？」スパングラーは訊いた。

「二週間前、ヘクター伯父にあげたときです。それ以後は触っていません」

「彼は使ったことがありましたか？」

「何度となくね。伯父もよく林でパンパンやっていましたよ。うちの家族はみんなパンパンやるのが好きなんです」

　スパングラーは安楽椅子にゆったりと腰をおろした。

「鑑識班が指紋をいくつか見つけました」

　ぼくは眉をひそめた。「拳銃の指紋は拭きとられていたと、さっきおっしゃったんじゃありませんか？」

「そうです。しかし、銃の弾倉の中に入っていたカートリッジから、かなりきれいな指紋が見つかりました。リヴォルヴァーにタマをこめるとき、歯でくわえてやるわけにはいかない。たいていの人は指を使うし、指は指紋を残します」

　汗が噴き出てきそうな気がした。ふだんなら、汗なんて下賤なものは考えにものぼらないのに。もちろん、カートリッジにはぼくの指紋がついている――ことに、ヘクター伯父を殺したカートリッジには。

　ぼくの笑い声がやや甲高くなった。「警部補、あの拳銃をヘクター伯父に譲ったあと、一度も発砲したことはありませんが、つい数日前、伯父のために再装塡してあげました。ええ、伯父はこのところ忙しくしていたもので、再装塡してくれないかと、ぼくに……」

　いや、これでは弱い。

「警部補」ぼくは言った。「実は、白状しなければならないことがあります」

　彼はまたあのいまいましい微笑を浮かべた。「速記者を呼んできましょう」

　ぼくは片手を上げた。「いや、そういう種類の告白じゃありません」

「では、どういう種類なんです？」

「実はヘクター伯父は自分で自分を撃ったんです」

「ほう、そうですか？」

「ええ。自殺です」微笑をつくると、顔がこわばって痛くなった。「ゆうべ十一時半ごろ、銃声が聞こえました。何事かと下に降りてみると、ヘクター伯父が図書室の敷物の上に倒れていました。手には銃を持って。明らかに、自分で自分を撃ったんです」

　スパングラーは我慢して聞いてやろうという顔で微笑した。

　ぼくは確実に汗をかいていた。「ヘクター伯父の手から銃をとり、指紋を拭きとって隠しました」

「どうしてそんなことをしたんです？」

　保険金のことを教えるべきだろうか？　そうするとなんだか欲深に見えるが、ぼくは決してそんな人間ではない。

「自殺は不名誉なものと見られがちです」やや高慢な声音で言った。「細工をしたのは、家族の面目を守ろうとしたためです。侵入者によって殺されたように見えれば、ずっと家族のためになると感じたもので」

「伯父さんが書いた遺書はどうしました？」

「遺書なんてありませんでした」

「伯父さんはどうして自殺をしようと思ったんでしょう？」

「見当もつきません」

「発見したとき、明かりはついていましたか？」

　またあのいまいましい明かりだ。それでどういう違いがある？「いいえ」ぼくは状況を思い出して言った。「電灯をつけると、伯父が目に入った」

「では、伯父さんは暗いところで自殺したわけですね？」

「明らかにね」

　スパングラーは首を振った。「人は暗いところで自殺したりしません。理由は訊かれてもわかりませんがね、とにかくしない。目はつぶるかもしれないが、明かりは絶対に消しません」

　ぼくはハンカチで額を拭った。「ヘクター伯父の片手に火薬の粉がついているはずですよね？　調べましたか？」

　スパングラーはそのとおり調べてみることに決め、部屋を出ていった。図書室にいる鑑識班に検査を命じるのだろう。

　ダンヴァースはこちらを見ていた。「乾いたハンカチをお持ちいたしましょうか？」

「うるさい」ぼくは言った。

　しばらくすると、スパングラーが戻ってきた。「伯父さんの手には、右も左も火薬の粉はまったくついていません。徹底的に調べましたが」

　おどろいた。

　火薬がついていない？　とすると、ヘクター伯父は本当に殺され、しかも犯人はそれを自殺に見せかけようとしたのか。

　ぼくはといえば、手に火薬の粉をつけている。凶器はぼくの拳銃。その凶器のカートリッジにはぼくの指紋がついているし、殺人の動機もたっぷりある。

　もうだめだ。

　マリアンが立ち上がった。「警部補、殺人があった時間に、従弟のアンブローズとわたしは一緒におりました」

　えらいぞ、マリアン。こんなふうに自分の評判をあやうくするのもいとわないとは、ずいぶん寛大だ。

　スパングラーは油断ない目つきで彼女を見た。「九時に床に就いたとおっしゃったんじゃありませんか？」

　彼女は薄く笑った。「二階で主人とわたしが使っている部屋に引き下がったと言ったつもりでした。アンブローズは九時少し過ぎに部屋に来ました」ダンヴァースのほうを向いた。「そうよね、ダンヴァース？　あなたもいたでしょう。わたしたち、みんなでブリッジをやったんですもの」

ダンヴァースは期待に応えた。「もちろんでございます、奥様。ブリッジをしておりましたところ、十一時半に銃声が聞こえまして、それでゲームはお開きになりました」

スパングラーの目はひどく細くなっていた。「あなたと従弟は執事と一緒にブリッジをしていたんですか？」彼は言った。

彼女は背筋を伸ばした。「わたし、お高くとまった女じゃありませんわ」

居間のドアがあいて、従兄のクラレンスがスパングラーの助手の一人に連れられて入ってきた。

クラレンスは縦にも横にも大きい男だ。目はまだちょっと血走っていて、しかめ面で歩いているところを見ると、迎え酒は飲んだものの、こんな朝早くから起こされるのは迷惑至極だと思っているのがわかった。

スパングラーは彼を追及し始めた。「で、あなたは昨夜、殺人があった時間にどこにいらしたんです？」

クラレンスは相手の口調にむっとした。「わたしがどこにいたかって？　当然、家内とベッドに入っていましたよ」

どうしてクラレンスはそんなことを言わなければならないんだ？　われわれにはない完璧なアリバイがあるじゃないか？　徹夜でカード・ゲームをやっていたいつもの仲間が証言してくれるだろう？

マリアンはスパングラーに聞こえるよう、軽く笑った。「主人が申しましたのは、深夜十二時を過ぎて、わたしたちはベッドに入った、ということですわ。その前には、銃声が聞こえた十一時半まで、わたしたち四人そろって、部屋でブリッジをやっていました。主人と、従弟のアンブローズと、ダンヴァースと、わたしです」

クラレンスは口ひげを噛むような仕草を見せた。そんなものは生やしていないのだが。「ああ、そうだ。十一時半に銃声が聞こえた」

ぼくはさらに材料を与えてやった。「銃声が聞こえて、四人そろって下に降りました。ヘクター伯父は自殺したようだったので、一族の名誉のために、伯父が侵入者に殺されたように見せかけるのがいちばんだと決めました」

クラレンスの体が少しふらついた。「そのとおりだ」

ぼくはにっこりした。「もちろん、家族を思いやってのそんな細工はうまくいかなかった。それで元どおり、ヘクター伯父はやっぱり本当に殺害されたという事実に戻ってしまった。犯人は疑いなく侵入者ですね」

クラレンスは酒類の戸棚に行った。「実に簡潔明瞭に表現してくれた」

スパングラーと部下たちは午前中ずっと、ぼくたちを個別に尋問したが、どうやら話にくいちがいはないようだった。少なくとも、今のところは。

尋問の休み時間に、二階でクラレンスに会った。

「クラレンス」ぼくは言った。「わからないんだがね、ゆうべ一緒にカード・ゲームをやっていた仲間の名前を、どうしてすんなりスパングラーに教えなかったんだ？　ヘクター伯父さんが殺された時間にきみがどこにいたか、それではっきりしただろうに」

物わかりが悪いな、というように彼はにやりとした。「こういうことに友達を引きずりこんで、名誉を汚すわけにはいかない」

「だけど、殺人事件とあれば、友達だってきっと理解してくれるだろう」

クラレンスは男同士の内緒話として説明してやろう

と決めた。「実はな、アンブローズ、おれが隠しておきたかったのは、誰とカードをやっていたかより、どこでやっていたかなんだ。マダム・ラフォンテーヌとあそこの女の子たちがたいへんな迷惑をこうむるし、そんなことになってはおれだって困る」

マダム・ラフォンテーヌだって？　評判は聞いている。心優しい女将《おかみ》で、客にお得な商品引き換えスタンプをくれるそうだ。

ぼくは自室へ行き、ベッドに横たわった。

しかたがない。一つのアリバイに四人からんでいるのは三人よりましだし、ぼくにはどれだけアリバイがあっても足りないくらいだ。

ため息が出た。ヘクター伯父は侵入者に殺されたに違いないのだ。階下で物音がしたので、ぼくのドレッシング・ルームに入り、化粧だんすの引出しからリヴォルヴァーを取り出すと、状況を調べに降りた。図書室でもみ合いになり、侵入者は伯父を撃ち殺した。

伯父の死に関して、それがやはりいちばん理屈にかなった説明のように思えた。

だが一方、疑問も残っていた。ぼくがリヴォルヴァーをあの引出しにしまっていたと、どうしてヘクター伯父にわかったのだろう？

そんなことはありそうになかった。

では、侵入者本人が銃を見つけ、それを持って降りたのだろうか？

ぼくは化粧だんすの前に行き、いちばん上の引出しをあけた。

拳銃はここ、カフリンクをまとめたトレイの脇に入れておいたのだ。カフリンクは見るからに高価なものばかりだ。トレイのそばには、めったに使わない宝石を嵌めたライター二個と、飾り文字を彫りこんだシガレット・ケースも置いたままだった。

もし侵入者が偶然拳銃にぶつかったのだとしたら、どうしてこういう品々も盗んでいかなかったのだろう？　なぜ拳銃だけを？

ふつうの侵入者であればこれほどの品物に手をつけないでおくはずがない。

結論は明らかだった。拳銃をとっていったのは侵入者ではなく、ヘクター伯父でもない。

では、誰だ？　クラレンスか？

違う。ぼくが拳銃をいつものように銃器棚にしまわずに、引出しに入れていたことを彼は知りようがなかった。

マリアンか？

違う。では、誰が？

ダンヴァースが部屋に入ってきた。「昼食のご用意ができました」

ぼくは執事を見つめた。

ダンヴァースか？　もちろん彼だったのだ。

ぼくが林から戻ったとき、彼は部屋に来て、ドライクリーニングに出す服を集めていった。そのとき、ぼくが拳銃をしまうのを見たのだ。

ぼくは告発の指を向けた。「ダンヴァース、ヘクター伯父さんを殺したのはおまえだったんだな！」

彼は油断のない目つきでぼくを見た。「さようでございますか？」

「もちろんだ。ぼくがあのリヴォルヴァーをあの引出しに入れたのを知っていたのはおまえだけだ」こわばった微笑を浮かべた。「今現在、おまえの両手はおそらく火薬の粉まみれだろう」

彼は首を振った。「そんなことはないと存じます。伯父さまを殺す前に、わたくしはこんなことをする必要があるのかと迷い、実行する勇気を奮い起こすため、敷地内を長時間歩き回りました。たいへん寒かったので、オーバーを着て、手袋をしておりました。運よく、伯父さまを撃ったときにもまだ手袋をしておりまして、火薬の粉うんぬんの話を聞いたあと、手袋とオーバーはどちらも焼き捨て、証拠をすっかり掻き混ぜて、証拠がなにも残らぬようにしてしまいました」

「すると、図書室を出たときに電灯を消したのは、おまえだったのか？」

「習慣でございますね。つい、消してしまいました、こんなたいへんなことをしたあとでも」

「なぜ伯父を殺したんだ？」

「昨日の朝、解雇予告を渡されましたのです。家計簿の帳尻が合わないということでしたが、わたくしは絶対に着服などしておりません。とはいえ、伯父さまはこうと思いこんだら譲らない方でした。それはご存じでしょう。理性ある話し合いや和解にいたる希望はないと悟りました」

「解雇されたから殺した？　なんてことを、ダンヴァース！」

「いいえ、それだけではございません。以前ご親切にしていただいていたころには、わたくしは伯父さまの遺言状に含められ、遺産から一万五千ドルを与えられることになっておりました。こうなっては、すぐさまその条項は取り消されると思いました。それだけの金額をみすみす取り逃がすわけにはいかなかったのです」

「それじゃ、おまえはたかが一万五千ドルのためにヘクター伯父を殺したのか？」

「お言葉でございますが」彼は言い返した。「わたくしの周辺では、一万五千ドルは〝たかが〟という金額ではございません」

「ダンヴァース」ぼくは言った。「ぼくは公共心ある市民として、おまえが殺人の罪を告白したことをすぐスパングラー警部補に知らせる義務があると思う」

彼は小さく笑った。「伯父さまを撃ったあと、二階のドアが開く音がして、わたくしはホールの物陰に隠れました。上を見ると、何事があったのか調べようと降りてきたのはあなたでした」

ぼくはちょっと体をこわばらせた。「ぼくが自分の部屋から出てくるのを見たのか？」

「いいえ。ミセス・ハケットのお部屋から出ていらっしゃるのを見たのです。パジャマのズボンだけあわてて穿いたお姿で」非難するように舌を鳴らした。「あなたとミセス・ハケットがお部屋でカード・ゲームをなさったことがあるとは思えませんが」

ぼくは首筋をこすった。残念ながら、これは事実だった。昨夜、ぼくがマリアンの部屋にいたのは確かだが、カードをやっていたのではなかった。実際、クラレンスがマダム・ラフォンテーヌだか誰だかのところに出かけた晩に、マリアンとぼくはカードなどで時間を無駄にしたことは一度もない。

「ダンヴァース」ぼくは厳しい声音で言った。「それは殺人事件とはなんの関係もないことだ。なにひとつね」

「それはそうかもしれませんが、もしわたくしが殺人の罪を告白するなら、警部補に、またおそらくは公判の法廷で、問題の夜に起きたこと、見聞きしたことをすべて話さなければならなくなると存じます。通常、そうでございましょう？」

二人とも、しばらく黙っていた。

ダンヴァースはまたにやりとした。「ブリッジはなさいますか？」

「いや、やらないね、ダンヴァース。ブリッジなんかぜんぜん知らない」

彼はうなずいた。「そんなことではないかと思っておりました。わたくしたち四人おそろいのアリバイをこしらえているのですから、それは致命的な欠陥になると思われませんか？」

彼は上着の内ポケットから慣れた手つきでトランプを一組取り出し、ぼくにブリッジの基本ルールを教え始めた。

お母さんには内緒

But Don’t Tell Your Mother

高橋知子 訳

　私は、納屋の壁に立てかけてある道具を見つめた。鋤《すき》も持っていったほうがいいだろうか？　おそらく地面はかなり固いので、簡単には掘ることができないだろう。

　私の十一歳になる娘、シンディが、開いているドアから顔をのぞかせた。

　私は少しばかり慌てた。てっきり祖母に会いに村へ出かけ、少なくとも三、四時間は帰らないと思っていた。

「何を探しているの？」シンディは言った。

「シャベルだ」

「どうして？」

「アスパラガスの苗床を掘ろうと思ってね」

「鋤を使ったら？」彼女は言った。「そっちのほうが掘りやすいよ。シャベルは土をすくいあげるのに使うの」

　私は鋤を手にとった。

　シンディは、考え深げに顔をしかめた。

「だけど、そこにある先のとがったシャベルなら、地面を掘るのにも使えるわ。灌漑用シャベルって呼ばれてる。ガールスカウトで教えてもらったの」

　私は先のとがったシャベルも手にした。「おばあちゃんに会いに出かけたんじゃなかったのか？」

　彼女は肩をすくめた。「長いあいだ自転車をこがなくちゃならないし、きょうはすごく暑いんだもの」

「今週せめて一回くらいは会いにいかないと、おばあちゃんががっかりするぞ」私は道具を持つ手をかえ、ポケットから小銭をとりだした。「冷たいソーダでも飲めば、村まですいっと行けるだろう」私は無意識に言い足した。「だけど、お母さんには言うなよ」

「言わない」彼女は嬉しそうに応じ、その場を離れかけて、足をとめた。「お母さんはどこ？」

「いまどこにいるかは、ちょっとわからないな。出かけたのは確かだが」

「どうして車に乗って行かなかったの？」

「マフラーの調子が悪いんだ。友達が迎えにきてくれた」

　私が見ていると、シンディは自転車にまたがり、道路に通じるドライヴウェイを進んでいった。彼女はいつも言われているように、ブレーキをかけていったん停止してから左に曲がり、街道を村へと向かった。

　私はドライヴウェイに駐めてある車のところへ行き、もう一度、トランクのラッチを動かしてみた。よかった、まだ鍵がかかっている。この鍵はいささか気分屋だ。きっちりとかかっていることもあれば、突然はずれて、トランクの蓋が一インチか二インチ開いていることもある。

　私はシャベルと鋤、つるはしを後部座席に置くと、運転席に乗りこんだ。砂利敷きのドライヴウェイから家の裏手の芝地へ車をまわすと、およそ百ヤード上方の森へと丘をゆっくりとのぼった。

　ついさっき、私は歩いて森まで行き、五十フィートほど入ったところに、車を操作できる広さのある空き地があるのを確認していた。

　車を停めて外に出ると、まえもって選んでおいた場所を見わたした。

　この特別な穴の直径は、どのくらいにすればいいだろうか？　どのくらいが一般的なのか？　七掛ける四フィートで、深さは六フィートくらいか？

　私は、六掛ける三フィートで充分だと判断した。いずれにしろ、棺を埋めるわけではない。

灌漑用シャベルを使って、穴を掘りだした。肉体労働はあまり得意ではなかったので、何度も休憩をとった。およそ四十分後、手のひらに水ぶくれができはじめているのに気づいた。このままでは手が使いものにならなくなる。作業は少なくともあと二時間はかかるだろうし、水ぶくれができたからといって、途中であきらめるつもりはなかった。

私は家に戻って、作業用の手袋を探すことにした。

森を抜けたところで足をとめ、目を陽の光に慣れさせた。そう、ここからだと、村の全景を見晴らせる。村のはずれまでのほぼすべての建物が何であるか見てとれる――町役場、銀行、駐車場つきのスーパーマーケット。私の妻、マリアンの両親はいまでも、教会の三軒隣りのあの緑の屋根の家に住んでいる。

マリアンと結婚してどのくらいになるだろうか？　十三年？　そんなところだ。

波瀾ぶくみの結婚生活？　そう言うと、辛辣すぎるだろう――しかし、マリアンにはすぐに腹を立てる短気な面があるのは確かだった。

家に戻ると、地下でキャンバス地の作業用手袋を見つけた。

家を出ようとしたとき、電話が鳴った。私は壁にかかる受話器をとった。

「マリアンはいるかしら？」声の主が言った。

同じ通りの半マイル先に住んでいる、ミセス・ウォーカーだった。

「いいえ」私は言った。「妻は留守にしています」

「ご両親のところに行ったのかしら？」

「出かけるときに、とくにどこに行くとも言いませんでした」

これで電話を切りあげるだろうと思ったが、彼女は言った。「最新のニュースを聞いた？」

「なんのことですか？」

ミセス・ウォーカーの声が、わずかにとげとげしくなった。「もちろん、今朝の銀行強盗のことよ。目撃者がふたりいたんですって」

「ほんとうに？　六人か、それ以上いたとばかり」

「マスクをはずした強盗犯を実際に見た人がふたりいたってことよ。信じられないわ！」

私は手袋を片方落とした。そして、それを拾った。

「銀行を襲ったあと」ミセス・ウォーカーは言った。「犯人は路地に駆けこんで、マスクをとったの。マスクをつけたまま、そのあたりを走りまわったら、それこそ怪しまれると思ったんでしょうね」

「目撃者って誰なんです？」

「よそから来た人よ。この町は通りかかっただけで、軽く食事をしようとしてたんですって。で、犯人の男が路地を走りながら、マスクをとったところを目撃したわけ。顔をはっきりと見たらしいわ」

「いま、その目撃者はどこに？」

「保安官が州都につれていった。犯罪者の写真を見せるんだわ。顔写真《マグショット》って言われているやつよ。でも、強盗犯に犯罪歴がなかったらどうなるのかしら？」

「その場合、ファイルを見ても、その男の写真はないってことですね」

彼女はため息を洩らした。「犯人は五万ドルを持って、逃走したのよ」

実際は、四万八千二百八十ドルだ。

ミセス・ウォーカーが電話を切ると、私は丘へ引き返し、穴掘りを再開した。手袋のおかげで、かなり手が楽になった。

人は、四万八千二百八十ドルの金をどういうふうに使うだろうか？　言うまでもなく、なにかしらの責任を過度に背負っていなければ、旅に出ることができる。

はたまた、家を完全に引き払って、大金をさほど人目を引かず安全に使える場所を見つけ、新天地で新たな人生をはじめるのもいいだろうか？

いや、私はそうは思わない。

私からすれば、住まいを変えず、分別をもって金を使うほうが賢明で抜け目がないように思われた。年収が、人の注意を引かない程度に三千ドルか四千ドル増えたとして、それがその人の幸せや気質にどれほど多大な影響を与えるというのだ。

深さが五フィートほどになったところで、掘るのをやめることにした。それで深さは充分に思えた。

私は車のうしろにまわり、トランクの錠に鍵を差しこんだ。いつものように鍵はすんなりとはずれなかったが、なんとか開けられた。

嫌悪をもよおしながら、私は死体を見つめた。思っていた以上に難儀しそうだった。すでに死後硬直がはじまっていたのか、死体はトランクにまるでくさびで固定されているようだった。

まもなく四時になろうというころ、私は穴に土を戻し終えた。墓の上の地面をならし、むき出しになっている箇所を木の葉で覆った。これで、森の地面のほかの箇所と見分けがつかないだろう。

私は道具を車のトランクにおさめると、森からバックで出て、ドライヴウェイに戻った。

家に入ると手を洗い、洋服を着替えた。ちょうど着替えを終えたとき、シンディが帰宅した。

「お母さんはもう帰ってる？」

「いや」

「マスクをつけていない強盗犯を実際に目撃した人がふたりいるって、知ってた？」

「ああ、その話は聞いた」

「保安官がきょうの午後、その人たちを州都につれていって顔写真のファイルを見せたの。そしたら、その人たちは犯人を見分けたのよ」

私はしばし娘を見つめた。

「トニー・ブラニガンっていう名前の人だったんだって。わたしがブラニガンって名前を憶えているのは、うちのクラスにポリー・ブラニガンという子がいるからなんだけど、彼女は全然関係ないの。犯人には、こーんなにたくさん犯罪歴があったのよ」彼女はどのくらいたくさんなのかを、両手で示した。「アスパラガスの苗床はできた？」

「気が変わってね」

「晩ご飯は何？」

「さあ、なんだろうな」

「ねえ、わたし、お腹がすいた」

私はため息をついた。「わかった。キッチンの棚のどこかにチョコレート・クッキーが入ってる」

娘はにこっと笑った。「でも、お母さんには内緒ね？」

彼女はクッキーを数枚手にすると、二階の自室にあがり、耳をつんざくようなロックンロールのレコードをかけた。

ドライヴウェイの端に、ライトブルーのセダンが停まるのが見えた。

私はキッチンに行き、飲み物をつくりはじめた。一分ほどすると、玄関のドアが開く音がした。妻のマリアンがキッチンに入ってきた。「終わった？」

「ああ」私は言った。「終わった」

彼女はコートを脱いだ。「わたしたちが彼を殺したわけじゃないわよね」

「まさか」

この日の朝十時半に、マリアンと私がスーパーマーケットで買い物をしていると、強盗に襲われた銀行に駆けつけるパトロールカーのサイレンが聞こえた。

私たちは何百人もの野次馬にまじって、地元警察や州警察の警察官が強盗犯の捜索のために、四方に散らばるのを見物していた。

しばらくして、私たちは食料品を車の後部座席に積みこんで、家路についた。

わが家のドライヴウェイでトランクを開け、以前に購入した庭用のホースをおろそうとしたとき、男――

いまは、彼がトニー・ブラニガンという名前だとわかっている――の死体と、その脇にある四万八千二百八十ドルのつまったバッグが目に入った。

　どうやら、ブラニガンは銀行からスーパーマーケットの駐車場へ逃げこんだようだった。駐車していた私の車のトランクの蓋がほんの少し開いているのに気づき、切羽詰まっていた彼はトランクにもぐりこみ、蓋を閉めた。おそらく、無事逃げおおせるチャンスが来るまで、そこにひっそりと隠れているつもりだったのだろう。ところが、マリアンと私は車を駐車場から出し、ブラニガンはトランクのなかで体を丸めたまま、息絶えた。

　心臓発作だったかもしれないし、窒息か一酸化炭素中毒だったかもしれない。ブラニガンの顔が異常なまでに赤かったことからすると、おそらく後者だろう。

「お金にはきっと保険がかかってるわ」マリアンは言った。「となれば、わたしたちがそのお金を持っていたからって、誰かを傷つけることにはならないわよね？」

「そうだな」

　彼女は飲み物をひと口飲んだ。「母に、家に行って髪をセットしてあげる約束をしたの」

　私は注意をうながした。「だけどいいか、こんどのことはふたりだけのささやかな秘密だ。きみとぼくのね。きみの母さんには言うなよ」

　彼女はため息を洩らした。「わかってる。でも、これまでは何でも母に話していたから、ちょっとうしろめたい気がするけど」

　私は妻を母親の家に車で送りとどけると、レンの自動車修理工場へ車を向けた。

　不具合のあるマフラーというものは、ときとして危険な代物だ。ことに、走っている車のトランクの中にいるときは。

容疑者が多すぎる

Bedlam at the Budgie

高橋知子　訳

　鑑識官たちが証拠を集めたり、検死をやっていたので、私の位置から遺体は見えなかった。「撃たれたとき、彼は何を飲んでいたんですか？」私は訊いた。

　バーテンダーは首をかいた。「ブラディ・マリーを注文し終えたときに撃たれました」

　バーテンダーがもう一度最初から話をしかけたところへ、相棒のラルフもくわわった。「午後三時を少しまわったころ、入り口のドアが開いて男が入ってきました。女物のストッキングを頭からすっぽりかぶっていて、『マクジョージ』と叫ぶなり、あの床に倒れている男を撃ったんです」

　私は遺体を指さした。「男の名前はマクジョージですか？」

　バーテンダーの目がちらりと光った。「名前は知りません」

「ということは、常連客ではないと？」

「生まれて初めて見る顔です」

　ラルフは被害者の財布を持っていた。「運転免許証にはジェイムズ・E・カレン、コートウッド・アパートメント一七三とある。誕生日から計算すると、四十二歳だ」

　私はほかの七人の目撃者に目をやった。「あなたがたの中に、マクジョージはいますか？」

　目撃者たちは互いに顔を見あわせたが、名乗り出る者はいなかった。

　私は眉根をよせた。「被害者がマクジョージじゃないなら、どうして犯人は彼をマクジョージと呼んだんだ？」

バーテンダーは肩をすくめた。「犯人はその男を撃つと、きびすを返して店から走って出ていきました。それで、あの人が」彼は目撃者のひとりを指し示した。「銃をとりだして追いかけました」

殺人事件が起きたとき、非番だった署の若手警察官のデイヴ・キャンベルはこの店で一杯やっていた。顔色はまだかなり青ざめていた。「人が殺されるのを見たのは初めてです」

ラルフは同情するようにうなずいた。「犯人を追いかけたのか？」

デイヴはうなずいた。「あっという間の出来事でした。こんなことが起きるとは思ってもいなくて、茫然としてしまいました。ほかの人たちと同じように。でも、すぐにわれに返って、男のあとを追いかけたんです。ドアから出たとき、男がその先の角を路地へ入ろうとしているのが見えたので、曲りきる前に一発撃ちました」

「命中したのか？」ラルフは訊いた。

「いえ、まともには。でも、かすったのは確かです」

「かすった？」

「ええ、撃った弾が犯人の先の建物にあたって破片が飛ぶのが見えたのですが、男をかすめたはずです。というのも、路地に消える前に跳びあがり、こうやって尻のあたりに手をあてましたから」デイヴは自分の臀部を示した。

「ああ」私は言った。「大腿筋か。右、左どっちだ？」

「たぶん両方を。命中したわけではありません。かすめただけです」

鑑識官がやって来た。「六発撃ってます。うち四発はカレンに当たらず。一発が彼の左腕に、もう一発が心臓に当たっています」

デイヴが先をつづけた。「路地にたどり着いたときには、もう男の姿はありませんでした。路地はそのブロックを抜けるべつの路地に通じています。あたりを探したのですが、見つかりませんでした。男は中背で、痩せ型でした」

私はバーテンダーに向きなおった。「この店の名前はなんだったかな？〈レッド・バジー〉？」

「〈ブルー・バジー〉です」（バジーはセキセイインコのこと）

〈ブルー・バジー〉はナイトクラブだったが、この界隈で昼間のこの時間も営業している唯一のバーだった。

「オーナーは誰です？」

バーテンダーはさっと目撃者のひとりを指した。

「ミスター・ウィスターに訊いてください。彼が支配人です」

ウィスターはのろのろと近づいてきた。

「ここは誰が所有しているのですか？」私は訊いた。

「ある会社です」

「どこの会社ですか？」

ウィスターはため息を洩らしたように見えた。

「〈エイジャックス・ヘロット・コーポレイション〉です」

ラルフは声がほかの人たちに聞こえないところに、私を引っぱっていった。「ヘンリー、エイジャックス・ヘロットというのはビッグ・ジョー・マクジョージで、ビッグ・ジョー・マクジョージがエイジャックス・ヘロットだ。どちらの名前にしても、この街の犯罪組織だ。つまり、ヘンリー、殺人犯は撃つ相手をまちがえたってことだ。犯人が狙っていたのはビッグ・ジョー・マクジョージだ」

「なんだと」私は言った。「あのマクジョージか。だが、犯人が撃ったのはカレンだった？」

「店内は薄暗いが、犯人は陽のあたっている通りから入ってきた。よく見えなかったが、銃を持ってストッキングをかぶったまま、目が慣れるまでぼーっと突っ立ってるわけにはいかなかった。だから『マクジョージ』と叫んで、振り返ったカレンを撃った」

　私はバーテンダーのところへ戻った。「犯人の狙いはビッグ・ジョー・マクジョージだと、どうして言わなかったのですか？」

　彼はそわそわとカウンターを布巾で拭いた。「私は何も知りません。ただの従業員です」

　私はウィスターのほうを向いた。「きょう、マクジョージはここへ来たのですか？」

「え、ええ」

「いつ？」

「午後です。二時十五分ごろに」

「毎日、同じ時間に来るのですか？」

「いいえ。来るのは一ヵ月に一度くらいで、店内の様子を確認して一杯やります」

「店を出たのは？」

「三時ごろ。発砲騒ぎの五分ほど前です。裏口まで見送りました」

「どうして裏口から？」

「そちらのほうが車を駐めてある駐車場に近いんです」

「入ってくるときも裏口から？」

「いいえ。裏口はいつも鍵がかかっていて、ノックしてもたぶん聞こえません。入るときは表からです」

　ラルフはずっと考えこんでいた。「マクジョージはここに定期的に来ていたわけではないとすると、犯人はあとを尾けていたにちがいない。店に入るのは見たけれど、出ていくところは見なかった」

　私の読みも同じだった。「ビッグ・ジョー・マクジョージに話を聞いて、犯人の正体につながる手がかりを探ろう」

　ラルフはまた私を隅に引っぱっていった。「ヘンリー、犯人はどこの誰ともわからないやつだ。要するに、そいつは殺し屋で、マクジョージのまったく知らない男だ。こいつは犯罪組織がらみで、おれたちはこの手の殺人事件を解決できた試しがない。去年もロレンゾ

・トマスが、やつの車のトランクで死体となって見つかっただろ」
「だが、マクジョージに話を聞くだけは聞かなければ」

「ああ。だが、しゃべるのはおれに任せろ」

ラルフと私は目撃者全員と、銃撃のあったときに手洗いに立っていた客ひとりから事情を聴取した。それがすむと車に戻り、ミセス・カレンに夫の死亡を告げに向かった。

コートウッド・アパートメントに着くと、私は二一〇号室のブザーを押した。

ドアが開き、豊かな黒髪に細くて黒い目、豊満だが均整のとれた体つきの美しい女性が現われた。

「ミセス・バーナード・カレンですか?」ラルフが訊いた。

「はい」

われわれは身分を名乗り、ラルフが言った。「残念ながら、悪いお知らせです、ミセス・カレン」

彼女はつかの間われわれを見つめてから、中へ通した。カレンの身に起きたことをラルフが話し終えると、彼女は見るからにからりと乾いた目をティッシュペイパーで押さえ、気を落ち着かせようとさらに煙草をふかした。

「ミセス・カレン」私は言った。「ご主人は裕福でしたか?」

ラルフはいささか苦い顔をした。

ミセス・カレンは片眉を吊りあげた。「バーニーが? 仕事はしていましたが、それだけです」

「生命保険は?」

「一万ドルかけていました」

「ということは、あなたが受取人ですね?」

「いいえ。夫の母です。バーニーは契約をする前に、結婚生活がどれほど順調にいっているか確認したがっていました」

「バーニーと結婚して何年になりますか？」私は訊いた。

「三年です」

ラルフは最前からそわそわしていた。「ミセス・カレン、状況から考えて、ご主人は誤って殺されたと思われます」

彼がカレンの死をそう見ていることを説明しているあいだ、私は室内に視線をめぐらした。ひとつだけある本棚は、部屋の仕切りとして使われていた。本は一冊も入っておらず、陶製の像やそういった類のものが飾られているだけだ。嘆かわしい。

「ミセス・カレン」私は言った。「ご主人は〈ピンク・バジー〉に頻繁に通っていましたか？」

「〈ブルー・バジー〉だ」ラルフが言った。

ミセス・カレンは肩をすくめた。「どちらの名前も聞いたことがありません。バーニーはときおりお酒を飲んでいましたが、行きつけの店はありませんでした。飲みたいときは、いちばん近い店に入っていました」

「ニックネームはありましたか？」私は訊いた。

「ニックネーム？」

「ええ。バーニーのほかに、ということですが。たとえばマッスルズとか、ショーティとかマクジョージとか？」

ラルフは私を見た。「マクジョージみたいなニックネームを誰がつけるんだ？」

「聞いたら驚くぞ。高校時代、マクギリカティというニックネームの友人がいた。本名はヒルデガードだ」

「ありません」ミセス・カレンは言った。「みんな、バーニーと呼んでいました」

「バーニーには敵がいましたか？」

「知るかぎりでは、ひとりも」

「ミセス・カレン、あなたはかつらをかぶっていますか？」

ラルフは目を閉じた。

「いいえ」彼女は言った。「全部、自分の髪です」

ラルフはわれわれの名刺を彼女に渡した。「何かわれわれにできることがあれば、ここに連絡をください」

一階におりると、私は言った。「ひょっとすると、犯人は男に変装した女だったかもしれない。ミセス・カレンが短い髪のかつらをかぶれば、男に扮せる」

ラルフは哀れむような目を私に向けた。「ヘンリー、彼女がほんとうに男として通用すると、ちらっとでも本気で思っているのか？　あの体格で？」

「実は、それをつぎに訊くところだった」

ラルフがあまり気乗りしない顔つきでハンドルを握り、湖沿いの通りに建つビッグ・ジョー・マクジョージの屋敷へ向かった。

閉じられた門の脇の入り口で停止を命じられ、制服を着た警備員に身分証明書を示して許可を得たうえで敷地内に入った。よくある湾曲したドライヴウェイを抜けると、ふたたび陽射しが目に入り、母屋の正面にある、砂利が敷きつめられた楕円形の車寄せに着いた。屋敷はミシガン湖を望む断崖の上に建っていた。

男の使用人の案内で、天井が床からそうとう高い位置にある大きな部屋に通された。ラルフと私はそこでぽつねんと待った。

ラルフは葉巻をとりだして見つめると、このような部屋で一本十五セントの葉巻に火をつけるのははなはだ場違いだと判断したようだった。

私は壁際に並ぶ本棚に近づいた。収められていたのは一般的な古典文学で、へりを裁ちそろえていない一九一四年以前のものばかりだった。

私は電話の横に坐り、そばにあった電話帳でマクジョージが何人いるか数えた。

十分が過ぎた。十五分。二十分。

私は立ちあがると、周囲の部屋と廊下をめぐって人の姿を探した。

べつの大きな部屋に入ると、大理石の暖炉の前で足をとめた。炉棚の上方に、若い女の美しい大型の絵が飾られていた。

女は二十代前半、ギリシアのドレスを思わせる服をまとっていた。私の好みからすると、茶色い目と目の間隔が少々狭すぎるように思えた。女のうしろでは、何人もの山羊の頭を持った人間が狂ったように踊ったり管楽器を吹いたりしている。さらにその向こうには、雲に覆われたアクロポリスの輪郭がうっすらと見えた。

私の背後で、女の声がした。「あら、あなたも彼女に心を奪われたようね」

「あ、いや」私は言った。「正直なところ、これっぽっちも惹かれない」

振り返ると、そこにいたのはこちらも二十代前半の若い娘だったが、目は青く髪は琥珀色で、大きめの眼鏡をかけていた。

彼女は顔をしかめて、絵を見やった。「みんな、彼女に心を奪われるの」

「彼女というのは？」

「ドーラよ」

「ドーラなんていうんです？」

「ドーラ・マクジョージ」

ビッグ・ジョー・マクジョージが、巨体の男ふたりを両脇にしたがえて部屋に入ってきた。そのうしろに、うっすらと汗をかいた年かさの男がいた。

マクジョージは中肉中背だった。彼は私を見るなり立ち止まると、肖像画を一瞥して破顔した。「きみも彼女に恋をしたようだな」

「いや、全然」私は言った。「目と目のあいだがちょっと……」

彼はくすくすと笑った。「誰でもドーラに恋をする」彼は側近たちのほうを見た。「そうだろう、おまえたち？」

彼らは崇めるような目で絵を見つめ、うなずいた。

うわべだけで同意しているのではないのが、はっきりと見てとれた。

「お待たせして申し訳ない」マクジョージは言った。「だが、弁護士を待たなければならなかったのでね。最近は、弁護士なしで出かけることも発言することもできない」彼は汗をかいている男を指し示した。「こちらはハニガン」

　ハニガンはハンカチで顔をぬぐった。「これでもすっ飛んで来たんですよ、ジョー」

　気がつくと、さきほどの娘はいなくなっていた。それに、ラルフもいない。私のあとをついてきているとばかり思っていたが、そうではなかった。

　われわれは腰をおろした。

「では」マクジョージは言った。「話をはじめよう。きみの手間を省くために、先に言っておく。ウィスターから電話があって、何があったのかは聞いた。それできみはここに来たんだろう？　殺人犯が『マクジョージ』と叫んだから、私のところへ？」

「あなたを殺したいと思っている人に、心当たりはありますか？」

　その言葉に、彼は驚いたようだった。「私を？　私は誰とでも親しくなるし、誰もが私の友人だ。敵はいない。この世ではひとりも。犯人が追いかけていたのは、ほかのマクジョージだ」

　私はうなずいた。「その可能性はずっと考えています。市内と近郊の街をあわせた電話帳には、十八人のマクジョージが載っています。その中に、あなたはいませんでした」

「私の電話番号は掲載されていない。家は極力静かにしておきたいんでね」

「どうしてあなたはビッグ・ジョーと呼ばれているのですか？　中肉中背に思えますが」

「慣わしのひとつだよ。私より前には、ビッグ・マックスがいたし、ビッグ・シグもビッグ・アーニーもいた。アーニーは身長が五フィート二インチしかなかった」

「〈ブラウン・バジー〉にはよく行くのですか？」

「〈ブルー・バジー〉だ。だが、どうして行かなくてはならない？」

「あなたの店なのでしょう？」

「ああ、私の店だ。私に代わって店を切り盛りする支配人を雇っている。それに私の店は〈ブルー・バジー〉だけじゃない。少なくとも十二軒は……」

ハニガンが慌ててマクジョージの袖を引っぱり、マクジョージは口をつぐんだ。

「でも、きょうの早い時間に〈ブルー・バジー〉にいましたよね？　二時半ごろに」

「ああ」マクジョージは言った。「私とエディとフレディが」彼はそばにいるふたりの大柄な男を示した。「帳簿に目を通して、店のほうで一杯飲んだ。だが、銃撃より前に店を出た」

「エディとフレディはあなたの護衛ですか？」

「友人だ。出かけるときは、必ず一緒だ」

「おふたりは銃を携帯していますか？」

彼は袖を引っぱるハニガンにしたがった。「さあどうだか。私は個人的なことを詮索しない」

「どこかよその組織がこの街に勢力を伸ばそうとしているのではないかと、私は見ています」

彼は私をねめつけた。「あちらこちらと電話のやりとりをしているが、そんな話はいっさい聞いていない。ひと言たりともな」彼は袖を引っぱられるのを無視した。「もし割りこんでこようとしているやつがいるなら、耳に入っているはずだ」

「ほかの可能性もあります。つまり、内部の者の犯行の可能性が。あなたの組織の誰かが乗っ取りをはかっているとか」

ハニガンの椅子がひっくり返り、彼が床に転がった。彼は真っ青な顔をしてすぐに起きあがった。「私ではありません、ビッグ・ジョー。幹部陣については何も知りません。乗っ取りなんて、考えたことさえありません。これっぽっちも、ビッグ・ジョー。母親の墓に誓って」

マクジョージは眉をひそめて、彼を見た。「おまえのことなど、十秒と考えたことはない」

「ミスター・マクジョージ」私は言った。「せっかく来たのですから、べつの事件についてお話ししましょう——ロレンゾ・トマスの事件です。彼は昨年、自分の車のトランクの中で見つかりました。その状態で三週間かそれ以上放置されていたと思われます。ある暑い日に、ガレージのそばを通りかかった人が異臭に気づき、警察に通報しました。確か、ロレンゾはあなたの組織の一員でしたね」

マクジョージは鼻を鳴らした。「組織の一員？　彼はボウリングの機械の修理工だ。私のボウリング場で不具合があれば、呼びつけて修理させていた。人が車のトランクで見つかるたびに、きみたち警察はすぐに『組織だ』と声高に叫ぶ。個人的な見解を言えば、殺ったのはやつの女房だ。あちこちで聞いてまわった。あの夫婦は派手にやりあっていたらしい。やつがいなくなったのを、女房は警察に届けもしていない。それに、車がガレージにあるというのに、どうして女房は三週間、スーパーマーケットに行き来するのにタクシーを使っていたんだ？」

「そのことをなぜ警察に言わなかったのですか？」

「私が？　私がどうして関わらなくてはならない？　私は納税者だ。どうして警察の仕事を私が肩代わりしなくてはならないんだ？」

私はマクジョージと仲間の前から辞すると、廊下でまた琥珀色の髪の娘に出くわした。彼女は私を玄関まで案内してくれた。

「ところで」私は言った。「あなたの名前は？　ここではどんな立場なんです？」

「わたしはドーラ・マクジョージよ」

私は足をとめた。「ということは、あの絵の女性はあなたなのですか？」

「そのようね」

「だけど、両目のあいだが狭すぎる。それにあちらは目が茶色で、あなたはブルーだ」

「パパがあの絵を描かせたのは、わたしがまだ六ヵ月のときなの。大きくなったらどんなふうになるか想像して描かせたの。十六歳のとき、人生初にして最後のマティーニを飲んだわたしは、梯子にのぼって、ドーラに眼鏡を描きくわえた。ついでに目も茶色にしたの。パパは眼鏡は消したけど、茶色い目は気に入ったみたいで、そのまま残したってわけ」

われわれは玄関へと、ふたたび歩きだした。「片方しかないストッキングを持ってますか？」

彼女は目をぱちくりとさせた。「どうして？」

「頭からすっぽりかぶってみようと思って。実験ですよ。一足買いにいこうと思っているのですが、一、二分しか使わないことを考えると、金の無駄遣いだなと」

彼女は私をまじまじと見つめた。「そもそもあなたはどうして警察に入ったの？」

「募集があって、父親が、本を読んでばかりいないでもっと価値のあることにいそしめと言ったのです。でも、警察の仕事を心から楽しんでいます。双子を相手にしなければならないとき以外は」

彼女は私を小さな部屋に案内すると、カヴァーのかかっているソファのうしろにまわり、ストッキングを片方脱いで、私に放ってよこした。

私はそれをかぶり、あたりを見まわした。少々見えづらかったが、視界がきかないほどではなかった。とはいえ、室内はかなり明るかった。「ブラインドをおろしてください」

彼女はためらいを見せた。「それはどうかしら。あなたって変わった人ね」

私は陰になっている壁のくぼみへ移動した。まわりが見えづらくなった。私はストッキングを脱いだ。

「もうひとりお仲間と一緒じゃなかった？」ドーラは訊いた。「修道女みたいに」

「いまどき、修道女はふたりひと組で行動しませんよ。もちろん同じ場所に行くのでなければですが。三人のときもあれば、それより大勢で行動することもあるでしょう」

「刑事さんのことを言っているの。警察官のことを」

私は指を鳴らした。「うむ。何か忘れていたと思っていた」

来た廊下を引き返すと、ラルフは絵の前に立ち、うっとりと見とれていた。

「ほう」私は言った。「きみも彼女に心を奪われたな？」

彼はうなずいた。「この女は誰だ？」

「この世の人じゃない。手が届かないところにいる」

ラルフはため息を洩らした。「死んだのか？　まあ、そのほうがいいだろうな。現実ほど夢をぶち壊すものはない」彼はまた仕事に戻った。「いったいマクジョージにはいつ会えるんだ？」

「もう会ってきた。車の中で話す」

街に戻る道すがら、私はマクジョージとの会見の様子を話した。

「組織が今回の事件に関わっているとは、どうしても思えない」私は言った。「マクジョージも同じ意見だ」

「関係を否定することは最初からわかっていただろう」ラルフは顎をさすった。「カレン殺害は人ちがいではなかったと考えているのか？　だったら、誰が彼を殺そうと思ったんだ？」

「ミセス・カレンがいる」

「もう言ったが、彼女が男に扮するのは無理だ」

「たぶんな。だが、人を雇うか説得するかして、代わりに夫を殺させるのはできたんじゃないか？」

「動機はなんだ？　カネか？　一万ドルの生命保険はあるが、受取人はカレンのおふくろさんだ。それについて、ミセス・カレンは法廷で争う気だったのでは？　とにかく彼女はカレンの女房だから、夫が保険金の受取人を変更し忘れていただけだと主張できる」

　私は首を振った。「有利な判決がくだされる確証がないうえ、夫を殺したいと思うほどのカネが実際にあったとも思えない。少なくとも、保険金ではそこまでいかない」

「しかし、カレンはほかに何も遺していない」

「奥方もそれらしきことを言っていたが、彼女の言い分を信じる必要があるか？　カレンのようなカネに几帳面な男は、貯蓄もしっかりしていると思わないか？」

「ああ、おそらくカネは遺している。だが、それも自分のおふくろさんに遺す旨、遺言に書いていたのでは？」

「遺言書があればな。当然ながら、法廷で争えば、奥方にはかなりの額の示談金を手にできる可能性は充分ある。とはいえ、判決が出るまでに何年もかかるだろうし、弁護士費用でいま住んでいる家を手放すことになりかねない。そう、ミセス・カレンにとってもっとも望ましいのは、カレンが無遺言死亡者になることだ。遺言なしってことだ。そうなれば自動的に彼女が相続人になる。もし遺言書があれば、一刻でも早く見つけて破棄したいと思うだろう」

「もうとっくにしているかもな」

「その機会があったとは思えない。カレンが慎重には慎重を期す男だったならば、遺言書を——もしあればだが——貸金庫に預けているはずだ。自分の奥方を保険金の受取人にするほどには信頼していなかったのなら、貸し金庫の鍵をわたしたり、場所を教えたりしていたとはとうてい思えない」

「もしカレン殺害を手配する前に鍵を見つけて、遺言書を破棄していたとしたら？」

「その可能性は考えられる。だが、仮に貸金庫の鍵を見つけ、存在したかもしれない遺言書を破棄できたかもしれないという推論をもとに、人を殺したなどと考えるのは根拠が薄弱すぎる。となると、べつの可能性が浮かびあがる。ひょっとしたら、ミセス・カレンは夫の死となんら関係がないのかも。しかし、だからと言って、遺言書を破棄することで夫の死を利用できないわけではない」

本部に着くと、われわれはモルグに寄って担当官と話をした。「バーナード・カレンの所持品はまだあるかな？」私は訊いた。

担当官は大きな茶色の封筒をとりだして、口を開けた。中を調べると、小さな平たい鍵が――明らかに貸金庫の鍵だ――入っていた。

「もう少しで見落とすところでした」担当官は言った。「靴下の中に入ってたんです。右足の指のつけ根に鍵のような形をした胼胝《たこ》があります。もうひとつ。さっき、彼の奥さんから電話がありました。所持品をいつ返してもらえるか知りたいと。事件が解決されてからだと伝えました」

「それでいい。私がいいと言うまで、カレンの所持品は誰にもわたさないように。とくに、あの鍵はだめだ」

ラルフと私はエレヴェーターのところに戻った。

「いまこの瞬間」私は言った。「ミセス・カレンは部屋じゅう引っかきまわして、合い鍵を探してるだろうな」

ラルフは目をしばたたいた。「合い鍵？　そんなもの思いつきもしなかった。確かに、ああいったものには予備の複製がある。見つかると思うか？」

「見つからないだろう」

「どうしてだ？」

私は微笑んだ。「おそらく、鍵はカレンの母親の手もとだ」

六時に、私は自宅に着いた。たいてい自分で夕食をつくっている。外食が嫌いだからというのが主な理由だが、自分が何をどう調理して、いつ食べたいかを把握しているのは自分しかいないからでもある。キャセロールに好きな具材――刻んだ干し牛肉、マッシュルーム・スープ、エンドウ豆、チャプスイ麺――を放りこみ、三百五十度に熱したオーヴンに三十分かけ、そして食べた。

牛乳を飲み終えると、電話機に手を伸ばしたが、電話帳にマクジョージの番号は載っていないことを思い出した。

私はシャワーをあびて、ひげを剃ると、私有財産を一張羅のスーツに移しかえて、マクジョージ邸の門を目指して車を走らせた。

門番が連絡を入れてくれたので、ドーラ本人が玄関のドアを開けた。「昼間、妙に冷えるなと思ってようやく、あなたがわたしのストッキングを持ったままだと気づいたわ」

私はポケットからストッキングをとりだした。「家に帰ってから思い出しました。あなたが苛々するとか心配するとか、まあ言ってみれば、がっかりしないように電話をしようとしました。郵便で送り返せばいいと思って。でも、電話帳にここの番号は載っていないし、電話会社に番号を開示させるには裁判所命令が必要です。ならば、直接返しに出向いたほうがいいと思いましてね」

彼女は私を招き入れ、部屋へ案内した。「もう仕事は終わったのでしょう？　一杯どうかしら？　バーボンかウイスキーか、ラムか？」

「だったら……シェリーを少し」

彼女はしばし私を見つめた。「いいわ」

彼女は酒の並ぶキャビネットを端から端まで探し、シェリー酒のボトルを見つけた。「何が起きているのか、父から全部聞いたわ。いつも話してくれるの。いくつか仕事の話はべつだけど。いつかわたしが証言台にあがることがあれば、嘘はついてほしくないって」

彼女はふたつのグラスに酒をつぐと、片方を私に差しだした。「カレンって人が殺された事件が組織と関係があると、パパは思っていないわ。どこの組織とも。どう？」

「そうでしょうね。もし組織の犯行だとすれば、犯人はプロですよね？」

「ええ」

「プロが六発撃って、四発はずしますか？」

「それはないわ。でも、薄暗かったんじゃない？」

「プロならまえもって状況を把握していたでしょうし、頭からストッキングをかぶって、いきなり入り口から飛びこむなんてことはせず、ゆとりを持って行動するでしょう。それに今回の犯行がプロによるものなら、標的に関する的確な情報を――護衛をふたり伴っているとか――得ているはずじゃないですか？」

「当然よね」

「さらに言えば、プロの殺し屋が武装した護衛ふたりの面前で六発ぶっ放して、銃を弾切れにしますか？　くわえて、逃走のこともあります。車を――できれば運転手つきで、エンジンをかけたまま――待たせておくのは必須ではないかもしれませんが、自分の足で逃げるのは、少々危険でしょう？」

ドーラは同意した。「それに、犯人が『マクジョージ』と叫んだことも引っかかる。標的を確認するためだとして、実際、それにどんな意味があるというの？　きっとバーにいた全員が振り向いたでしょう。誰かがドアを開けて、『マクジョージ』とか『アッティラ大王』とか何か叫べば、普通、振り向くわ。たとえ自分の名前がスミスとかブルービアードだとしても」

「ごもっとも。つまり、犯人は組織の犯行のように見せかけたかっただけということになります。ところが、ほんとうのところ、犯人が狙っていたのはマクジョージではありませんでした」

「じゃ、カレン？」

「そう考えるのが妥当でしょう？」

「シェリーをもう一杯いかが？」

「いえ、けっこうです。頭をすっきりさせておきたいし、まだ車を運転しなければならないので」

　十時にマクジョージ邸を出るまでにドーラとかわした会話の中で、彼女が学生時代、参考図書室の利用者全員の票を獲得して一九七二年度の〝ミス・読書家〟に選ばれていたことを知った。

　街まで戻るとふと思いたって、車を〈パープル・バジー〉とかなんとかに向けた。駐車場に車を駐めると、半ブロック先のナイトクラブまで歩いた。表に貼られたポスターによると、いま登場している歌手はエイミー・アダムズといった。

　私はバーのドアを開けた。店内はかなり混みあい、煙草の煙が充満し、大勢の人の声でにぎわっていた。奥のほうで、バンドと歌手が歌い奏でているのが聞こえた。

　私は大声で叫んだ。「スレイマン一世！」

　ドアのすぐ近くにいた十数人が振り返った。おもしろがっている者もいれば、当惑顔の者、肩をすくめる者がいた。ややあって、彼らは自分のグラスに向きなおった。

　どうやら、支配人のウィスターの耳にも届いたようだった。彼が近づいてきた。「フビライハーンのことを何か言いましたか？」

「おかしなことに、そのふたりは混同されますね」私は言った。「おそらくフビライハーンのほうが有名だから、お互いまったく似ていないとしても、かんちがいしやすいのでしょう」

「お坐りになりませんか？」ウィスターは言った。私が断りかけると、彼はつけくわえた。「もちろん、店のおごりです」

「そうだな……脚が少々疲れているし」

彼の案内で、私はカウンターの前を抜けてメインホールまで行き、通用口のそばの小さなテーブル席についた。特等席とは言えなかったが、充分だった。彼も腰をおろすかに見えたが、気を変えたようだった。

「何をお飲みになりますか？」

「シェリーを」

彼はウェイターに注文を伝え、その場に残った。

「犯人の目星はつきましたか？」

「まだ捜査中です。殺されたカレンを知っていますか？」

「いいえ」

「彼の奥さんは？」

ウィスターは眉をひそめた。「彼の奥さん？　彼も知らないのに、どうして奥さんを知ってなくちゃならないんです？」

「片方を知らなければ、もう一方も知らないということにはなりません」

「奥さんの外見だって、全然知りません」

「この店の所有者はマクジョージだということは、誰もが知っていますよね？」

「誰もが、ではないと思いますが」

「ここの従業員は知っているでしょう？」

「たぶん。でも、ふらりと入ってくる客は知らないでしょう」

彼はその場を離れ、ひと組の客に挨拶をしに行った。

シェリーが運ばれてきて、私は口をつけた——調理用のシェリーだった。こういうことはじつにしばしば私の身にふりかかる。

私のテーブルの空いている椅子が引かれ、男が坐った。「どうも」男は言った。「殺人事件はどんなぐあいかな？」

男は三十代半ば、とびきり派手な出で立ちで、すでに酒が入っているようだった。彼の顔には見覚えがあった。

ああ、そうだ。カレン殺害事件の目撃者のひとりだ。いや、正確には目撃者とは言えない。事件発生時にトイレに立っていた男だ。ロバート？　ローマー？　ローデル？　そう、それだ。ローデルだ。

スポットライトのあたる小さなステージでは、エイミー・アダムズが再度マイクを握りしめ、新たな曲を歌いはじめていた。

ローデルは口にくわえた葉巻をはずした。「おそまつな声だ、そう思わないか？」

私は三十秒、じっと耳を傾けた。「実際、彼女の声はかなり細いですね。ほんとうに音楽をやりたいのなら、楽器にしたほうがいいんじゃないかな。高校時代に、メゾソプラノからハープに転向して、本人も満足していた女子生徒がいました。ヒルデガードという名前でしたが、たいていまわりからは――」

「彼女は私の妻だ」

「ヒルデガードが？　まさか彼女が……」

「エイミー・アダムズがだ」彼はステージを指した。

アダムズ？　ローデル？　ああ、そうか。アダムズは芸名か。私は咳払いをした。「そうそう、細い声が好きという人は多いですね。それが大多数と言ってもいいでしょう。奥さんはここで歌いはじめて、どのくらいになります？」

「三カ月」

私はくすりと笑った。「少なくとも、決まった仕事があるわけですね。マネージャーのおかげなんでしょう？」

「おれがマネージャーだ」

私はシェリーをひと口飲んだ。「ビッグ・ジョー・マクジョージがこの店のオーナーだと知っていましたか？」

「ああ」

「被害者とは知り合いでした？　カレンと？」

「前にも言ったが、一度も見かけたことはない」

「奥さんは彼を知っていましたか？」

「うちの女房がどうして知っているというんだ？」

「名前までは知らなかったかもしれませんが、夜、この店で何度か見かけたことがあるのではないですか？　女性を連れていたとか？」

「それはないだろう」

　私は断りを言って、トイレに立った。トイレは小さな磨りガラスの窓が――路地に通じているのだろう――ひとつあるだけだった。私は窓にはめられている格子をゆすってみた。格子は窓枠にがっちりとはめ込まれていて、まわりを派手に壊さなければ、とうていはずれそうになかった。

　私は顔をしかめた。ローデルの証言によると、発砲騒ぎが起きていたあいだずっとトイレにいたとのことだったが、男性用とはかぎらないんじゃないか？　思いかえせば、店に女はひとりもいなかった。ということは、女性用トイレには誰もいなかったはずだ。ローデルはすんなり……。

　私はトイレから出ると、女性用のドアの前で立ち止まった。中に誰かいるだろうか？

　五分待ち、ドアを開けようとしたとき、女がふたり出てきた。ふたりは私をじろりと見やり、歩き去った。

　私は中に入るのをさらに十分間待つことにした。

　四分が過ぎ、三人の女が私の脇を抜けてトイレに入った。

　私はまたゼロから時間を計りはじめた。肩を叩かれて振り返ると、そばにタキシードを着た、用心棒と思しき大柄な男が立っていた。

「どうしてこのドアを見つめてるんだ？」彼は訊いた。

　私は陽気に笑った。「妻が出てくるのを待っていたのですが、どうやら見逃したようで。私が何をしていると思ったんですか？」

「憶測は口にしない」

私はその場を離れ、店内に戻った。昼間のバーテンダーは勤務を終え、いまはべつの三人が持ち場について忙しそうに働いていた。私はなんとかひとりの注意を引き、喧騒に負けじと声を張りあげた。「すまないが、二、三訊きたいことがある。女性用トイレに入ったことはあるか？」

彼は耳に手をあてた。「なんですって？」

「女性用のトイレにいくつ窓があって、どのくらいの大きさで、格子がはまっているかどうか知りたいんだ。もし格子窓だとしたら、どういうふうになっているのかも」

彼はうんざりした顔をした。「生まれてこのかた、あそこの女性用トイレに入ったことなんてありませんよ。ぼくがするのは、飲み物をつくることだけです。ぼくにわかるものを注文してください」

私はため息をつき、求めている情報を得るには、ほかの手をつかったほうがいいと判断した。女性に訊くか、素直に明日の客が少なく、自分の目で確かめられる時間帯まで待つかだ。

私はローデルの待つテーブルへ戻った。

「それで、あなたはマネージャーなんですね。ほかにも歌手やタレントをかかえているんでしょう？　あなたの……ええと……部屋に？」

「エイミーだけだ」彼は、私がいないあいだに注文した飲み物をゆっくりと飲んだ。

私はエイミー・アダムズが歌う最後の曲に耳を傾けた。確かに、彼女の声は何度聞いてもか細かった。彼女に魅力があるだろうか？　天賦の才は？　どう見ても、彼女はひょろりと痩せていて、個性のない短く茶色い髪をしていた。私に見えないものが、ほかの人には見えているのだろうか？

ウィスターが何もしないで、壁の脇に立っているのが見えた。私は断りを言って席を離れ、彼のところへ行った。「女性用のトイレに窓はありますか？」

彼は眉根をよせて考えた。「ええ、たぶん。でも正直言って、女性用トイレに入った憶えはありません。どうしてそんなことを知りたいんです？」

「殺人犯は犯罪組織とは無関係だと考えています。つまり素人で、マクジョージを狙っていたのでもなかったんです」

「ではカレンを？　でも犯人は『マクジョージ』と叫んだんですよ」彼は顎をさすった。「気をそらすためですか？　彼はマクジョージがここにいるのを知っていたか、少なくともいると思ったのでしょうか？〈ブルー・バジー〉に入るところを見たとか？」

「もしそうだとしたら、どうして四十五分待ってから店内に飛びこみ、カレンを撃ったのでしょう？　いいですか、犯人が四十五分待ったのは、マクジョージと彼の護衛がいなくなるのを確認していたからです。三人のいずれかが銃を抜いて、混乱のさなかに撃ちかえされる危険はおかせなかった。不運にも犯人の頭に、非番の警察官が店にいるなんて考えはなかったでしょう」

「マクジョージが店を出るのを見たんですね？」

「ええ」

「つまり、犯人はこの建物の裏を見張っていたと」

「いいえ。もし最初からマクジョージを尾行して、彼が店の表から入るのを見ていたとしたら、当然、そこから出てくると思ったでしょう。しかしマクジョージと仲間は裏口から出ていった。犯人がずっと表にいたとすれば、マクジョージが帰ったのを知らないはずです。となると、犯人は表で待っていたのでも、裏で待っていたのでもなかったという結論に達します」

「だったら、どこにいたんです？」

「この〈ブラッド・バジー〉の中です」

「〈ブルー・バジー〉です」ウィスターの視線が、まだ私のテーブルにいるローデルに向けられた。「ローデルはトイレにいたと言っていましたが、それが女性用のほうだなんてことが……」

私はうなずいた。「男性用トイレの窓は、格子がはまっていてびくともしません。女性用のほうの窓のことは知りませんが、おそらくローデルがそこから抜けだして、建物の正面にまわり、カレンを撃って、出たときと同じ経路を引き返して店に戻ったと考えています」

「彼を逮捕するつもりですか?」

「動機がつかめていません。どうして彼はカレンを殺したのか? ほかにも引っかかることがあるのですが、まだはっきりとは言えません」

私はウィスターに機を見て女性用トイレを調べるよう頼み、テーブルに戻った。

ローデルは私がまた腰をおろすのを見つめていた。

「犯人は見つからないだろう。いまごろは、千マイルの彼方に逃げてるさ」

「あれは犯罪組織の犯行ではありません」私は言った。「それに、狙いはマクジョージでもなかった」

ローデルは私の言葉をじっくりと嚙みしめているようだった。「単なる思いつきだが、マクジョージ本人が撃ったのでは? それ以上いいアリバイがあるか? つまり、店に入ってきて、ほんとうにマクジョージを探しているかのように『マクジョージ』と叫び、カレンを撃った。そうすれば、警察はマクジョージの犯行だとは思わないだろう」

私は彼を見つめた。「もし彼がカレンの死を望んだとすれば、ほかの者にさせることは簡単にできたはずです。それに、どんな理由があってカレンを殺したいと思うんです?」

ローデルは肩をすくめた。「さあな。何か個人的な理由があって、自分で仕留めるのを楽しみたかったのさ」

　私は指でテーブルを叩いた。いまのは新たな見解だった。

　ローデルはグラスを長々と傾けた。「おれだったかもしれない」

「おれだったかもというのは、何がです？」

「床に倒れていたのは、カレンではなくおれだったかもしれない。あれは、おれが坐っていた椅子だ。おれは酒を飲み終えて、用を足しに席を離れた。おれがいないあいだに、カレンが店に入ってきて、あの椅子に坐ったんだろう」新たな思いつきで彼は青ざめ、酒をこぼした。「どうしてマクジョージがおれを撃ちたがったんだ？」

　店の奥では、エイミー・アダムズがまたステージにあがっていた。くそっ、あの女はやめどきを知らないのか？

　ローデルは上着やズボンにかかった酒をハンカチでぬぐっていた。

　私はつかの間目を閉じた。ややあって立ちあがると、ウィスターの姿を探し、彼のところへ行った。

「動機を思いつきましたか？」彼は訊いた。

「ええ」

「ローデルを逮捕するのですか？」

「さっきまではそのつもりでした。ひとつ訊きたいのですが、彼は替えのズボンをどこで手に入れたのでしょう？」

「替えのズボン？　なんのズボンですか？」

「犯人が逃げているとき、警察官のキャンベルの放った弾が彼の臀部をかすめています。それでズボンの尻が、もちろん下着の尻も裂けたはずです。体にも傷を負ったかもしれません。犯人はすぐにトイレに駆けこんだでしょう。おそらく包帯と、替えのズボンが絶対に必要だったはずです。緊急事態なので、下着はなくてもすませられます。となれば、ローデルは替えのズボンをそんなにすぐにどこで手に入れたのでしょうか？」

ウィスターは咳払いをした。「トイレの隣りは私のオフィスです。そこからズボンを盗めたでしょう」

「ですが、あなたのズボンを履けたはずがありません。彼はかなり大柄です。一見してサイズがあっていなければ、われわれが気づいたでしょう」私は微笑んだ。「話はまだつづきますので、坐ったらどうですか？」

彼の顔がわずかに険しくなった。「立っているほうが好きなので」

図星を突いたも同然だった。「マクジョージと護衛を裏口から見送ったのは、あなたでした。あなたは彼らが見えなくなるのを待ってから、建物の正面に走って行き、カレンを撃ち、また店の奥にある自分のオフィスまで戻った。そして急いで尻の傷の手当てをし、ズボンを履き替え、パトロールカーが到着するほんの少し前に、恐怖に包まれた客たちに混じった。店内は薄暗く、事件発生時はずっと店の奥にいたとみんな思っていた。人数を数えていた者なんていません。くわえて、警察官をふくめ全員が当然のように、犯行は外から来た者によるものと考えた。中にいた者を疑う理由は見あたりませんでしたから」

「何を馬鹿げたことを」ウィスターは吐き捨てるように言った。「どんな動機があって、私がカレンを殺すというんです？」

「ええ、カレンの死はまったくの事故でした。あなたが狙ったのはローデルでしたが、店内は薄暗かった。自分がローデルではなくカレンを撃ったことも、すぐにはわからなかったでしょう。あなたが最後にローデルを見たとき、彼はあのスツールに坐っていた。だから表の入り口から入ったときも、まだ彼がそこにいると思いこんでいた」

「では、私がローデルを殺そうと思った動機は何なんです？」

私は笑みを浮かべた。「どう聞いても、エイミー・アダムズの声は平凡きわまりない。それなのにあなたは、彼女を三カ月も雇っている。一般的に芸人は一、二週間の契約で、契約が切れればつぎの場所へ移ります。どうしてエイミー・アダムズをこれほど長い期間、雇っているのですか？」

「あなたには関係のないことだ」

「あなたは銃やら破れたズボンやら、そういったものをまだ処分していないでしょう？　自分はもう安全だと思ったとあってはなおさらです。カレンが犠牲になり、あなたと彼を結びつけて考えそうな人はいない」

「弁護士に会わせてもらおう」

私はうなずいた。「エイミー・アダムズにも弁護士が要りそうですね。彼女はあなたの共犯者だ、そうでしょう？　彼女を尋問し、厳しく問い詰め、質問攻めにし、とことん追及し、屈辱を与えれば、真実が明らかになるでしょう」

思ったとおり、彼の中の紳士の部分が目をさました。

「彼女はこの件といっさい関係ありません。私が独断でやりました。ローデルは飲んだくれでヒルのような男なのに、彼女はどうしても別れようとしなかった」

彼はため息をつき、すぐそばにある椅子を恨めしそうに見つめた。「坐ることができたらどんなにいいか。一日じゅう、立ちっぱなしです」

翌朝九時、私はライターを買い、最寄りの公衆電話へ行った。不安を憶えながら、ドーラ・マクジョージに電話をかけた。

「どうしてここの番号がわかったの？」彼女は訊いた。

「最後にうかがったとき、電話機に書いてある番号がたまたま目に入ったんです。きのう、そちらを出るときにうっかりライターをポケットに入れてしまっていたのに気づいたので、電話しました」

「わたしのじゃないわ。煙草は吸わないもの」

「お父さんのでしたか？」

「パパも吸わない」

「ハニンガムは？　フレディは？　エディは？」

「誰も」

「つまり、私は誰も返せと言わないライターに十二ドル五十セントもつかったと？」

「そのようね。それより、スーツの右ポケットを見たら、きっとわたしのお気に入りの栞が一枚入ってるわ。どうして入ったかは、さっぱりわからないけれど」

「指紋を取ってみますよ」

「そんな必要はまったくないわ。そのまま返してちょうだい。質問はなしで」

　私は二十分で駆けつけた。

指の訓練

Finger Exercise

高橋知子 訳

それはヴィニエフスキ巡査部長担当の事件だったが、彼が休暇をとるのでラルフと私が代わって担当するよう、ウィルバーフォース警部からお達しがくだった。

警部はわれわれをしばし見つめた。「いったいどうしておまえたちふたりが殺人課で一番の成績をあげているのか、いまだにわからん」

私は申し訳なさそうに微笑んだ。「われわれもあれこれささいな失態を演じています、警部」

警部はうなるように言った。「エドワード・ウィーヴァーは息絶える前に、自分の血で敷物に殺人犯のイニシャルを書いている」

ラルフが思案ありげに顔をしかめた。「どうしてペンか鉛筆をつかわなかったのでしょう？」

「さあな」警部は言った。「おそらくこういった場合、犠牲者はときとしてパニックに陥り、何をすべきか論理的に考えられなくなるんだろう」

私はうなずいた。「それがウィーヴァー殺害犯のイニシャルだというのは、何が決め手になったのですか？」

「そんなとき、ほかにどんな理由があって血でイニシャルを書こうとする？」警部は葉巻をふかした。「イニシャルはP・Mだが、この事件の関係者には該当する者がいない」

私はその文字について思案をめぐらした。「P・M？　午後《ポスト・メリディアン》？　首相《プライム・ミニスター》？　憲兵司令官《プロヴォスト・マーシャル》？　相互保険《パラミューチュアル》？　最高神官《ポンティフェックス・マクシマス》？」私は首を振った。

警部は先をつづけた。「殺されたのは、ゆうべの八時から十時半のあいだ。銃声を聞いた者はいないようだが、小口径の銃はあまり大きな音がしないからな。つかわれたのは、二二口径か二五口径だ。銃は見つかっておらず、弾道検査も検死もまだ結果が出ていない。それと、ウィーヴァーはステレオでクラシックのレコードをつぎつぎとかけていた。彼が殴打されたのは、《ハレルヤ・コーラス》がかかっていたときと思われる」

ラルフが顔を輝かせた。「《ハレルヤ・コーラス》はおれのお気に入りの一曲だけど、歌詞を憶えられたためしがない」

警部は葉巻をさらに三度ふかした。「ウィーヴァーは八時に書斎に入った。廊下を隔てて向かい側の応接間では、妻のバーサと成人したふたりの子供、アーヴィングとダイアナ、一家の弁護士であり友人でもあるハイラム・バスウッドが、八時から十時半ごろまでブリッジをしていた。彼女たちから書斎のドアははっきりと見えた。その時間帯に、書斎に出入りした者はいない。バスウッドがウィーヴァーに挨拶をしてから帰ろうと、書斎のドアをノックして中に入った。そこで彼が遺体とイニシャルを見つけた。どうやらウィーヴァーを撃った犯人は、テラスに通じるフランス窓から侵入したようだ。ウィーヴァー自身が招き入れた可能性もある」

私は両手の指先をあわせ、先端を見つめた。「ブリッジをしていた者のいずれかが——たとえば自分の替え玉と入れ替わって——家から出て、フランス窓から書斎に入り、ウィーヴァーを撃って、人知れずもとの席に戻ったということはありませんか？」

「ないとは言えないな」警部は同意するように言った。「だが、P・Mというイニシャルはどうなる？　何かを意味しているのはまちがいないが、ブリッジをしていた者に該当者はいない」

ウィルバーフォース警部が事件の概要を説明し終えると、ラルフと私は車に乗りこみ、ダウンタウンにあるハイラム・バスウッドのオフィスに向かった。

バスウッドは背が低く、顎ひげをきれいに整えたグラント将軍を思わせる男だった。彼はわれわれを自身のオフィスに通し、ドアを閉めた。

「われわれが今度の事件を担当することになりました」私は言った。「ゆうべあったことを、正確に話してください」

彼は肩をすくめた。「話せることはたいしてありません。バーサとダイアナ、アーヴィング、私たちは八時からブリッジを始めて、十時半にお開きになりました。帰る前にエドワードにひと言声をかけようと書斎に行ったら、彼が床に倒れて亡くなっていたのです」

「それで、イニシャルは？」私は訊いた。「P・Mというのは？　何か心当たりはありますか？」

バスウッドは首を振った。「思いつくのは、パスクワーレ・マンシーニくらいですね。イタリアの政治家で法学者です。でも一八八八年に死んでいますから、確実にアリバイがあります。私は学生時代、彼について論文を書いたんですよ」

「エドワード・ウィーヴァーはブリッジをしなかったのですね？」私は訊いた。

「ええ。ブリッジにかぎらず、彼はカード・ゲームが好きではありませんでした。私たちがゲームを始めると決まって自分の書斎に引っこんで仕事をするか、本を読むか、一般に書斎でするようなことをしていました」

「書斎のドアは開いてましたか、それとも閉まっていましたか？」

「閉まっていました」

「あなたかほかの誰かが、遺体や部屋にある物に触りましたか？」

「いえ、何も。エドワードがもう手の施しようがないのは、誰の目にも明らかでした」

「あなたは、あの一家の友人なんですね？」

　バスウッドはうなずいた。「エドワードとバーサは、子どものころから知っています。ご存じでしょうが、バーサは二度めの結婚です。最初の夫は、五年前に亡くなりました」

「ゆうべ、ブリッジの途中で席を立った人はいましたか？」私は訊いた。

「いたように思います」バスウッドは顎ひげをさすった。「しかし、エドワードがP・Mなる人物に殺されたのはまちがいないでしょう。フランス窓から侵入してエドワードを撃ち、逃げ去ったにちがいありません」

　ラルフはうなずいた。「ミセス・ウィーヴァーの最初のご主人が亡くなったいきさつは？」

「車のひき逃げです。犯人は見つかっていません」

　ラルフと私はバスウッドにひとわたり話を聞くと、街の北部、レイク・ショア・ドライヴにあるウィーヴァー邸へ車で向かった。二エーカーの林を縫うように走る砂利敷きのドライヴウェイを抜けると、フランスの田舎風の大きな屋敷の前の円形の車寄せに着いた。女性の使用人がドアを開け、家の中を通って庭へと、われわれを案内した。

　ミセス・バーサ・ウィーヴァーは、つばの広い麦わら帽子をかぶっていた。彼女は笑みを浮かべた。「刑事さんですか？　あの優しいヴィニエフスキ巡査部長はどうされたのですか？」

「休暇中です」ラルフが言った。「桜の花が咲く時期に、ドア郡に行きたいとかで」

　バーサ・ウィーヴァーは四十代の魅力的な女性だった。すぐ脇に置いてある庭用の小さなカートに、切り花が積まれていた。

「エドワードの葬儀のために、リースを作ろうと思って」彼女は言った。「店に行けば買えるのでしょうけれど、心のこもったものが好きなのです。作り方はよくわかりません。図書館には、葬儀用のリースについての本が一冊もないんです」

「ご主人の遺産はどのくらいありますか？」私は訊いた。

「二、三百万ドルです。数字には弱くて」

「それで、どなたが相続するのですか？」

「エドワードはパーセンテージで決めていました。わたしが五十パーセント、アーヴィングとダイアナがそれぞれ二十パーセント。それから、ハイラムが十パーセントです」

ラルフはバーサ・ウィーヴァーに向きなおった。

「パスクワーレ・マンシーニという名前に心当たりがありますか？」

彼女は首を振った。「いいえ。でもそう言えば、イニシャルがP・Mの人にポーラ・マーカンドがいます。エドワードの秘書だったのですが、わたしがエドワードと結婚する二カ月前に辞めました。本人は、一分間に八十語以上タイプが打てると称していました。ほんとうは四十語そこそこだったと思いますけど、エドワードは気にしていないようでした」

「ポーラ・マーカンド？」私はきびきびと言った。

「早急に全部署に連絡して手配します」

「ヘンリー」ラルフが言った。「まずは電話帳にあたってみるのはどうだ？」

ポーラ・マーカンドの住まいは、パーク街北一六七番地、四階建てのアパートメントにあった。われわれが玄関ホールにはいるのと入れ違いに、テンガロンハットとカウボーイブーツを身につけた長身の男が出ていった。

われわれはエレヴェーターで上階にあがり、三一一号室の呼び鈴を鳴らして待った。

「もし働いているのなら」ラルフは言った。「いないだろう」

ドアがチェーンをかけたまま開いた。「どなたですか？」

ラルフと私は身分証明書を見せた。「二、三、お訊きしたいことがあります」私は言った。

「何のことですか？」

「エドワード・ウィーヴァーが亡くなった件です」

「え？」彼女は言った。「エディが死んだ？　どうして？」

「殺されたんです」ラルフが言った。「ですが死ぬ間際、彼は必死の思いで……」

「ラルフ」私は毅然と言った。「その話はあとだ」

彼女はチェーンをはずし、われわれを中に通した。ポーラ・マーカンドは背が高く、目は灰色で、丈の長いドレッシング・ガウンを着ていた。「殺されたって、いつのことですか？」彼女は訊いた。

「エドワード・ウィーヴァーは、ゆうべ八時半から十時のあいだに殺害されました」私は言った。「彼のところには、どれくらいお勤めだったのですか？」

「一年ほどです」

「エドワード・ウィーヴァーが、いまのミセス・ウィーヴァーと結婚する二ヵ月前に辞めたのですね？」

彼女はあくびをかみ殺した。「もっと条件のいい仕事があったもので」

「ミス・マーカンド」ラルフが厳しい口調で言った。「エドワード・ウィーヴァーは息絶える前に、自分の血で敷物にP・Mというイニシャルを書き残しました」

彼女は片眉を吊りあげた。「え？　でも、イニシャルがP・Mの人は世の中に大勢いるでしょう」彼女は優しげに微笑んだ。「そんな証拠で、わたしを電気椅子送りにはできないわ」

「この州では、死刑は認められていません」ラルフは言った。「もちろん、死刑宣告をおこなえる州もありますが、最近は憤慨する市民の感情のはけ口でしかないですね。実際のところ、今後、電気椅子に坐らされる人の数は……」

「ミス・マーカンド」私は言った。「エドワード・ウィーヴァーに好意を持っていましたか？　ゆくゆくはと何か期待していたとか？」

「期待？　彼を誘惑しようとしていたって言いたいんですか？　ええ。彼の気を惹こうとしていました。ですが、彼のような金持ちの男性はそんなことにかまけてばかりいません。でも、きっとわたしがつつましく時間をかけようとしすぎたのか、単に彼が年増の女性が好みだったのかでしょう。そのバーサ・なんとかが現われたとき、嫌な予感がしました」

「ほう」私は言った。「つまり、あなたは軽くあしらわれたということですか？　彼がバーサ・なんとかと結婚したとき、傷ついて辛い思いをしたと？」

　ラルフが単刀直入に訊いた。「傷ついて辛い思いをしたから、殺してやりたくなった？」

「もしそうなら、どうして二年も経ってから殺すのですか？」

「あなたは、本気になるまでに時間がかかりそうな方だからです」ラルフは言った。「ノルウェー人の血を引いているのですか？」

「ミス・マーカンド」私は言った。「昨晩、八時から十時半のあいだ、何をしていたか明確にできますか？」

「そういうことは訊かれないのかと思ってました。ゆうべは上司のおともで、マディソンで開かれたハイウェイ建設業協会の晩餐会に出ていました。マディソンはここから少なくとも七十五マイルあります」

　ラルフは疑いのまなざしを彼女に向けた。「それを証明できますか？　晩餐会に出席していたことを。マディソンまでの距離ではなくて」

　彼女はため息をついた。「いいですか、上司はその協会の今年度の会長です。上司とわたしはほかの役員やその奥さま方やいろいろな方と一緒に、一段高くなった演壇に坐っていました。夕食が出されたのが七時半、スピーチが始まったのが八時半、晩餐会が終わったのが十時過ぎです。わたしは化粧直しに中座することさえしていません。二百人以上の出席者が、それを証明してくれます。もしお入り用ならば、会員名簿だってお見せできます」

「上司というのは誰です?」ラルフが訊いた。

「〈カステンマイスター建設〉のテックス・カステンマイスターです。テックスはシボイガンで生まれ育ちましたが、カウボーイブーツとカウボーイハットが大好きなんですよ。実際、自分でも身につけて……」彼女はあくびをかみ殺した。「ああ、ごめんなさい、このところあまりよく眠れなくて」

ラルフは同情するようにうなずいた。「きょうはお休みなんですか?」

「まあ、そんなものですね」


ラルフとそろって車に戻ると、私は言った。「私が思うに、ブリッジをしていた四人のいずれかがウィーヴァーを殺害した」

「だったらなぜウィーヴァーは、わざわざ苦労してP・Mというイニシャルを残したんだ?」

「われわれは、P・Mにずばり当てはまる人物を探してきた。ウィーヴァーが書いたのは、ニックネームかその類のものだった可能性もある」

ウィーヴァー邸に戻ると、バーサ・ウィーヴァーは応接室で切り花の山に埋もれていた。かたわらにいる小柄ですみれ色の目をした娘が、ダイアナ・ウィーヴァーだった。

ふたりは針金のハンガーを解体している最中だった。

「ねえ、お母さん」ダイアナは言った。「これではいいのができないわ。針金が折れてばかりですもの」

「ミセス・ウィーヴァー」私は言った。「あなたの最初のご主人が、ひき逃げ事故で亡くなったのはわかりました」

「ええ」彼女は言った。「三年前に。確か六月でした」

「ちがうわ、お母さん」ダイアナが言った。「八月よ。わたしが運転免許をとったつぎの週だったから憶えてる」

バーサ・ウィーヴァーは愛情のこもった笑みを、娘に向けた。「ダイアナは、所属している女性解放運動グループの会長に選ばれたんです。〈わたしは一個の人間〉という応援歌まで書いたんですよ」

ラルフが咳払いをした。「それにしても、〝一個の《パース》人間《ン》〟という言葉は妄信的ですね。つまり、その言葉はふたつの部分――〝〜につき《per》〟と〝息子《son》〟――から成っていて、〝息子〟は誰がどう考えても男でしょう」

ダイアナが眉根をよせた。「そこがどうしても納得できなかったの。その言葉自体、恩着せがましくて品がないもの。どうして男性を示す言葉を採用して、それに接頭辞をつけなくちゃならないのかしら？ womanやfemaleみたいに。女性を意味する語幹を持つ言葉はないの？」

ラルフはうなずいた。「女房が言うには、すべての言葉を検討しなおして、性を示唆する要素を削除してしまわないかぎり、性における真の平等は確立されないとか。そうは言っても、〝テーブル〟を男っぽくして、〝チェア〟を女っぽくするのに、どんな意義があります？」

「ミセス・ウィーヴァー」私は言った。「ハイラム・バスウッドとは、いつからの知り合いですか？」

「それこそ、子どものころから。初めて会ったのは、ダンススクールでした。いまの彼からはとても信じられないでしょうけど、あるとき、半年に一度ミス・プリムソルの家で開かれる発表会で、ビッグアップル（一九三〇年代に流行したダンス）を踊って、家を壊したことがあるんですよ」

「ハイラムはお母さんにべた惚れね」ダイアナが言った。「わたしは驚かないわよ、お母さんのつぎの……」

バーサ・ウィーヴァーは顔を赤らめた。「いま、そんな話をしないの、ダイアナ。少なくとも、リースが完成するまではだめ」

「息子さんのアーヴィングはどこにいますか？」私は訊いた。

「二階の自分の部屋で、修士論文を書いているわ」ダイアナが言った。「オスカー・ワイルドの潜在的な異性愛指向について書いてるんですって」

ラルフとともに、ダイアナに言われたように二階へあがると、アーヴィングはポータブル・タイプライターの前に坐り、ポテトチップスを頬ばりながら、何も書かれていない紙を見つめていた。

ラルフと私は身分証明書を彼に示した。彼は私の証明書を凝視した。「ヘンリー・ターンバックル？」

私は誇りを持ってうなずいた。「古鍋に負けないくらい年季の入った名前だ」

アーヴィングは背丈が六フィート半を軽く越えていたが、体重は百五十ポンドもなさそうだった。彼はわれわれにポテトチップスをすすめた。「これは筒状の容器に入ってる。ほかのチップスは、これとちがってきちんと重ねられない」

食べてみると、味が薄い気がした。「この家でニックネームや愛情を示す言葉で呼ばれている人はいますか？」

アーヴィングは考えこんだ。「確かぼくは五歳くらいになるまで、母さんからディンディンって呼ばれてた。いや、あれは犬だったかな？　よく憶えてないや」

「ところで」私は賢そうに言った。「あなたの名字は、ほんとうはウィーヴァーではありませんね？」

「ああ。父の名字はカースン」

私は思案するように顔をしかめた。「となると、お母さんの旧姓は？」

「スワンドン」彼はタイプ用紙で指をふいた。「残念ながら、役に立ちそうなことは何も思いつかないけど、うちの身内にイニシャルがP・Mになる人はいないと思う」

「おれはお袋にブーティ（赤ん坊用の毛糸の靴下）と呼ばれていた」ラルフは言った。

私は目をしばたたいた。「どうしてだ？」

「それを飲みこんだことがあるからだ。幸い、下から出たがな」

家政婦がドアから顔を覗かせた。「ウィルバーフォース警部からお電話が入っています。ターンバックル巡査部長に話があるとかで」

家政婦の案内で、ラルフと私は内線電話のある隣室へ行き、受話器をとった。「ヘンリー」ウィルバーフォース警部が言った。「弾道検査の結果からすると、武器は二五口径だった。だが、それより注目すべきは検死結果だ。エドワード・ウィーヴァーは敷物にあのイニシャルを書けたはずがなかった」

「どうしてですか？」

「検死官が、ウィーヴァーは即死だったと断定した」

私は電話を切ると、いまの情報をラルフに伝えた。

彼は眉をひそめた。「だったら、誰があの文字を書いたんだ？ それにどうして？」

「〝どうして？〟は明白だ。警察の目を欺くためだ」

ラルフはため息を洩らした。「あの四人の中に、エドワード・ウィーヴァーを殺した容疑者がいるとは考えたくない。四人とも、人並み以上に善人に見える。思慮分別のある人に」

「あの中のひとりに決まってる」私は言った。「ほかに誰がいる？」

「どうして、どこかのよそ者だと考えられないんだ？ 侵入者とか強盗とか」

「ラルフ」私は言った。「易《やす》きに流れようとしているぞ。思慮の足りない刑事が、犯人は侵入者だとしたがったせいで、何件の殺人事件が未解決になっているか知ってるか？」

「何件だ？」ラルフは訊いた。

「急に訊かれてもわからない。だが、驚くほどの数だ。それに強盗が、明かりがついて中に人がいる部屋に入るか？　ともあれ、盗まれたものは何もないらしい」

「強盗が夜の早い時間に家に入りこんで、書斎で何かの陰に隠れていた可能性はないか？　みんなが寝静まってから、家の中を漁り始めるつもりだった。しかし、隠れているところをたまたまウィーヴァーに見つかり、彼を撃って、夜の闇に逃げ去った」

「ラルフ」私は言った。「どうして強盗が、夜の闇に逃げ去る前に立ち止まって、敷物にＰ・Ｍというイニシャルを書くんだ？」

ラルフはため息をつき、われわれはアーヴィングの部屋に戻った。

私は彼を見つめた。「ゆうべは何を着ていましたか？」

彼はしばし考えた。「メリヤス地のＴシャツにズボン」

「いま着ているそれですか？」

「いや、ほら、Ｔシャツはちがう。でもズボンは、そう、同じ」

私は微笑んだ。「ゆうべ、ブリッジをしていた四人のうちひとりが、ゲームを中座し、こっそり外に出て書斎に忍びこみ、エドワード・ウィーヴァーを撃ちました」

アーヴィングはおとなしく聞いていた。

「で、その人、その殺人犯は疑いの目が自分だけでなく、家にいたほかの人にも向けられないよう敷物にＰ・Ｍと書いた。Ｐ・Ｍという文字にはなんの意味もない」私はまた微笑んだ。「だがそれ以外に、われわれはどんな手がかりをつかんでいるか？」

「さあ」ラルフが言った。「どんな手がかりだ？」

「指に血をつけた殺人犯だ」

アーヴィングとラルフは自分の指を見つめた。

私は先をつづけた。「指に血がついたとしたら、犯人はどうする？」

ラルフは即座に答えた。「血をぬぐいとる、だろう？　つまり犯人はくず紙を一枚とって指をぬぐい、その紙をごみ箱に捨てた。書斎におりて、その紙を探してくる」

「その必要はない、ラルフ」私は言った。「もし殺人犯が書斎に紙を捨てていたら、鑑識がとっくに見つけているはずだ。いいか、ラルフ、犯人は指についた血を落とすのに何かをつかったのは確かだが、それを犯行現場に残しはしなかった。結局のところ、それが見つかれば、ウィーヴァー以外の者があのイニシャルを書いた証拠になる。絶命寸前の者が敷物にイニシャルを書くというのはあり得ない話ではないが、几帳面に自分の指を拭いて、拭いた紙をごみ箱に捨てるなんてことはあり得ない。それに、ウィーヴァーの指はこの非道な陰謀のさなか、すでに自分の血でぐっしょりと濡れ、そのまま血だまりの中にあったはずだ。

そう、ラルフ、犯人は指を何か――紙かハンカチか――で拭き、それをポケット――あるいはバッグ――に入れ、あとで捨てた」

ラルフは思案をめぐらした。「だが、捨てちまったなら、おれたちが知ったところでなんの役に立つ？」

私はアーヴィングに向きなおった。「ポケットの中を見せてもらえますか？」

アーヴィングは肩をすくめ、中身をすべて机の上に出した。

ラルフがひとつひとつ確認した。「疑わしいものは何もない」

「ハンカチが見当たらないぞ、ラルフ」私は言った。

アーヴィングは顎をかいた。「ポケットに入れるのを忘れただけだ。そんなのしょっちゅうだよ」

「ラルフ」私は言った。「もし血のついたハンカチ――あるいは、それと同じようなもの――をポケットに入れたとしたら、ポケットの中が血で汚れる可能性は十二分にある」私はアーヴィングの裏地の出ている右側のポケットを指した。「染みがある、アーヴィング。血に見えないか？」

彼は反射的に、視線を下に向けた。「ケチャップの染みだ。きのう、昼食を食べたときに、加減のしにくいケチャップの瓶をうっかり取ってしまって、どばっと出しちまったんだ。指を拭くのにハンカチを使って、レストランを出たあと捨てた」

私は厳しい視線を容赦なく彼にあびせた。「それがケチャップか血液か、うちの鑑識がすぐに確認する。それに、きみの爪の中も。その〝ケチャップ〟とやらの痕跡が残っているはずだ。ポケットの裏地についているのは、人間の血ではないと言い張るんだな？」

アーヴィングはポテトチップスをゆっくりと食べながら、考えこんだ。

私はたたみかけるように言った。「警察の目をそらすために、きみがあのイニシャルを書いた。Ｐ・Ｍという文字に特別な意味があったのか？」

ここで、彼はため息をついた。「知っている人を困った目にあわせたくなかったんだ。イニシャルがＰ・Ｍの知り合いはいない」

「ということは、継父殺しを認めるんだな？」

アーヴィングは首をもんだ。「弁護士に会うまで、これ以上何もしゃべらない」

「よかろう」私は言った。「ラルフ、彼に権利を読みあげてやれ」

権利を告げ、アーヴィングを階下へ連れておりると、ミセス・ウィーヴァーとダイアナはまだリースをつくっていた。ハイラム・バスウッドは、着いたばかりのようだった。

　アーヴィングを本部へ連行する理由を述べるあいだ、三人は私を見つめていた。

　バーサ・ウィーヴァーがハイラム・バスウッドに目を向けた。「ハイラム、あなたは刑事事件も扱っているの？」

　ハイラムは背筋を伸ばした。「アーヴィングに弁護士は必要ない。遺体の脇にあったイニシャルを書いたのは私だ。ただし、私が書いたのはFとMだ。どうして〝F〟の先をつなげたんだ、アーヴィング？」

　アーヴィングはわずかに顔を赤らめた。「そのイニシャルの女の子がいるから。フリーダ・マッカーシー。大学生だ。大学の女子バスケットボール・チームでセンターをやってる。かわいい目をした子なんだ。性格もすごくよくて。身長は六フィート三インチ。何度かデートをしたんだけど、ぼくたち、共通点がたくさんあるんだ。以前、警察がどれほど徹底的に捜査をするかを聞いたことがあって、F・Mっていうイニシャルが、そのうち彼女を犯人にしたてるんじゃないかと思ったんだ。だから、〝F〟を〝P〟に変えた」

　私はハイラム・バスウッドを疑惑の目で見た。「ちょっといいですか。あなたは、ゆうべ殺人があったときと同じスーツを着ていますね？」

　彼は自分のズボンを見おろした。「ええ。どうしてです？」

「では、ポケットの内側についている血の染みを見せてください」

　彼は片方の眉をあげた。「どうしてポケットの内側に血がついているというんです？」

　私は笑みを浮かべた。「もし、あなたが言うようにF・Mというイニシャルをほんとうに書いたとしたら、指についた血をどうやって落としたのですか？」

「書斎には金魚鉢があります。その中で何度か手を振ったら、血は落ちました」

「なるほど」私は堅苦しい口調で言った。「ということは、あなたがエドワード・ウィーヴァーを殺害し、捜査の攪乱を狙ってイニシャルを書いたのですね？」

バスウッドの視線がバーサからアーヴィングへ、そしてダイアナへ注がれた。「私が書斎に入ったとき、エドワードはすでに死んでいました」

「ほう」私は言った。「そこであなたは咄嗟に、ブリッジをしている人の誰かが罪を犯したと思い、その犯人をかばおうと、慌ててウィーヴァーの血でイニシャルを書いた」

バーサ・ウィーヴァーが微笑した。「わたしたちを守ろうとするなんて、あなたはなんて優しい人なの、ハイラム」彼女の目に思案の色が浮かんだ。「考えれば考えるほど、夜のあいだにブリッジのテーブルを離れた人はいないと思えてきました。そうじゃない、あなたたち？」アーヴィングがすぐに同意し、ダイアナもうなずいた。「わたしたちは誰ひとりとして、席を立っていません。ハイラムもふくめて」

「そうかな」私は侮蔑するように言った。「もしあなたがた全員に完璧なアリバイがあるとすれば、どうしてハイラム・バスウッドがイニシャルを書こうと思ったのですか？」私は厳しい目つきで彼らを見た。「言葉には充分気をつけたほうがいいと忠告しておきましょう。われわれ警察は、自分たちのやり方で容赦なく紛うことなき真実を突きとめますし、そうなれば厄介なことになりますよ。犯人以外の三人も司法妨害の罪で起訴されます」

電話が鳴り、バーサ・ウィーヴァーが応じた。彼女はしばらく黙って聞いていた。「あなたにです、ターンバックル部長刑事」

私は書斎で電話をとることにし、ラルフもついて来た。

架台から受話器をとった。「ターンバックルです」

「どんなぐあいだ、ヘンリー？」ウィルバーフォース警部が訊いた。

　私は微笑んだ。「この事件は、あと数時間で片をつけられます」

「それはよかった」警部は言った。「だが、私ならばそう性急に事を運ばない。昨晩、巡回中の車が酔っ払いを見つけた。そいつをタクシーに乗せて、家に帰してやろうとしたところ、銃を携帯しているのに気づいた。そこで署にしょっぴいてきて、身元を確認した。名前はオーピー・ブロンスン。何度も不法侵入でつかまっている。銃を調べたところ、二五口径だった。どういうことかわかるか？」

　私は目を閉じて、つづきを待った。

「エドワード・ウィーヴァーの命を奪った銃弾は、オーピーの銃から発射されたものとわかった。それについて、オーピーを尋問したところ、二日酔いのせいもあっただろうが、観念して吐いた。やつはウィーヴァー宅に忍びこみ、家の者が寝たあとで盗みを働こうと、書斎に隠れていた。たまたまウィーヴァーに見つかり、オーピーはパニックになった。それでウィーヴァーを撃って逃げた。自分のしたことを忘れるために、酒を飲んでいたそうだ」

　私は電話を切ると、フランス窓のところへ行き、テラスを眺めた。くそったれの侵入者は、まさにこの窓から逃げたのだ。

「警部はなんて？」ラルフが訊いた。

「ラルフ、きみと私とで殺人事件を何件解決した？」

「二十七件だ」

「解決できなかったのは？」

「四件」

「解決を横取りされたのは？」

「五件」

「いや、ラルフ、いま六件になった」

　ラルフは酒の戸棚を物色し、シェリーのボトルを見つけた。

私は指三本ぶんを胃におさめると姿勢を正し、容疑者たちにもうきみたちは必要なくなったと告げに応接室に向かった。

名画明暗——カーデュラ探偵社調査ファイル

The Canvas Caper

松下祥子 訳

「ミスター・カーデュラ」と彼は私に問いかけた。

「恐喝屋について、どう思われますか？」

「卑劣な人間ですね」

彼は窓から外に目をやり、筋向いのオフィス・ビルにちらほらついた明かりを眺めた。「率直に言って、ああいう連中は死んだほうがましだと思いませんか？」

「かもしれませんね」

彼は私のほうに向き直った。「弱い札《ふだ》を引いてしまいました」


私の依頼人になるかもしれない人物は、隙のない上等な服に身を包んだ背の高い男だった。かすかに酒の香りも漂わせている。

彼は話を続けた。「トランプを切って、それぞれ引いたところ、私に当たったのはクラブの3でした。それでお鉢が回ってきたのです。簡単に片づくはずでした。私はその男の自宅へ行き、彼を撃ち殺す。もし、思いがけない理由で私が警察から尋問されることになったら、あとの連中は私が一晩中テーブルを離れなかったと誓って証言してくれる」

「テーブル？」

「カード・テーブルです。かれらは私が一晩中部屋から出なかったと主張する」

「かれらというのは？」

「この件に関わっている仲間たちです」彼はため息をついた。「その男の家のドアをノックするところまではやったのですが、ドアが開く前に身を翻して逃げてしまった」

彼はまた窓から外を見た。「いかがでしょう、もし一万ドルで人を殺してくれとお願いしたら？　あるいは、請け負う人を探してくれるだけでもいい。しかし、そんなことを言われたら、警察に通報なさるのでしょうね？」

私はかすかに微笑した。「通報しても、なにも証明できません。そんな提案がなされたかどうか、私の言葉を信じるか、あなたの言葉を信じるか」

彼はしばらくじっと考えていた。「率直にいって、殺し屋など一人も知りませんし、どうやって探したらいいのかもわからない。しかし、そういえば私立探偵というのは概して裏の世界に関わっているのではないかと思いつきました。離婚とか、盗聴とか、そんなような仕事をしていますからね。雇える殺し屋を知っている人がいるとすれば、それは私立探偵だ。ともかく、裏の世界への道をつけてくれそうな人といえば、そのくらいしか思いつきませんでした。そこで、電話帳の職業別ページをめくったのです」

「で、どうして私を選ばれたんです？」

「私立探偵で、開業時間が午後八時から午前四時までという人なら、犯罪に満ちた夜の世界にほかの誰よりも近いに違いないと思えたからです」

私は両手を突き合わせて橋の形にし、その指先をじっと眺めた。「たぶんお役に立てるでしょう。この殺しの手数料のお支払いは、正確にどういう形になりますか？」

彼は明るい顔になり、身を乗り出した。「今はそれだけの金を持ってきておりませんが、明日五千ドル、仕事が完了した時点で残りの五千ドルをお渡しするようとり計らいます」

私はうなずいた。「で、あなたのお名前は？」

「気にしないでください。知る必要はありません」

「では、殺すべき人物の名前を。人違いは困りますからね」

「名前はラウル・アンリ・オブライエン。フローリー・ロード一一八番地です」依頼人はため息をついた。「画家です。まあ、ある種のね」

「彼はあなたとお仲間を恐喝しているのですか？」

「はい」

「理由は？」

「理由を知ることはあなたの仕事に必要とは思いません」

いいだろう。「当然ながら、オブライエンが死ぬ時間にアリバイを用意するおつもりでしょう。いつ殺してほしいですか？」

彼は考えた。「金曜日の夜ではどうでしょう？ そうですね、八時から十一時のあいだあたりに」

「承知しました。必ずやり遂げます。もちろん、明日、最初の五千ドルを受けとればですが」

彼はうなずき、立ち上がった。「私立探偵ですから、人を尾行するのはお得意でしょうな？」

「ええ、尾行にはことのほか才能があります」

「けっこう。しかし、私をつけるのはやめていただきたい。あなたはそこの窓辺に立って、外を見ていてください。私は通りに出たら、振り返って見上げます。もし窓辺にあなたの姿が見えなければ、あなたは私を尾行しようとしていると判断し、取引を帳消しにします。一万ドルで仕事をしてくれる人をほかに探します」

彼が出ていくと、私は指示に従って窓辺に行き、四階下の街灯の点った通りを見下ろした。夜のこの時間――十一時近い――通りに人影はほとんどなかった。

依頼人がこのビルを出て、道路を横断するのが見えた。立ち止まり、振り返ってこちらを見上げた。

私は手を振った。

彼は会釈して応え、また歩き出した。角を曲がり、姿が消えた。

窓をあけ、あとをつけた。

ラウル・オブライエンを殺害するつもりなど、もちろん毛頭なかった。だが、依頼人にも指摘したように、この件を警察に通報するのは無駄だ。なにか効果的な行動をとるには、この陰謀と共謀者たちについて、もっと知る必要があった。

依頼人の姿がまた目に入った。歩道際にとめた車に乗りこむところだった。

車は市の中央部から湖畔道路に入り、郊外へ向かった。やがて長い砂利敷きのドライヴウェイに曲がりこんだ。私はちょっと止まって道路脇の郵便受けの名前に目をくれた。〈ジェイムズ・マクウィグリー〉。それからまたあとをつけた。

ノルマン様式の大邸宅の前に楕円形の車寄せがあり、すでにとまっていた三台の後ろに車をとめると、依頼人は玄関のドアを開けて中に入った。

私は建物の脇へ移動した。わずかに開いたフランス窓から光が漏れ、三人の男がカード・テーブルを前にすわっているのが見えた。

一人の顔に見覚えがあった。思いだした。五十代半ばのずんぐりした男は、〈アップルビー画廊〉のフロリアン・アップルビーだ。私は苦労してアメリカまで運んできた絵画のうち、最後の二枚を彼に売ったのだ。

ため息がでた。故国を逃げだしたとき、持ち出せた品はわずかだった――いくらかの黄金、宝飾品、それに六枚ほどの絵画――寝心地を犠牲にしつつ、長さ八フィート、幅三フィートの箱に収まる量に限られていた。

嘆かわしいことに、今ではそんな財産もすべて消え去り、糊口をしのぐために私は働かざるをえなくなっていた。

私の依頼人が部屋に入ると、カード・テーブルの男三人はそろって期待をこめて彼を見上げた。

「さて、ジェイムズ」アップルビーが言った。「ラウルは死んだか？」

私の依頼人――ジェイムズ・マクウィグリーらしい――は酒棚へ行き、飲み物を注いだ。「ラウルはまだ生きている。どうしても殺す気になれなかった」

アップルビーは失望の表情をのぞかせた。「約束を破ったな、ジェイムズ。約束を破る男は我慢ならない」

マクウィグリーは肩をすくめた。「われわれの問題を解決するのに、もっとずっと満足のいく方法を見つけたんだ。この仕事を代理にやってくれるプロの殺し屋を首尾よく雇えた」

アップルビーは畏敬の念をこめて相手を見た。「プロの殺し屋と連絡をつける方法がどうやってわかったんだ？」

マクウィグリーは謎めいた微笑を浮かべた。「私なりの方法がある。そいつはこの仕事に一万ドルを要求している。われわれ四人で四分の一ずつ分担だ」

彼は飲み物を一口飲んだ。「そいつは次の金曜の夜八時から十一時までのあいだにラウルを殺すことになっているから、われわれはその時間、またここに集まろう」

アップルビーとあとの二人が出ていったあと、私はフローリー・ロード一一八番地へ向かった。半マイルばかり先だった。

林の中に建つヴィクトリア朝の大邸宅だった。明かりのついた窓が一つだけあり、私は音もなく滑空して近づいた。中を覗くと、三十そこそこだろうか、はっとするような美人がすわって、テレビで深夜映画を見ているところだった。

ドライヴウェイに車が入ってくる音が聞こえ、私は家の正面側に戻った。

カルマンギアが接近して止まり、ひげをきれいに整えた若い男が姿を現わした。男は鍵を使って玄関のドアを開けた。

急いで窓に戻ると、ちょうど男が部屋に入ってくるところだった。女はひょいと顔を上げたが、またすぐテレビに目を戻した。男のほうは――ラウル・アンリ・オブライエンか？――そのまま部屋を通り抜け、階段を上がっていった。

階上の窓二つに明かりがつき、見ていると、オブライエンはパジャマに着替え、あくびをすると、ベッドに横たわり、すぐさま眠りこんだ。

私は階下の女のそばに戻り、彼女が見ている映画にしだいに惹きこまれていった。暗い入江から出てきた半魚人をめぐる話だった。

映画が終わると、女はテレビを消し、階上の別の寝室に入った。

彼女のプライバシーは覗かずに、私は建物の外をひらひら飛び回りながら、そこここの暗い窓から中を覗きこんだ（どんなに暗くても、私の目はよく見える）。家の裏手に、かつてはおそらく日光浴室だったものを改造した画家のアトリエがあった。

探訪を終え、私は事務所に帰って窓を閉めると、電話帳の職業別ページをめくり、〈ジェイムズ・マクウィグリー画廊〉なるものの存在を確かめた。

マクウィグリーとアップルビーは二人とも絵画の売買に関わっていて、殺されようとしている男は画家だという。ただし、ある種の、とマクウィグリーは付け加えていた。では、マクウィグリーの家で見かけたあとの二人の紳士も、やはりなんらかの形で美術界につながりがあると仮定していいだろうか？

ラウル・アンリ・オブライエン。画家？　正直なところ、聞いたことのない名前だった。

翌日の夜八時に事務所へ行くと、ドアの郵便受けから小さい包みが押しこまれていた。

開くと、百ドル紙幣で五千ドルが入っていた。

こうなったら警察へ行くべきだろうか？　それとも、そんな手を打つ前に、この件全体についてもっと調べたほうが賢明だろうか？　オブライエンにいくつかうまい質問をすれば、マクウィグリーと仲間たちがなぜ彼に死んでもらいたがっているのか、わかるかもしれない。

フローリー・ロード一一八番地に戻り、ドアベルを鳴らした。

昨夜テレビを見ていた女が出てきた。「はい？」

「ミスター・オブライエンにお会いしたいのですが」

女は物思うような灰色の瞳の持ち主だった。「申し訳ありませんが、今おりません。一時間ほど前に出かけました」

「何時ごろお帰りか、おわかりですか？」

「見当もつきません」

「どこに行かれたか、もしやご存じですか？」

「教えてくれなかったし、訊きませんでした」女は私の肩越しに外を見た。「あなたの車はどこ？」

私は咳払いした。「道路のちょっと先に駐車しました」

これ以上話すことはなさそうだったので、いとまを告げた。ドライヴウェイを歩きながら、ちらと後ろを振り返った。彼女は戸口からまだこちらを見守っていたので、向こうから見えなくなるまで歩き続けた。

さあ、どうする？　オブライエンが早めに帰ってくると想定して、敷地内をぶらぶらして待つか？　やってみる価値はあると決め、ひそかに邸宅に戻り、明かりのついた窓に近づいた。

部屋に人はいなかったが、それもほんの数分のことだった。女が小皿にのせたサンドイッチとミルクのグラスを手にして入ってくると、テレビをつけてすわった。

私たちは腰を落ち着けてテレビを見た。十時までは、きしむタイヤと際限ないカー・チェースばかりだった。

十時のニュースのあと、彼女はチャンネルを替え、深夜映画を見始めた。『ロンドン塔の狼男』――いっときも目が離せない面白さだった。

映画が終わると、彼女はテレビを消し、寝室に引き上げた。

午前一時近くになっていた。このまま見張りを続けるべきか？　夜空は曇って今にも雨になりそうだった。濡れるのは大嫌いだ。事務所へひとっ走り（とは言葉の綾だが）しようと決めた。着いたとたん、大粒の雨が降り出した。

次の晩――木曜日――いつものように日が沈んでから起きた。シャワーを浴びて服を着ると、事務所へ出かける前に、すわって新聞を読んだ。

内側のページに載っていた記事に即座に目がいった。フローリー・ロード一一八番地在住のラウル・アンリ・オブライエンなる人物が、昨夜十一時半にサパー・クラブを出たところで轢き逃げされて死亡した。複数の目撃者の話によれば、オブライエンが道路を横断していたとき、暗がりからスピードを上げた車が飛び出してきて彼をはねた。その衝撃で彼は六十フィート以上投げ飛ばされ、即死した。目撃者はナンバーを思い出せないが、車は明るい色のリンカーン・コンチネンタルの新型だったという。

私は眉をひそめた。マクウィグリーか仲間の一人がやはり自分でやると決めて、オブライエンを始末したのだろうか？　それとも、本当に轢き逃げ事故だったのか？

事務所に着くと、また床に茶色の包みがあった。これも中身は百ドル紙幣で五千ドル。

明らかに、もっと調べる必要があった。私はマクウィグリーの自宅へ行き、ドアのブザーを鳴らした。マクウィグリー本人が出てきて、私を見てぎょっとした。「なんですか、ここに来ていただくことはありませんよ。今日の午後、おたくの事務所に二度目の五千ドルの包みを届けました」

「わかっています。しかし、いくつか伺いたいことがあります」

　中から人声が聞こえて、マクウィグリーは客をもてなしているのだとわかった。彼は私を脇の部屋にそそくさと引っ張りこんだ。「オブライエンを殺すのは水曜日でなく、金曜日だということで合意したでしょう。運よく昨日はチャーリーの結婚記念日で、われわれはそろってそのパーティに出ていたからよかったようなものの、さもなきゃ誰もアリバイがなかったところだ」

　チャーリー？　そういえば、職業別ページを見ていたとき、〈チャールズ・ハンソン画廊〉というのも載っていたのを思い出した。「警察から尋問を受けましたか？」

「いや。たぶんそんなことにはならないだろう。ただ、準備は整えておきたい」彼はにやりと笑った。「率直にいって、銃か刃物か鈍器を使うだろうと思っていたんだが、轢き逃げのほうが賢い方法でしょうね」彼はここで別のことを思いついた。「私の家がどこか、どうしてわかったんです？」

　私はプロらしい微笑をひらめかせた。「マクウィグリー、おたくのグループのことはすっかりわかっている——あなたと、アップルビーと、ハンソンと、それに——」当て推量で言った。「——ひげの男。なんて名前だったか、のどまで出かけてるんだが」

　マクウィグリーが教えてくれた。「ブリンクマン」

　ああ、そうか。職業別ページで〈ブリンクマン画廊〉というのも見かけたんじゃなかったかな？　私はすわった。「ミスター・マクウィグリー、私はラウル・オブライエンを殺していません」

　彼は目をぱちくりさせた。「殺していない？　それなら、誰がやったんだ？」

「見当もつきません。オブライエンはなぜあなたがたを恐喝しようとしていたんですか？」

「それはあなたの知ったことではない」

「警察へ行って、われわれのあいだでとり交わされたことを知らせようかと思っているんですがね」

「すべて否定しますよ」

「ほう？　では、私の金庫にしまってある一万ドルにあなたの指紋がついていることは、警察にどう説明するおつもりです？」

実は、金にマクウィグリーの指紋が残っているかどうかなど、私は知りはしない。

彼は考えるように顎の先をこすった。「金は差し上げますから、すっかり忘れていただけませんか？」

私は肩をすくめた。「真実を知れば、警察へ行く必要を感じなくなるかもしれない」

マクウィグリーはため息をつき、隠すのをあきらめた。「いいでしょう。われわれが初めてオブライエンに出会ったのは二年前です。彼は西海岸からこちらにやって来て、近代絵画の通であり、蒐集家であると自称していました。展覧会やパーティには必ず顔を出し、絵画をここで一枚、あそこで一枚と買うことさえあった。確かに人当たりのいい人物で、こちらの美術界にいつのまにかするすると入りこんでしまいました。

定期的にヨーロッパへ二、三週間出かけては、オリジナルの絵画を持って帰ってきて、個人蒐集家から買ったとか、人の行かないような質屋や住宅の屋根裏で見つけたとか言うのです。それらを自分のコレクションに加え、ときどきわれわれ一人ひとりに見せてくれました。

当然ながら、そういった絵画の推定価格がわれわれのあいだで話題にのぼり、彼はじつに巧妙に、自分はセザンヌの価値には通じているが、ゴッホ、ゴーギャン、モディリアニなどについてはそれほど詳しくない、という印象を見せました」

マクウィグリーはハンカチで額を拭った。「というわけで、われわれとしては、名画をお買い得の値段で手に入れて一儲けする千載一遇のチャンスだと思えたのです。

それやこれやで、われわれみんなが何枚か買い、彼はそのたびにしぶしぶ、じつにしぶしぶと手放しました。いい友達だから、しかたない、という様子でね。結局、二年のあいだに私は彼から十四枚買い、ほかの人たちもそれぞれ同じくらい買ったと思います」

「で、あなたはそれを人に転売した？」

顔がやや明るくなった。「ささやかな儲けですがね、もちろん」

「ところが、なにかまずいことになった？」

「ええ。一週間前、オブライエンから告げられたのです。われわれが買った絵画はすべて贋作だとね——一枚残らず。なぜ贋作だとわかるかといえば、理由は簡単、彼自身が描いたものだからだと言ったのです」

マクウィグリーは悲しげに首を振った。「不本意ながら認めますがね、贋作家として、彼は天才でした。われわれはみんな、完全に騙されました。目で確かめるほか、多少の検査もしたのですがね。ところが、せっかくいい商売になっていたのに、運悪く、彼は欲張りでもあった。絵画で稼ぐ以上の金を欲しがり、われわれがさらに一人当たり十万ドルを支払うことに同意しなければ、絵が贋作であることを暴露すると脅してきたのです」

「どうして警察へ行かなかったのですか？」

痛いところを突かれたという様子だった。

「暴露されたら、われわれは完全に潰れたでしょう。評判も、商売もね。お客さんたちが押しかけてきて、金を返せの告訴するのと騒ぎだすことは言うまでもない」

「しかし、それでもオブライエンを金で黙らせることはしないと決めた？」

マクウィグリーはうなずいた。「彼が戻ってきて、さらに金をよこせと何度でも要求する可能性がありましたし、オブライエンが生きているかぎり、いつ秘密を暴露するかわからない。うっかり口を滑らせてしまうとかね」

私は考えてみた。「あなたがた四人が全員、オブライエンが殺された時間にアリバイがあるんですね？」

「チャーリーのヨットにいました。月明かりのクルーズというわけで、夜八時に始まり、午前三時をだいぶ過ぎるまで続きました。われわれのうち、誰も船を離れてオブライエンを殺すことはできなかった。あなたが考えておられるのがそういうことでしたら」

「オブライエンは結婚していましたか？」

「そう聞いたことはありません」

「では、彼の家に住んでいる女性は誰なんです？」

「それなら、ルイーズ・ピーターソンだ。彼の秘書だかなんだか、そのような人です。〝だかなんだか〟のほうだと思いますがね」

私はマクウィグリーのもとを辞し、フローリー・ロード一一八番地へ行くと、ドアベルを押した。

ルイーズ・ピーターソンが姿を見せた。

「カーデュラと申します」私は言った。「私立調査員です」名刺を渡した。

彼女はそれをしげしげと見た。「調査することがなにかありますの？」

「ラウル・オブライエンの死です」

彼女は冷静にこちらを見た。「保険会社のために働いていらっしゃるの？」

私はどっちつかずの笑みを浮かべた。「ラウル・オブライエンには多額の保険が掛かっていましたか？ その場合、誰が受益者ですか？」

「あたしが知るかぎりで、彼はなんの保険にも入っていませんでした。それに、誰にお金を遺すんです？ まわりに誰もいなかったのに、友達とか——親類とか」

「あなたが受益者だということは？」

彼女は短く笑った。「おあいにくさま」

「マダム」私は言った。「ラウル・オブライエンは殺害されたと信じられる理由があるのです」

彼女は私を家に招じ入れた。

「あなたはラウル・オブライエンの秘書だったのですか？」

「言いようによってはね」

「では、オブライエンの活動について、たぶんご存じでしたね？」

「なんの活動？」

こうなったら、はっきり話してしまったほうがいいだろう。「恐喝です、マダム。恐喝」

彼女は疑うようにこちらをじろりと見た。「恐喝？ いったい誰を恐喝するの？ それに、理由は？」

「相手は画商です、マダム。あなたを雇っていた男は、市内の複数の画商に数々の絵画を売ったのですが、それが一枚の例外もなく贋作だったのです」

彼女は腕を組んだ。「そうなの？」

「しかし、彼はそれで満足したでしょうか？」私は修辞的疑問形で訊ねた。「いいえ、とんでもない。贋作を売りつけたあと、彼は画商たちに再度接近して、この偽物取引を暴露されたくなければ、さらに一人当たり十万ドルよこせ、と脅した」

女は目をぱちくりさせた。「あいつが！」

「大仕事を企てても、欲で失敗することはままあります」私は言った。「ラウル・オブライエンは絵を描いて売るだけでは満足せず、恐喝という下卑た行為に走ったのです」

彼女は天井をにらんだ。「絵は贋作で、オブライエンが描いたというのですか？」

「恐喝を始めたとき、画商たちにそう告白しています」私は声に一滴の辛辣味が混じるのを許した。「しかし、マダム、こうしてあの男のために働き、彼の家に暮らしてこられたのですから、彼がなにやらけしからぬことをやっていると、お気づきにならなかったはずはない」

　彼女は考えているようだった。「その画商の一人が車で出ていって、あの卑劣漢を轢いたんじゃない？」

「いいえ、マダム。オブライエンが死んだ時間には、一人残らず鉄壁のアリバイがあります」

　彼女は肩をすくめた。「あるいは、あのろくでなしをあたしが殺したと思っていらっしゃるのかしら？」

「マダム」私は言った。「あなたは故人を〝あいつ〟、〝卑劣漢〟、〝ろくでなし〟と呼ばれた。つまりあなたにも彼を殺す動機があるように思われます。しかし、実行なさらなかったことを私は知っています」

「どうしてわかるの？」

　それはもちろん、オブライエンが死んだとき、彼女と私は一緒に『ロンドン塔の狼男』を見ていたからだ。彼女は暖かい居間で、私は骨の髄まで冷え切って。だが、それは口にしなかった。「まあ、そういったことに勘が働く、とだけ申しておきましょう」

　彼女は私を興味を持って眺めた。「あいつを殺したのが、商魂たくましい画商の一人でもあたしでもないとしたら、あと残るのはだれなの？　嘘も隠しもない、ただの轢き逃げ事故だったってこと？」

「現時点では、そのように思われます」

　彼女はかすかにほほえんだ。「で、あなたは私立探偵なのね？　稼ぎはいい？」

　私は肩をすくめた。「生活は成り立っています」

「あなたには品格がある」彼女は言った。「とても気に入ったわ」

　褒められて赤くなるべきところだが、いきむことはしたくなかった。

　彼女の目が私の目をひたと見つめた。「カーデュラ、オブライエンの後釜におさまる気はない？」

「マダム」ずばりと切り出され、ややびっくりした。

「どういうおつもりですか？　オブライエンはまだ埋葬されてもいないのに、あなたはもう後釜を物色しておられる。まあ、一ヵ月か二ヵ月、慎みのある時間をおいてから――」

彼女は続けた。「ラウルはあたしの表看板だっただけよ。ただのセールスマン。それ以上のなにものでもない。画商と交渉するときは、話をつけるのに男が必要なの。あの絵を描いたのはあたしなのよ」

開いた口がふさがらなかった。「あなたが！　あなたがあの贋作を描いたんですか？」

彼女はうなずいた。「もっとも、正確には贋作とはいえない。ほかの有名画家、誰だっていいけど、そのスタイルで描いたオリジナル。そういうことに才能があるの。うちのアトリエの床にキャンヴァスを一枚置くだけの場所があれば、一目で圧倒されるくらいのジャクソン・ポロックをすぐこしらえてあげるんだけど」

「つまり、あなたが――女なのに――」

「そうよ。悪い？　女が破廉恥な贋作者で、なにがおかしいの？　絵を描くのはあたし、売るのはオブライエン。でも、恐喝は彼が勝手に考えたことよ。ぜんぜん知らなかった。あんなやつ、地獄の釜でフライにされればいい」

彼女はにじり寄ってきた。「ね、あたしたち、いいチームになれるわ。もちろん、どこかほかの場所へ移らなきゃならないけど。ここでの商売は終わり。マイアミなんて、どう？」

「ルイーズ」私は言った。「私は道義心の堅い男です。そんなことはいっときたりと――」

「まったく安全よ。ばれたって、警察に通報する人なんかいない。みんな口をつぐんでそしらぬ顔よ、同じ穴のムジナですもの」

「そういう問題ではない――」

「儲かるわよ。すごく儲かる。二週間前、ラングリーにマティスを売ったの、知ってた？　値段は――」

　片手を上げた。「ラングリー？ラングリーって、誰です？」

「ジェファーソン・アヴェニューの画商」

　私は目をつむった。もちろんだ。今まで、マクウィグリー、アップルビー、ハンソン、ブリンクマンの四人が、オブライエンが恐喝しようとした画商のすべてだと思いこんでいた。しかし、マクウィグリーのグループとは特に関わりのない、ほかの被害者がいてもおかしくないではないか？

「何人の画商に絵を売ったんですか？」私は訊いた。

　彼女は少し考えた。「五人ね。マクウィグリー、アップルビー、ハンソン、ブリンクマン、ラングリー」

　私はにやりとした。「ところで、ラングリーが明るい色の新型のリンカーン・コンチネンタルを運転しているかどうか、もしやご存じではありませんか？」

「あら、そうよ。一度、オブライエンとあたしを展覧会へ乗せていってくれたことがあった」言葉を切り、目を少し見開いた。「ああ！　オブライエンは明るい色の新型のリンカーン・コンチネンタルに轢かれたって、新聞に書いてあったわよね？」

「そのとおり」私は言った。「ラングリーが犯人だ」電話に近づいた。

「待って」ルイーズは言った。「何をする気？」

「警察に電話します。ラングリーのガレージから、明るい色の新型のリンカーン・コンチネンタルが見つかるでしょう。フェンダーかボンネットか、あるいはその両方がひどく傷ついた状態でね。オブライエンの衣服からは必ずペンキのかけらが見つかったはずだし、それとリンカーン・コンチネンタルのペンキとを比較すれば、まちがいなく同じものであるとわかるだろう」

「ペンキが同じなのはいいけど」ルイーズは言った。

「それだけじゃ殺人罪で有罪にできるほどの証拠とは

いえないと思うわ。彼がもしなにか白状するとしても、せいぜい単純な轢き逃げでしょう。それで有罪が決まったら、どうなると思う？　彼はこのあたりの名士で、お金はあるし、過去に汚点はない。最悪でも、執行猶予一年、運転免許停止三十日くらいね」

　私は暗い気持ちで沈思黙考した。いまわしい殺人事件の謎を解決したというのに、犯人は運転免許を三十日停止される可能性があるだけとは。わざわざ通報する価値はあるだろうか？

　私はため息をついて、受話器を下ろした。

「ほらほら」ルイーズは言った。「そうがっかりしないで。正義がつねに勝利するってもんでもないのよ」彼女は私をカウチへ引っぱっていった。「さあ、すわって。さっきの提案について、もう少し話し合いましょ」

　私は絶対に買収されはしないし、心は動かないとわかっていた。しかし――思いこみを持たないことは大事だから――彼女が論理、説得、その他思いつくかぎりの手練手管を駆使して、私を悪事に引き入れようと誘惑する機会は与えてやるべきだ。

　深夜映画は『四本指の怪獣』で、私たちは合間合間にそれを観賞した。

帰ってきたブリジット

The Return of Bridget

高橋知子　訳

おれは彼女を殺した。それは確かだ。ただ、あのろくでもないエンドウ豆の缶を、彼女がおれに投げつけたのがいけなかったのだ。

おれは閉店間際のスーパーマーケットに入ると、カートを押して通路を進み、棚から商品を手当たりしだいにカートに放りこんだ。どれひとつとして持って帰るつもりはなかった。

九時になり、スーパーマーケットの入り口には鍵がかけられ、店内に残っていた二十人ほどの客も、ひとりまたひとりと商品を選び終え、レジに向かっていた。しかし、おれはまだ通路にいた。

十五分くらい経ったころ、店長用の赤いジャケットを着た、怖い顔つきの四十代の女が近づいてきた。

「お客さま」彼女は言った。「閉店時間になります」

おれは通路を一瞥した。最後の客たちはすでに店をあとにし、ガムをかんでいるレジ係の女がひとりだけ、まだ自分の持ち場から離れず、何やら言いたげにおれのほうをにらんでいた。どうやら、もうひとりのレジ係は、勤務時間を過ぎてまで仕事はしないということか、すでにいなくなっていた。

店の正面側へとカートを押していると、ショウウィンドウ越しに、駐車場にはもうおれの車しか駐まっていないのが見てとれた。

おれはカートを脇へ押しのけ、銃をとりだした。そして、赤いジャケットの女に向かって言った。「おとなしく店にある金を全部わたせ。夜のこの時間ならば、現金の大半は店の金庫の中だろう」

女ふたりは体を凍りつかせ、強盗に襲われているという事実を飲みこもうとしていた。

女店長の目が細くなり、おれは彼女が行動を起こそうとしているのを察した。

「マダム」おれは言った。「もしおれがあんたなら、何かしようなんて――」

警告は遅すぎた。

彼女は近くの棚にあった缶をつかみ、おれに向かって投げてきた。缶はスローモーションで空《くう》を飛んでいるように見えた。ラベルに、中身はエンドウ豆だと記載されていたのを、いまでもはっきりと憶えている。缶はおれの上腕にあたり、そのはずみで、銃の引き金にかかる指を引いてしまった。女店長は目に大いなる驚きを浮かべて床にくずおれ、完全に息絶えた。

レジ係は卒倒した。

おれはため息を洩らすと、リヴォルヴァーをポケットにおさめ、外に駐めてある車に向かった。車に乗りこんで座席に腰を落ちつけ、一分ほど経ってからイグニッションキーをまわした。

入り江にかかる橋へと、車を走らせた。橋は交通量が少なく、おれは車を停めた。エンジンをかけたまま欄干へ歩みより、銃をできるかぎり遠くへ放った。つけひげがあとにつづいた。

そして、車に戻り家路につくと、おれのアパートメントの建物の二ブロックほど手前で車を停めた。そこで車をおり、徒歩で建物に向かった。

四階にあるおれの部屋に入ると、コートと帽子、手袋を脱いだ。強い酒を飲んでもよかったが、水をグラスに一杯飲むだけにとどめた。

おれは腰をおろした。まあ、してしまったことは、してしまったことだ。

警察はどれほど優秀だろうか？　車は盗んだ車だから、ナンバープレートの番号を突きとめられたとしてもなんら問題はないが、誰かにあとをつけられていただろうか？

　遠くで、パトロールカーのサイレンが鳴っているのが聞こえた。その音を耳にして、おれは腹をくくったが、パトロールカーはアパートメントの前を走り過ぎて行った。

　殺人をおかしたことへの精神的な反応だろう、体の芯まで疲れていた。おれはパジャマに着替え、収納式ベッドを引きおろした。

　すんなりとは寝つけないだろうと思ったが、あっという間に眠りに落ちた。

　近くの教会の鐘が午前二時を打つ音で、目がさめた。おれは横になったまま目を閉じていたが、室内におれ以外の誰かがいる気配をはっきりと感じた。おれは目を開けた。

　ベッドの足もとに、赤いジャケットを着たあの女が、冷ややかなまでに青白い顔をして立っていた。銃痕と血痕が見えるのではないかと思ったが、それはなかった。

　ああ、悪い夢を見ているのだ。そうであっても不思議ではない。

　彼女の目が、おれの目をひたととらえた。「わたしはブリジット・オキーフ。あなたはゆうべ、わたしを殺しました」彼女はさらにおれを凝視した。「あなたはオリヴァー・ウィルスンね？」

「ああ、まあ」

「顎ひげはどうしたの？」

「あれはつけひげだ」

　彼女は納得した。「オリヴァー・ウィルスン」彼女はもう一度言った。「あなたはわたしを殺しました」

「あれは事故だった、ほんとうだ。あんたの店に入ったとき、人を撃つつもりなんてなかった」

「だったらどうして、弾をこめた銃を持っていたの？」

「気持ちの問題だ。銃に弾が入っていなかったら、強盗をはたらくときに、おどおどとしてしまうかもしれないだろう」

「わたしは死んだのに、あなたは生きていて、罪にも問われずそこに寝そべっているという事実は変わらない。警察に出頭して、罪を告白してきなさい」

おれは抗弁した。「この歳では、きっと刑務所暮らしに慣れるのに難儀する」

彼女はこわばった笑みを浮かべた。「だったら、あなたが自首するまでとりついてやる。あなたがどこに行こうと、ずっとくっついてるわ。たとえ、地球の果てまで逃げたとしてもね」

「マダム」おれは言った。「おれはものすごく疲れていて、休息が必要なんだ。これからもっと深い眠りにつくから、あんたは消えてくれ」

おれは目を閉じた。しばらくして、薄目をあけて様子をうかがった。彼女はまだそこにいた。思案にふけっているようだが、迷っているようでもあった。

おれは五分待ってから、また様子をうかがった。こんどは、彼女はいなかった。

翌朝、十時近くまで熟睡した。

目を開けると、ブリジット・オキーフがベッドの足もとのカウチに坐り、おれが足載せ台に置いておいた図書館の本の表紙を一心に見つめていた。おれはいささか動揺した。夢を見ているわけでは絶対になかった。幻覚なのか？

おれはしばらく彼女を観察してから、言った。「いったいどうして、その本の表紙を見つめてるんだ？」

「表紙を見つめてるんじゃないわ」彼女は顔をあげずに言った。「本を読んでるの。いま、百十二ページよ。わたしはこの世の人間じゃないから本を開けないし、ページを繰ることもできないけれど、どのページでも好きなページを透視できるの。裏表紙だってね」

おれはため息を洩らした。「おれにとりつくために、戻ってきたんだろう？」

「それよりも、この章を最後まで読ませてちょうだい」

おれはバスルームに行き、ドアを閉めた。彼女はついてこなかった。シャワーをあびると部屋に戻り、収納式ベッドを壁におさめた。

ブリジットは章を読みおえ、室内を見まわした。

「どうやら、あなたはたいして腕のいい強盗じゃなさそうね。でなければ、どうしてこんなエレヴェーターもないみすぼらしいアパートメントに住んでるの？」

彼女の目は、部屋の向こうの何かを見すえているようだった。「外食ばかりしているようね。シンクに汚れた皿が一枚もないもの」

これが夢であれ幻覚であれ、なんとかしてこの現象をとめなければならないとおれは思った。「マダム、もしおれがあんたを、あんたと婚姻関係にあるダンナから奪ったのなら、心からすまなく思う。もし子どもを母親であるあんたから引き離したのなら、言葉もない。だがそれでも、自分から警察に出頭する気はさらさらない」

「身内は、クリーヴランドにいる姪のアニーだけよ」彼女は言った。「ねえ、これから朝食を食べに出かけるんでしょう？」

おれはそれについて考えた。「朝食をとるには遅すぎる。朝食はなしだ」

「だめよ。一日は、ちゃんとした朝食から始まるんだから」

おれはアパートメント内にある図書館の本をすべて集めだした。全部で六冊、それもミステリばかりだ。おれはトップコートと帽子と手袋を身につけた。

「どこに行くの？」彼女は訊いた。

「図書館に本を返しにいく」

彼女はおれが小脇にかかえている本を、べつの世界の見方で眺めた。「紙切れを栞がわりに使っているみたいね」

　おれは肩をすくめた。「まあね」

「栞からすると、まだ三冊しか読んでいないじゃない。なのにどうして図書館に返すの？」

「返却期限を過ぎてる」

「まだよ。わたしにはちゃんとわかるの、どれも十六日までよ。きょうは十四日」

「マダム、おれは期限ぎりぎりに返却するのを、よしとしない。それに、どの本もはなはだつまらないし、どんな本でも読みはじめたら最後まで読まなくちゃならないといった強迫観念は持ちあわせていない」おれは玄関に通じるドアを開けた。

「一緒に行くわ」ブリジットは言った。

「外は寒い」おれは彼女に言った。「薄っぺらなジャケット一枚で出られる天気じゃない」

「天気については、もう心配する必要はないの」彼女は反論した。「それに、あなた以外の人に、わたしは見えも聞こえもしないから、一緒にいたって、あなたが困ることはないわ」

　近所の図書館への道すがら、ブリジットは罪――とりわけ殺人――へのあがないについて説きはじめた。

　図書館で本を返却し、帰ろうとすると、ブリジットは訊いた。「本を借りないの？　特設コーナーの本棚ふたつに、探偵小説の新作がずらりと並んでるわ」

「マダム」おれは言った。「一冊でも本が読める心の平穏と静けさを、あんたが与えてくれるとはとても思えないね」

　デスクについている司書が驚きの表情を浮かべて、顔をあげた。彼女から見れば、おれは大きな声でひとり言を言っているだけにすぎないということに気づいた。

　おれはブリジットをかたわらにしたがえて、そそくさと図書館から出た。「わたしは罪に対する償いのことを言っているの」彼女は言った。

おれは嘆息した。「そんな必要があるのか？」

彼女はうなずいた。「わたしはもう生身の人間じゃないから、人を絞め殺すことはできないし、階段や崖から突き落とすこともできない。わたしに残されたただひとつの真の武器は――声よ。だから、それを使うつもり」

「そういうのを、とりつくとは言わない、小言をぶつぶつ言って、いやがらせをしているだけだ。あんたの声でおれが正気を失うか、警察に駆けこむかするまで、延々としゃべりつづける気だろう？」

「ふつうに考えれば、そうね」

その日は比較的天気がよく、陰気なアパートメントに戻るという考えにも惹かれなかったので、おれは長めに散歩をすることにした。道を曲がって、市立公園のほうへ向かうあいだ、ブリジット・オキーフはおれの横で、良心やみずからの行動に対する責任について、とうとうと語っていた。

午前中から午後早い時間にかけての話の中で、彼女が四十五歳で、ひとりっ子がゆえに、年老いた両親の面倒をみなければならなかったことを知った。父親は七年まえに他界し、母親もそのあとを追うように死んだ。ブリジットは十八歳のときからずっと、スーパーマーケットのチェーン店で働き、うち二十年はレジ係をしていた。退屈ではあったが、当時、女に昇進の機会はなかった。しかし、七年まえに店長補佐になり、つい先ごろ、夜番の店長に昇格した。週に六日、午後五時から九時までが彼女の担当だった。

会社から赤いジャケットが支給されたが、男性用に仕立てられていたため、自分で縫いなおさなければならなかった。が、縫い物は好きなので、さほど苦にはならなかった。店長になってまだ四カ月しか経っておらず、それでエンドウ豆の缶を投げつけたという。一オンスでも店を守る息のあるうちに、おめおめと強盗にやられたなどという汚名を残したくなかったのだ。二時をまわったころ、アパートメントに戻った。おれは古い新聞を手にとり、これみよがしに読みはじめた。

それでブリジットの口を封じることはできなかった。彼女はしゃべりつづけた。

おれは新聞から目をあげた。「もしも」おれは言った。「単にもしもの話だが、おれが実際に警察に出頭して、ゆうべ、あんたを殺したと自供したらどうなる？　それでどうなると思う？」

「警察は、あなたを逮捕するでしょうね」

「だけど、彼らはおれがあんたを殺した証拠を得られない」

「どんな証拠がいるっていうの？　あなたは素直に自供して、そうしたらそれが証拠になるでしょう」

おれは首を振った。「必ずしも、そうなるとはかぎらない。ここくらいの規模の街で殺人事件が起きれば、各人各様の病的な理由から、単に罪を犯したと告白したくてたまらないやつが次から次へと現われ、警察は頭をかかえるのが常だ。すでに六人がおれの犯した罪をわが事のように、しかもおそらくおれよりももっともらしく告白していたとしても、ちっとも驚かないね」

彼女は思案した。「ああ、エリーならあなたを特定できるわ。レジにいたから」

「おれは顎ひげをつけていた」

「銃を警察に持っていったらどう？　そうしたら銃弾を比較できるし、自供の裏づけになる」

「あいにく、銃は入り江に投げ捨てた。いまごろは、六十フィートほど下の泥のなかだ。銃を回収できるかどうか、はなはだ疑わしい」

「だったら、指紋よ。あなたが押していたショッピング・カートのいたるところに、べたべたついているはずだから、犯行現場にいたことを立証できる」

「手袋をはめていた」

　五分ほどの沈黙があった。

「そうだわ」ようやく、彼女は口を開いた。「あなたを嘘発見器にかければいいのよ」

「この州では、嘘発見器の結果は証拠として採用されない」

「とにかく、そこにぼーっと坐って、あっさりと諦めちゃだめ。自分を刑務所に入れる方法を何かを考えなくちゃ」

「マダム」おれは言った。「いまは、昼寝をすること以外に何もする気はない」おれはカウチに寝そべり、新聞紙で顔を覆った。

「馬鹿なことを言わないで」彼女はぴしゃりと言った。「あなたは今朝、十時まで寝ていたのよ。昼寝なんて、できるわけないでしょ」

　彼女は言葉での復讐を再開させ、障害物を越える粘り強さをテーマに弁舌をふるいだした。しかし話題はいつしか、昨年のイエローストーン国立公園への旅の話に移り、その証拠に、自分のアパートメントにスライドがあると言いだした。

　実のところ、彼女の声はどことなく耳に心地よかった。ふと気がつくと、おれは舟をこぎだし、やがて新聞紙をかぶったまま眠りこんでしまった。

　どのくらい寝ていたかはわからないが、目がさめると声が聞こえた。

「ヴォルテールは、ウィリアム王が難境と戦争時以外に、冴えを見せたことは一度もなかったと言っていた。ワシントン将軍にも同じことが言えそうね、そういった人物像にぴたりとあてはまるわ」

　おれは新聞紙を顔から払った。

　ブリジットは遠くを見るような目で、安楽椅子に坐っていた。「生まれながらにして精神的な強靭さを持つ者の心は、些末なことでは開けることができないが、開かれたときは不屈の精神が現われ……」

「ブリジット」おれは言った。「いったいなんの話をしてるんだ？」

彼女は微笑んだ、「議事の進行を妨害しているの」

「議事の進行を妨害？」

「ええ。議会で、提出された議案を通過させたくないと思ったら、異を唱える上院議員は立ちあがって演説をはじめるの。できるかぎりその議案について話すのだけど、どんな主題であれ、言えることには限界があるでしょう。でも、その議員は発言権を手放したくないから、何かしらを声に出して読みだす——自分の地元の新聞とか、政府の公報とか、『風と共に去りぬ』とか。実際、それがなんであってもかまわないし、それを何日もつづけるの」

「つまり、あんたが議事の進行を妨害しているのは、自分の言葉が尽きたからってことか？」

「『トマス・ペイン著作集』からよ。いま読んでいるのは、「アメリカの危機」という小冊子よ」

「その本は所持していた記憶も、借りた記憶もないな」

「隣り部屋にあるわ。ドレッサーの隅にかませて、支えに使ってる」

おれは彼女が「アメリカの危機」を読みおえて、『人間の権利』を手にとるまで、カウチに寝ころんでいた。

八時になって、おれは体を起こした。「なあ、ブリジット、おれはもう寝る」

彼女は読むのをやめた。「こんな早くに？」

おれはバスルームへ行き、パジャマに着替えた。そして部屋に戻り、収納式ベッドをおろした。「長い一日だったし、ほんとうにくたくただ。一瞬にして眠れそうだ」

彼女はそれについて考えた。「まあ、あなたの言うとおりでしょうね。わたしもちょっと喉がかれてきたわ」

　おれはベッドにはいり、目を閉じた。五分後、目を開けてみた。ブリジットは消えていた。おれは彼女が様子を見に戻ってくるかもしれないと思い、さらに十五分待ってからベッドをおりると、パジャマを脱いでトップコートと帽子を身につけ、アパートメントを出た。

　徒歩だと時間がかかったが、ようやく入り江にかかる橋の中央にたどり着いた。ポケットに手を入れ、最後の一セント硬貨三枚をとりだした。ともあれ、いまどき三セントで何が買える？　おれは硬貨を、欄干越しに投げた。

　帽子を脱いだ。いったいどうして帽子なんてかぶってるんだ？　吹き飛ばされるだけなのに。帽子を欄干の隙間に差しいれた。おそらく、どこかの誰かが持っていくだろう。おれはトップコートを脱ぐと丁寧にたたみ、帽子のそばの歩道の上に置いた。

　おれは眼下の闇を覗いた。昔から、高いところは少々苦手だった。おれは目をつぶり、覚悟を決めた。

「オリヴァー」ブリジットの鋭い声が響いた。「その小汚い帽子をかぶりなさい。それに、トップコートも」

　九時二十分ほど前にスーパーマーケットに入ると、ブリジットはおれを隠れていられる場所に案内した。おれはそこに身を潜めていたが、九時半になると、ブリジットが店はもう閉まって、従業員は全員帰宅したと教えてくれた。

　おれは彼女のあとについて、店長の小さなオフィスにある金庫に近づいた。

「あなたにとりつく前に、ちゃんと調べておくべきだったわ」彼女は言った。「あなたって、昔はそこそこ金持ちだったのに、財務顧問が、あなたの全財産を持ってコスタリカに逃げたなんて知らなかった。どうして普通の人みたいに、仕事につかなかったの？」

「五十三歳でか？　正直言って、おれは雇用に向かない、ブリジット。売りになる技術も何ひとつない」

「それに施しを受けるのはプライドが許さないから、盗みに入ることにしたのね」

「あれが初めての強盗だった」おれは言った。金庫の暗唱番号は、すでにブリジットから聞いていたので、すぐに開けにかかった。「見張りをしてくれるんだろうな」

「ええ」ブリジットは言った。「いちばん近くにいるパトロールカーは、三ブロック半ほど先よ。いまは警察官の片方が居眠りをして、もうひとりは制酸剤をかんでるわ」

　おれは金庫から札束を何束かとりだした。

「帰る前に、食料品をバッグに詰めるといいわ」彼女はそう勧めた。「食品戸棚が空っぽだった。丸一日、何も食べなかったけど、ほんとうはお腹を空かせてるんだって気づけばよかった。それに、あの図書館の本、まだ読んでいないのを返却するのは、何事もきちんとしておきたいからよね」

　おれは現金と食料品のはいった重たい茶色い紙袋をかかえて、店を出た。

「わたしのアパートメントに引っ越すといいわ」ブリジットは言った。「陽当たりがよくて、居心地のいい部屋よ。譲渡手続きを終えて、あなたが正式に入居できるまでどのくらいかかるかわからないけど、とりあえず管理人に言って、見せてもらうといいわ。そうしたら、合い鍵を隠してある場所を教えるから、それをこっそり持っていてちょうだい」

「どうしておれが合い鍵を持ってなくちゃならない？」

「だって、終の棲家として引っ越すまで、二、三日おきに植木に水をやりに行かなくてはならないからよ。

それと、冷蔵庫に入っているものは食べてね。あまり長く入れっぱなしにしていると、腐ってしまうから。わたしの所有物はすべて、姪のアニーに譲ることになっていて、それは変えられないけれど、ちょっといい額を示せば、家具の処分の話に飛びつくはずよ。それから、クロゼットのなかに、ポインセチアが三鉢入ってる。クリスマスに花を咲かせるには、休眠状態にしておく期間が必要なんだけど、あと三十二日したら、クロゼットから陽当たりのいい場所に移して、水をたっぷりあげてちょうだい。それから、ゴムの木の葉に埃がたまるから、濡れた布で……」

「ブリジット」おれは言った。「ほんの少しのあいだ——せめて、食事を終えるまで——黙っていてくれないか？」

二秒の沈黙があった。「わかったわ、あなた」

わかったわ、あなた？

おれは肩をすくめた。まあ、気にすることはない。

実際のところ、ブリジットがそばにいて思い出させてくれなければ、ポインセチアの水やりのことは完全に忘れてしまうだろう。

夜の監視

Stakeout

高橋知子 訳

その夜、八時半に電話が鳴った。

私は新聞をおろした。「保安官からだったら、いないと言ってくれ。いそうな場所もわからないと」

妻のノーマは細い緑色の目を私に向けた。「そんな嘘をつけと言うの？　あなたは家にいるのに」彼女は受話器をとり、耳を傾け、微笑んだ。「ええ、います」

私はため息をついて、受話器を受けとった。「もしもし？」

「今夜、仕事だ」ホリスター保安官が素っ気なく言った。「さっき、州刑務所から囚人がまた脱走したという連絡が入った」

うんざりする思いだった。どうやらわが州の刑務所は抜け穴だらけのようだ。ここ半年で五回目の脱獄騒ぎだった。

ホリスターは先をつづけた。「バック・オブライエンという名前の囚人だ。危険人物で、武装している——殺人犯だ」

「保安官」私は言った。「この件の手続きのことをずっと考えていた。電話で保安官代理を命じるのは法に準じているとは思えない」

「なあ、フランクリン」彼は声を和らげた。「おまえがこっちにバッジをとりに来たときに、直接命じたほうがいいなら、そうしよう」

「どうしていつも、おれなんだ？　この町には、ほかに誰かいないのか？」

「フランクリン、おまえもわかってるだろうが、ここはベッドタウンだ。みんな、都市部で働いていて、午前六時半には家を出る。おれが医師や弁護士や、そういった重要な職の人たちに代理を命じて、遅い時間に呼びつけ、働かせると本気で思ってるのか？　馬鹿なことを。おれが信頼するのは、根っからの町民だ。ここで生まれ育ち、ここで仕事に就いている者。おれの信頼に足る者。この地の裏道に通じている者だ」

　私が電話を切ると、妻が黒い弁当用バッグを差しだした。中に入っているのは、コーヒー入りの魔法瓶、レバーソーセージのサンドイッチふた切れ、りんご一個、それにおそらくトゥインキー一個だ。

　私は弁当用バッグと一二口径のショットガンを車に積むと、三ブロック先の一番通りとメイン通りとの角にある保安官事務所に向かった。残る三つの角はそれぞれ、銀行とオリヴァーのガソリンスタンドと郵便局が占めている。私は郵便局長で、町でただひとりの連邦政府職員だ。

　予想どおり、保安官事務所には、ぶかぶかの上着に保安官代理のバッジをほんの少しゆがんでつけているオリヴァーもいた。それにもちろん、金物店を営んでいるヴァーノン・マーフィも。

　ホリスター保安官もふくめわれわれ四人は、まだ町に小学校があったころの同級生だ。のちに、われわれはそろって、メイプル・リヴァーにある統合高校にバス通学をした。ホリスターとヴァーノンはフットボール・チームに入ったが、オリヴァーと私は入らなかった。

　ホリスターは、いまのような状況ではいつもそうだが、生気がみなぎっていた。彼は写真を数枚とりだした。「バック・オブライエンは五フィート十インチ、三十二歳、中肉中背で黒い髪をしている。脱獄したのはきょうの午後。よって、まだこのあたりにいる可能性は充分考えられる。州警察が主要道路と二級道路をすべて封鎖した。こちらでできる道路は任せるとのことだ。フランクリン、おまえとオリヴァーはタマラック通りに行って、沼地のすぐ先で道路を封鎖してくれ。ヴァーノンとおれはハリソン・リッジ通りへ行く」

オリヴァーは私と同様、見るからに不満げだった。「いまどきタマラック通りをつかうやつなんていない」

ホリスターは思わず同意しかけた。「だが、何ひとつ抜かりがあってはならない、オリヴァー」

オリヴァーはなおも抗弁した。「どうしていつもタマラック通りに行かせる？　この時期、あそこには蚊がうようよいる。この前みたいにひどければ無茶をせず、任務を放りだしてさっさと家に帰るぞ」

ホリスターは機嫌をとるように微笑んだ。「そうか、わかった、おまえを行かせるのはやめる、オリヴァー」彼はしばし思案をめぐらした。「こうしよう、おまえとフランクリンはハリソン・リッジを受け持て。ヴァーノンとおれがタマラック通りを引き受ける」

オリヴァーを私の車に乗せ、ハリソン・リッジ通りへ向かった。マンソンの丘の頂上で道路脇へ寄り、木の下に車を停めた。満月の輝く穏やかな夜で、通りは半マイル先まで見通せた。この辺鄙な一帯は矮性マツが立ち並び、不毛の砂地が広がっている。最寄りの農場までは一マイル以上あった。

オリヴァーがあくびをした。「もう夜の九時なのに車を木の下に停めるのか？　月明かりで色が褪せるとでも？」

「まあ、単に習慣だ。普通、木があればその下に停める。昼でも夜でもな」

私はカーラジオをつけ、悪趣味な音楽の中でもまだましなカントリー・ミュージックを流している局を探した。音量はさげておいた。

オリヴァーがなげやりな口調で言った。「またいつもと同じだ。ここに坐っているだけで、誰も来やしない。体ががちがちになって、肌寒くて、胃には胃酸がたまって、明日はへろへろになって仕事をする」

「いずれおれたちの運も変わるさ」

　われわれはしばらく黙っていたが、ややあってオリヴァーが言った。「いや、とりたてて運が変わってほしいとは思っていない。ただ、実際にオブライエンに出くわしたら、と思っただけだ。もしそうなったらどうする？」

「拘束する」

「だけど、向こうが拘束されたがらなかったら？　オブライエンは危険な男だ――殺人犯で武器を持っている。やつが観念しなかったらどうするんだ？」

　私はその状況を想像し、これまでたいした問題もなく張り込みを終えるたびに、ほっとしていたことを思い出した。「そうなったら、そのとき考えればいい、オリヴァー」

　いつものように、時間はゆっくりと過ぎた。われわれはサンドイッチを食べた。腹が減っていたわけではなく、そうすべきだったから食べたまでだ。弁当用バッグにトゥインキーは入っていなかった。

　午前一時ごろ、オリヴァーが居眠りをしていたとき、月明かりに照らされた通りの先で何か動くものが見えた。私はオリヴァーを肘でつついた。

　彼は目をしばたたかせた。「なんだ？」

「通りの先。誰かがこっちに向かってくる。歩いて」

　オリヴァーは目を凝らし、人影を認めた。「ああ、誰かいる。いったい誰だ？　鹿の密猟でもしてるんじゃないか」彼は近づいてくる人影を見つめていた。

「おれたちに密猟人を逮捕する権限があるのか？　それともオブライエン追跡のための臨時捜索隊なのか？」

「相手は懐中電灯をつかっていない」私は言った。「もし持っていたとしても」

黒い人影がわれわれから百ヤード離れたあたりまで近づくのを待って、私は言った。「さあ、車からおりて仕事をしよう。あいつが誰か確かめるんだ」口が乾いていた。「おまえの言うとおり、たぶん密猟をしてるだけだろう」

オリヴァーは車の片側から、私は反対側からおりると、ショットガンを手に木の陰から通りの真ん中に踏みだした。

前方の人影はわれわれに気づき、足をとめた。種類はわからないが、銃身の長い銃を携えているのが見てとれた。

銃がさっと肩口まであがったかと思うと、一発、二発と閃光が走った。発砲音と弾丸が空《くう》を切る音が聞こえた。

オリヴァーと私はとっさに反応し、そろって発砲した。

男はうめき声をあげながら路肩のほうへよろめき、倒れた。

オリヴァーも私も衝撃で十五秒ほど口がきけなかった。ややあって、ゆっくりと前へ進みでた。倒れた男のそばまで行くと、私は懐中電灯をつけた。

男は片方の手にライフルを握ったまま死んでいた。中肉中背で、歳は三十代、黒い髪をしていた。

オリヴァーが咳払いをした。「オブライエンだ」

われわれは死体をさらに仔細にあらためた。男は綾織りの作業着らしき服を着ており、左の胸ポケットに数字が刷りこまれていた。男のかたわらに、ひさしの長い無地のキャップが落ちていた。

「こいつをどうする?」オリヴァーが訊いた。「死体を町へ運ぶのか?」

「何にも触るな、オリヴァー」私は答えた。「保安官を呼んでくるから、おまえはここに残って死体を見張ってくれ」

「ひとりでここに残るなんてごめんだ」オリヴァーは

きっぱりと言った。

代わりに私が残る気もなかった。互いに思いは同じだった。「死体はどこにも行かない。それに、死体を盗むやつもいない。死体をこのまま置いておいて、ふたりで保安官を探しにいくってのはどうだ？ 死体があるのは路肩だし、通りかかった車に轢かれる心配もない」

オリヴァーは即座に同意し、われわれは車に戻った。ここから町を抜けて、タマラック通りまで行けばいい。一番通りとメイン通りとの角まで来たとき、オリヴァーが私の腕を押さえた。「停まれ。保安官の車が事務所の裏にあった。こっちに戻ってきているみたいだ」

われわれは車を停め、事務所の入り口へ近づいた。鍵がかかっていた。常夜灯はついていたが、事務所に人のいる気配はなかった。

「誰もいない」オリヴァーは言った。「ホリスターが歩いて家に帰ることはない。いつもパトロールカーだ」

どうするか、われわれはしばし考えた。私は言った。「ここに突っ立って、待っていても埒が明かない。保安官がどこにいて、いつ戻ってくるかはわからない。どこかで電話を探して、州警察に連絡を入れよう」

オリヴァーの家は、彼が経営するガソリンスタンドの裏にあった。われわれは車に轢かれる恐れもない通りを渡った。つぎにここを通るのは、午前四時半に町をめぐるウォリー・シュローダーの牛乳配達の車だろう。

われわれはオリヴァーの家の私道を進んだ。

彼は怪訝な顔をした。「カーテンのかかっている寝室の窓に明かりがついてる。どうしてエリザベスが起きてるんだ？ 具合が悪いんじゃなければいいが」

一階の窓のそばを通り過ぎようとしたとき、オリヴァーがぴたりと足をとめた。私も立ちどまり、カーテンが完全に合わさっていない隙間から洩れる光を透かして中を覗いた。

そこに保安官がいた。それにオリヴァーの妻、エリザベスも。ふたりとも元気いっぱいで潑剌とし、盛りあがっていた。このうえもなく。

オリヴァーは口を開け、愕然と立ちすくんでいた。私は彼の腕をつかみ、その場からそっと引きはがすと、車に戻って中に乗りこんだ。私はそこに坐り、これからどうすべきか思案した。

こういった状況にどう対処すればいい？ 中に飛びこんで、ふたりと対決するか？ オリヴァーは茫然と言葉を失ったままだ。行動を起こすべきだとしても動けそうにない。

私はため息を洩らした。哀れなオリヴァー。こんなことがわが身に起きたらどうする？ もしノーマが……

……。

心の中に、ふたつのことが浮かんだ。どうしてノーマはあれほど早く弁当用バッグを用意できたのか、しかも淹れたての熱いコーヒーまで？ 彼女は私が電話を切るなり、バッグを差しだした。

そしてつぎに、ヴァーノン・マーフィはいったいどこにいるのかということだ。ひとりでタマラック通りの封鎖にあたっているのか？

私は車のエンジンをかけ、自宅に向かった。百ヤード手前で車を停めると、坐ったまま体を凍らせているオリヴァーを残し、家へと歩いた。

窓はどれも暗かった。ひとつ残らず。ノーマは眠っているにちがいない。

私は玄関のドアの把手をまわした。鍵はかかっていなかった。常日ごろノーマは、家にひとりでいるときは必ず鍵をかけている。

私は静かに家に入り、暗闇の中、足音を忍ばせて寝室のある二階へと階段をあがった。寝室のドアの下から洩れる明かりはなかった。私は安堵した——そして疑ったことへの罪悪感に襲われた——その場を離れて引き返そうとしたとき、複数の人間の声がした。

私はドアのほうへ上体を傾け、耳を澄ました。

ヴァーノンの声がするだろう。そして絶対に妻の声も。実際そうだった。

私は体を起こした。言うまでもなく、猛烈に腹が立ったが、同時に無力感もおぼえた。再度、自問した。こういった状況にどう対処すればいい？ 中に飛びこんで、ふたりと対決する？ そんなことをして、そのあとどうなる？ 殴りあいか？ いい結果に終わるとはこれっぽっちも思えなかった。ヴァーノンは私より、少なくとも目方が三十ポンド多い。

だから、寝室に乱入するのを思いとどまったのではない。困惑したからだ。不誠実な妻を持ったことへの困惑、彼女の不貞を世間に知られることへの困惑、そして最後のとどめのように、はたと気づいた……。

血がのぼった。ここ半年、オリヴァーと私は少なくとも十二回、道路の封鎖に借りだされた。取り押さえるよう命じられた脱獄犯をはじめとするさまざまな犯罪者は、実際に存在したのか？

オブライエンが存在したのは確かだが、ほかの者たちは？ ここにきて私はあることに思いあたった。これまでホリスターに犯人の写真を見せられたことはない。風体についても曖昧なことしか聞かされなかった。ゆいいつの例外はオブライエンだ。

そう、オリヴァーと私が馬鹿正直に、人っ子ひとりいない通りで蚊に食われながら長い夜を過ごしているあいだ、保安官とヴァーノン・マーフィはいつも……。

私は唖然として車に引き返した。オリヴァーはまだ助手席に張りついていた。おそらく私が車を離れたことにも気づいていなかっただろう。

これからどうする？ われ知らず、私は車をハリソン・リッジ通りに向けて走らせていた。オブライエンを仕留めた場所まで戻ると、最前と同じ木の下に車を停めた。オリヴァーと私はそれぞれの思いにさいなまれながら、暗闇を見つめた。

夜はなかなか明けなかったが、夜明けが訪れると同時に保安官のパトロールカーも現われた。

ホリスターがハンドルを握り、ヴァーノンが助手席に坐っていた。ふたりともいささか疲れた表情をしていたが、幸せそうでもあった。

「おい、フランクリン」ホリスターは言った。「今夜はここまでにしよう。どうやらまた空振りだったようだな」

「いや」私は言った。「空振りじゃない。今回はちがう」私はオブライエンの死体が転がっている雑草だらけの路肩を指さした。

ホリスターがそっちを見た。彼とヴァーノンは車からおりて、様子を探りはじめた。私はあとを追い、そのうしろに、わずかながら正気づいたらしいオリヴァーがつづいた。

ホリスターはブーツの先で死体をつついた。「こりゃまた、たまげたな。おまえたちふたりがここで張っていたのは無駄じゃなかったということか」彼はヴァーノンにそっと目くばせをし、くすりと秘密めいた笑みをかわした。

オリヴァーの顔に赤味が射した。彼は完全に気をとりなおしたらしく、足を前に踏みだした。

彼はオブライエンの動かなくなった手からライフルをもぎとると、銃口を保安官に向け、引き金を引いた。

ホリスターは驚きの表情を浮かべて地面に倒れ、息絶えた。

「おい、なんてことを、オリヴァー」私は言ったが、筋書きはすでにできあがっていた。気づくと、私は彼の手からライフルを奪い、弾を薬室に送りこんでいた。

そしてヴァーノン・マーフィに狙いを定め、発砲した。

彼は保安官の脇に倒れた。彼もまた完全にこと切れていた。

　オリヴァーは訳がわからないといった顔をしていた。

「どうしてヴァーノンを撃ったんだ?」

「すべきことをしたまでだ」

「なんだって?」そう言った瞬間、オリヴァーは気づいた。「おまえのほうもか?」

　私はオブライエンのライフルについたわれわれの指紋をハンカチできれいにぬぐうと、ライフルをオブライエンの手に戻し、彼の指紋をたっぷりとつけた。

「つまりこういうことだ、オリヴァー。ホリスターとヴァーノンはおれたちと交代するためにやって来た。そのときオブライエンが通りに飛びだしてきた。銃撃戦が起きた。保安官とヴァーノンはオブライエンに殺され、おれたちが応戦して、この脱獄犯に弾を食らわせた」

　オリヴァーは満足そうに死体を見おろした。「ああ、そういうことだ」彼は思案顔になった。「だけど、まだ何か足りない気がする。女房たちだ。これから家に帰って……?」

「いや、すぐにはだめだ、オリヴァー。それでは一日に起きる事件が多すぎる。半年ほど待ってから、どちらか一方を片づける。その半年後に、残りのひとりだ。罪に問われたくはないだろう。だったら頭をつかわなくてはな。それに、おまえはおれの、おれはおまえのアリバイを証言する。必要になったときのために」

　オリヴァーは満面に笑みを浮かべた。「どっちを先にする?」

　われわれはコインを投げた。

　ノーマだ。クリスマスのころがいいだろう。

　われわれは車に乗りこみ、州警察へ通報するために電話を探しに向かった。

Part IV

1980年代

八〇年代に雑誌に発表されたジャック・リッチーの作品数は三十八篇。亡くなったのは一九八三年八月二十三日だったので、生前に刊行された最後の作品が本書収録の「リヒテンシュタインのゴルフ神童」だったことになる。この作品が掲載された《ボーイズ・ライフ》には六〇年代から八〇年代にかけてぜんぶで十二篇が載ったが、そのうちの五篇が〝リヒテンシュタイン〟物だった。語り手の高校生〝ぼく〟（初登場は六三年十一月号）は最後まで高校生のままなので、必ずしも同一人物とは言えないが、最初のシリーズ・キャラクターだと呼ぶことはできるかもしれない（〝ぼく〟がリヒテンシュタインに留学する話もある）。

　七〇年代に引き続き主戦場となる《ＥＱＭＭ》では八〇年代に十九作を寄稿。八一年一月二十八日号掲載の「エミリーがいない」でＭＷＡ賞（エドガー賞）短篇賞を受賞した。

見た目に騙されるな

More Than Meets the Eye

高橋知子　訳

リヴィングルームでは鑑識班がまだ作業をつづけていたので、私はもう一度アパートメント内を見てまわった。ベッドルームでは、化粧台の上に置かれた空っぽの宝石箱と、中身を盗まれたバッグを再度あらためた。

強盗殺人犯は、〈ザンダー住宅設備機器会社〉からリンダ・バウムガートナーへ振りだされた未換金の給料支払小切手三枚には手をつけていなかった。

私はキッチンに移り、冷蔵庫を覗いた。戸棚の中を調べていると、ラルフが現われた。

「ヘンリー、遺体は運びだされた。リヴィングルームに来ても、もう大丈夫だ」

私は冷ややかな目で彼を見た。「ラルフ、遺体ならこれまでに何度も見たことがある。視覚上の職務を怠ったことは一度もない。ただ楽しいと思っていないだけだ」

被害者はリンダ・バウムガートナー、二十四歳。死因は、スーザン・B・アンソニーが描かれた一ドル硬貨の詰まった陶製の豚の貯金箱で頭を殴られたことらしい。貯金箱は割れ、リヴィングルームじゅうに硬貨が散乱していた。

ミス・バウムガートナーは白いブラウスに黒のスラックスをまとい、ミュールを履いていた。遺体のそばに、開栓して間もない洗濯洗剤のプラスティックのボトルと、パイレックスの計量カップが転がっていた。

「なあ、ヘンリー」ラルフは言った。「この事件をどう思う?」

「ラルフ、犯行を再現してみよう。言ってみれば、ピザからピザへだ。時刻は八時半ごろ。ミス・バウムガートナーは死ぬほど腹が減っていた。〈ハーマンズ・ピザ・パレス〉に電話をかけ、ピザを一枚注文した。

ピザがすぐに届くことはまずないとわかっていた彼女は、待っているあいだに、地下の洗濯室に洗濯物を持っていこうと考えた。洗濯物を入れたかごと洗濯洗剤と計量カップを抱えてエレヴェーターに乗った。

彼女が部屋をあけているあいだに、われらが侵入者がやって来た。おそらく犯人のやり口はこうだ。まず入り口の呼び鈴を鳴らす。応じる者がいれば、部屋をまちがったとかなんとか断りを言う。が、返事がなければ、部屋には誰もいないと判断する。そして万能鍵の束を登場させ、中に侵入する。もしそいつが、タイプライターやテレビ、フード・プロセッサーみたいなでかくて重たいものではなく、ポケットにひょいと入れられるもの——たとえば現金とか宝石——を狙う強盗で、要領のわかっているやつなら、ほんの数分ですべての部屋を物色できる。

そのころ、ミス・バウムガートナーは地下で洗濯物を洗濯機に放りこみ、洗剤を計量カップですくって入れ、必要な枚数の硬貨を投入し、洗濯機をまわしていた。そして古ぼけた壊れかけのプラスティックの洗濯かごをそこに置いたまま、洗剤のボトルと計量カップを持って四階の自分の部屋へ戻った」

「おい、ヘンリー。見たことのない洗濯かごがプラスティック製で古ぼけて壊れかけていると、どうして言い切れる?」

私は笑みを浮かべた。「ラルフ、可塑性の素材が流通している昨今、柳細工のかごなどなかなか見つからない。ちょっとやそっとでは手に入らない。この世からなくなりかけている。そんな貴重なものを持っているとしたら、おんぼろかどうかに関係なく、共同使用の洗濯室にほったらかしにはしない。自分がいないあいだに、盗まれるかもしれないからな。もし洗濯かごがまだ新しいなら、プラスティック製であっても、同じ理由で自分の部屋に持ちかえる。だがこの部屋には、いま言ったような洗濯かごがない。つまり、ミス・バウムガートナーの洗濯かごはプラスティック製で、使い古してぼろぼろだと考えていいだろう。わざわざ部屋に持ち帰り、また抱えておりるほどのものではないから置きっ放しにした。もし盗まれたとしても、どうってことないだろう？」

「頭が冴えてるな、ヘンリー」

私はうなずいた。「部屋に戻ってきたところ、強盗を――おそらく豚の貯金箱をジッパーつきのバッグに入れようとしていたところだ――驚かせた。強盗はパニックになって、ミス・バウムガートナーを貯金箱で殴り、部屋から逃げた。そのさい、ピザの配達人を突きとばしそうになった」

ラルフと一緒にリヴィングルームに戻った。鑑識班はまだ指紋を採取していたが、目撃証言によると強盗は手袋をしていたらしいので、指紋はかけらも出てこないだろう。

問題のピザは保温効果のある厚紙の箱に入ったまま、サイド・テーブルに置かれていた。白の制服に小粋な舟形略帽をかぶった配達人は目を見開き、警察の捜査への畏敬の念をあらわにしていた。

私は彼の気を楽にさせようとした。

「あれはどんなピザなのかな？」

彼は指摘されたピザに目をやった。「ミックス・ピザです。ソーセージ、ピーマン、オリーヴ、マッシュルーム、玉ねぎ、アンチョビ。ひと通りのっています」

私はしばし考えた。ここに何か手がかりがあるか？あるとしたら、なんだ？

「何があったのか、もう一度話してくれるかな？」私は言った。「もう何度も話してくれたのはわかっているが、われわれ刑事というのは証言を繰り返し聞くのが慣わしでね。何度も聞いて、矛盾がないか確かめるんだ」

彼は肩をすくめた。「わかりました。でも、たいして話せることはないですよ。ピザを持ってエレヴェーターからおりたとき、犯人が部屋から飛びだしてきたんです。ドアは閉めてません。ぼくに衝突しそうになって、そのまま非常階段を駆けおりていきました。人を殺したあと、エレヴェーターみたいなのろいものをおちおち待っていられなかったんでしょう」

私は同意した。

「で、見たら女の人が血まみれで床に倒れてました。ぼくは急いで階下の管理人の部屋へ行き、人が殺されてると言ったんです」

管理人夫妻はフランクリンという名だった。夫は小柄で頭は禿げ、淡いブルーの目をしていた。妻はえらが張り、夫よりも数インチ背が高く太っていた。話をするのは、もっぱら妻の役目のようだった。

私はピザ配達人に向きなおった。「ではもう一度、犯人について教えてくれるかな」

「中肉中背。ふさふさの髪で、鼻が大きくて、口ひげが濃かった。ジッパーつきのバッグを持っていて、手袋をしていました。どうして手袋に気がついたかというと、夏なのに、手袋をするやつがいるのはおかしいと思ったからです」

「鋭い観察眼だ、助かるよ」

彼はほのかに顔を赤らめた。「警察官になろうかと、ずっと思ってるんです。ピザの配達なんて、将来性がほとんどないでしょう」

また同じ言葉が出た。ピザ。私は思案をめぐらした。そうか、そういうことか！　私はラルフをキッチンの裏へ引っぱっていき、声をひそめて言った。「ラルフ、ここには目に見えている以上のものがあるぞ」

「というと？」

私は冷蔵庫を開けた。「ラルフ、何が見える？」

彼は私を見、ついで冷蔵庫の中を覗いた。「マヨネーズがひと瓶、レタス半分、小皿にラディッシュが三個、卵一ダース、マーガリン、オレンジが四個、セロリがひと束」

私は冷凍室を開けた。「じゃあ、こっちには？」

「濃縮の冷凍オレンジジュースがふた缶、冷凍カリフラワー、冷凍イチゴ……」

私は手を挙げて、言葉をさえぎった。「ラルフ、冷蔵室と冷凍室どちらでも、見えていないものはなんだ？」

彼はまた冷蔵庫を覗いた。「見えていないもの？」

私は戸棚を開け、もう一度同じことをした。「ここに何がある？」

彼はため息をついた。「チェリーパイのフィリングがふた缶と、ブルーベリーのがひと缶。トマトジュースの大きな缶がふたつ。スライスしたパイナップルの缶がふたつ、スープ缶が一ダースくらい」

「そう、それでスープの種類は？」

彼は確かめた。「マッシュルームのクリームスープ、アスパラのクリームスープ、グリーンピース」

私は微笑んだ。「どうしてチキンヌードルがない？」

彼は缶を見つめた。「なんだって、ヘンリー、どうしてチキンヌードルがないかって？」

「普通はチキンがあるだろう」

ラルフはいくぶん険悪な表情で、つづきを待った。

「ラルフ、冷蔵庫の中に肉がまったくないのに気づかなかったか？　加工肉もステーキも、ラムチョップもハンバーガーもなかった。それに、これだけずらりと缶詰がそろっているのに、わずかでも肉が入っているものはひとつもない。アメリカの一般的な家庭でスープ缶が一ダースもあれば、チキンヌードルがひと缶くらいあるだろう」

ラルフはまだ要点が飲みこめなかった。

「ラルフ、殺害されたわれらが犠牲者、ミス・バウムガートナーは端的に言うとヴェジタリアンだ」

ラルフは怪訝そうに考えこんだ。「冷蔵庫に卵のパックが入っていた。ヴェジタリアンは卵を食わないと思っていたが」

「ラルフ、たいていの人はヴェジタリアンはみんな同じだと思っている。だが、そうではない。乳製品を食べるヴェジタリアンもいれば、食べないヴェジタリアンもいる。魚を食べる者もいれば、食べない者もいる。それに卵を食べる者もいれば食べない者も」

「なんだそれは」ラルフは言った。

私はしたり顔でうなずいた。「私には純粋主義者のおじがいる。命というものを異様なまでに尊重していて、レタスの葉さえ、自然に枯れるまで絶対に口にしない」

「わかった」ラルフは言った。「犠牲者はヴェジタリアンだった。それが今回の殺人事件とどう関係がある？」

「ラルフ」私はまじめくさって言った。「そこがこの事件のまさに肝腎な点だ。どうしてヴェジタリアンが、肉――この場合、ソーセージ――がのったピザを頼むんだ？」

「さあな。どうしてだ？」

「答えは、頼むはずがない、だ」

「だったら誰があのピザを頼んだんだ？」

「殺人犯だ、ラルフ。そこが犯人のおかしたミスだ。犯人は被害者がヴェジタリアンだということを知らなかった。聞いていなかったんだ。それで墓穴を掘った」

このところラルフは、しばらく目を閉じる癖がついていた。「ヘンリー、いったいどうして犯人はピザを注文しようなんて考えたんだ？」

「犯行時刻を明確にするためだ。部屋から飛びだしたわれらが殺人犯が、ピザを届けにきた配達人と鉢合わせするなんて偶然をうさん臭いと思わなかったか？ それに聴取した犯人の人相――髪がふさふさで鼻が大きくて、口ひげが濃いなんて、偽装ですと言ってるようなものじゃないか」

ラルフが私の言葉を理解するのを待って、先をつづけた。「ラルフ、犯人はミス・バウムガートナーを殺害したあと、泡を食った強盗のしわざのように見えるよう冷静に小細工をほどこした。それがすむと、ピザ店に電話をかけた。ほんの少しドアを開けて、配達人がエレヴェーターからおりてくるのを待った。配達人が現われると、計算づくでドアを開け放って部屋から飛びだし、わざとピザ屋にぶつかって注意を惹いた」

「どうしてわざわざそんなことをしたんだ？」

「犯行時刻を明確にするためだ」

「それはもう聞いた、ヘンリー。どうして犯行時刻を明確にしなくちゃならないのかってことだ」

「犯人は雇われの殺し屋だったからだ」

「ほう、なんとね」

「ラルフ、われらが強盗殺人犯がミス・バウムガートナーの未換金の小切手三枚に手をつけていないのに気づかなかったか？」

「盗まなくて当たり前だ。犯人にとっては無用の長物だ。それをどうやったら換金できるというんだ？」

「ラルフ、考えてみろ。このアパートメントはそこそこ裕福な中流階級の地域にあって、部屋はそれなりに広い。給料が最低賃金をかろうじて上まわる程度の仕事についている女性が、こんなところに楽々住めると思うか？ 楽々住んでるだけではなくて、換金する手間を一度ですませようと、まとまった額になるまで小切手をためておくなんてことができるか？」

「なるほど、ヘンリー。つまり、第三者が彼女の家賃やら何やら、資金援助をしてるわけだ。それが今回の殺人とどう関係がある？」

「話せば長くなる、ラルフ。いまはまだ、これといった動機はつかめていない。その人物は彼女に飽きて、別れようとしたが、彼女が拒んだのかもしれない。あるいは彼女が相手をゆすろうとした可能性もある。最初からそのつもりだったのかもしれない。だが理由はなんであれ、相手の男は、そろそろ彼女と縁を切ろうと考えた。それも永遠に。そこでプロの殺し屋を雇い、彼女を始末させた」

私はラルフをつれてリヴィングルームに戻ると、管理人夫妻に歩みより、自己紹介をした。「ミルウォーキー市警のヘンリー・ターンバックル部長刑事です」私はショックを和らげるために、声を落として言った。「マダム、この事件の被害者、ミス・バウムガートナーが男に囲われていたのを知っていましたか？」

ミセス・フランクリンはみごとに逞しい腕を組んだ。「刑事さん、ここに住んでる女の半分は男の世話になってますよ。何人か男のことも知ってます」

「マダム」私は怪訝に思いながら言った。「ミス・バウムガートナーはいつからここに住んでましたか？」

「二年ほど前からです」

「彼女について、どんなことを知っています？」

彼女は肩をすくめた。「とても気さくな人でしたよ。わたしが玄関ホールのカーペットに掃除機をかけていると、その音に気づいて、部屋から出てきて声をかけてくれました。かつては完全にひとりぼっちで、死ぬほど話し相手をほしがっていました」

引っかかる言葉があった。「かつては？」

ミセス・フランクリンはうなずいた。「階下のわたしたちの部屋まで、何かと理由をこじつけておりてきたり、ただちょっとおしゃべりをするためにおりてきたりしてました。あるとき、仕事をしたらどうかと言ったんです。そうしたら、備えはちゃんとあるので、仕事をする必要はないんだと。だからわたし、言ったんですよ、お金のために働くんじゃないの、日がな一日、部屋に坐って週末がくるのを待っていないで、外に仕事に出ていろんな人に会ってきなさいって。それで、〈ザンダー住宅設備機器会社〉で働くようになったんです。パートタイムの事務員で。給料は雀の涙ほどだけど、同僚はいい人ばかりだと言っていました」

ミセス・フランクリンは小さな涙粒をぬぐった。

「生きている彼女に最後に会ったのは、たぶんわたしです――もちろん、殺人犯は別ですけど。洗濯機用に二十五セント硬貨が入り用で、お金をくずしにきたので、少し話をしたんです。彼女の洗濯かごがばらばらに壊れそうだったから、新しいのに替えなさいって言ったら、柳細工のかごがほしいのに、あまり売っていないし、とんでもなく高いんだと言ってました。そのあと彼女は地下におりて行きました。それが生きている彼女を見た最後です」

「マダム、会話の中で、資金援助をしている人、あるいは人たちの名前が出たことはありませんか？」

彼女はうなずいた。「名前はスミスです」

「ほう。ファースト・ネームは言いませんでしたか？」

「ジョニーと呼んでました」

私は両手をこすりあわせた。「これで捜査のめどが立ちました」

ラルフはまた目をつむっていた。

「マダム」私は言った。「この二年間で、ほかの名前が出たことは？　ジョン・スミス以外の名前は？」

「彼女は尻軽な女ではありませんでしたよ。ジョニーだけです」

「ジョニー・スミスはどんな人でした？」

「初老といったところかしら。体は引きしまっていましたが、歳は五十がらみで、こめかみに白髪がありました。いい身なりをして、大きな車に乗っていました」

「おい、ラルフ」私は言った。「わかったぞ。殺人犯がわかった」

　ラルフはため息を洩らした。「ジョン・スミスか？」

　私はくすくすと笑った。「ラルフ、きみは別の時代、ひと昔前を生きてるぞ。このより洗練された時代において、ジョン・スミスみたいな名前を偽名でつかおうなんて考える人間などひとりもいない。偽名なんてことはない。つまり目の前にあるのは、ジョン・スミスこそわれわれが目指す男の名前だという事実だ」

　ラルフはうなじをさすった。これも彼の癖のひとつだ。

「ラルフ、もしわれらがミス・バウムガートナーがジョン・スミスと親密な仲で、名前は偽名じゃないかと疑っていたとしたら、ほんとうの名前を知りたいとちらりとでも思ったんじゃないか？　この二年間で、男の運転免許証を盗み見なかったとでも思うか？　言うまでもなく、男が眠っているときに。それに、男の本名を知ったら、ミセス・フランクリンと幾度となく話をしたなかで、そのことをそれとなく——もしかしたらずばりその名前を——ぽろりと洩らさなかったはずがないだろう？　ジョン・スミスが本名ではないことを知っているとほのめかすくらいのことはしたんじゃないか？」

　ラルフはうなじをさすりながらあたりを探り、個人別電話帳を見つけだした。スミスのページを開き、ジョン・スミスを目で追った。人数を数えているようだった。ややあって、彼は顔をあげた。「ジョン・スミスは三十六人。これでは犯人を突きとめるのも、ひと苦労だ」

　私は鷹揚に微笑んだ。「ラルフ、きみはわかってないな。ミス・バウムガートナーは愛人だ。女を囲うのは、えてして女房を養うよりも金がかかる。そうじゃないか？」

　ラルフは肩をすくめた。「おれにはわかりようがない。では、ジョン・スミスたちの住所を見て、低所得者の地域に住んでいる者を省くのはどうだ？」

「賢いやり方ではないな、ラルフ。それに、ここくらいの規模の街で、低所得者の地域の通りの名前をすべて把握している者がいるとも思えない。いいか、ラルフ、目を向けるべきは治安のいい地域、もっと絞れば、富裕層が住む郊外に位置する住所だ」

ラルフはジョン・スミスの欄に指を這わせた。「ウェスト・アリス？　ちがうな。グリーンフィールド？　ちがう。ベイヴュー？　ちがう」彼は指をとめ、顔をあげた。「フォックス・ポイント？」

「それだ！」私はここぞとばかりに叫んだ。

私は電話の脇に坐った。「まずはこのジョン・スミスに電話をかけて、探りをいれてみよう。絶対に執事が出てくるぞ」

「執事？」

「そうだ、ラルフ。フォックス・ポイントに住む人なら、執事くらい余裕で雇える」

「執事は八時間労働じゃないのか？　もうすぐ夜の十時だぞ」

「パーティを開いているから、まだ勤務中だ」

「なんのパーティだ？」

「ラルフ、もし殺しを依頼して、被害者の死亡時刻に鉄壁のアリバイを用意しようとするなら、自宅でパーティを開くのがいちばん得策じゃないか？　何十人、もしかしたら何百人という人が、家から一歩も出ていないと証言してくれる」私はダイヤルをまわした。

「パーティか、もし経費を節約するとすればトランプだ。上流階級三人組との内輪のゲームだ。やっているのは、おそらくブリッジだろう」

呼び出し音が鳴った。私はラルフも会話を聞けるよう、受話器を耳から数インチ浮かせた。

女が応じた。

私は眉根をよせた。「執事はどうしたんだ？」

「執事って？」

「ああ、きみは家政婦だな」

「家政婦って？」

「マダム、そちらはフォックス・ポイントだよな？」

「ええ、そうです」

私はくすりと笑った。「パーティはどんなぐあいだ？」

「パーティって？」

私はなおも言った。「ああ、そうか。トランプゲームはどんなぐあいだ？　誰が勝っている？」

「トランプゲームって？」

「マダム」私は堅苦しい声で言った。「では、ミスター・スミスはいま何をしているんだ？」

「寝ています」

私は目をしばたたいた。「こんな早い時間に？　ひとりで？」

「もちろん、ひとりで。九十二歳の老人に何をしろと言うんです？　チャーリーズ・エンジェルにでもなれと？」

「そちらはどなたかな？」私は詰問口調で言った。

「ベリンダ。彼の娘よ。いいこと、坊や、わいせつ電話をかけているつもりなら、言いたいことをさっさとおっしゃいな。わたしは六十八歳かもしれないけれど、目の輝きは失っていないわ」

私は電話を切った。「ラルフ、大きく道をそれたようだ」

「道をそれた？」

「まちがったのさ」

ピザの配達人がその場を離れかけた。「ピザを客に届けなくちゃならないので、行ってもいいですか？」

私は体をこわばらせた。「ピザを届ける？」

彼はうなずいた。「四六九号室へ。その廊下をまっすぐ行って、右に曲がって、いちばん端の部屋。お得意さんなんです」

私は猛烈に空腹を感じた。「ちょっと待て。そのおそまつな肉ののったピザはここに届けるものじゃなかったということか？」

「ええ。さっき話しましたが、エレヴェーターをおりたら、男がここから飛びだしてきて、ドアが開けっ放しになりました。だから自然と死体が目にはいったんです。そんなときに、そのままピザを届けに行こうなんて思わないでしょう」彼は怪訝な目でピザの箱を見た。「だけど、たぶんもう冷めてしまったから、受けとってもらえない。冷めたピザなんてどうすればいいんです？」

私は口を開きかけた。

だが口を閉じ、ラルフとふたりで彼を本部に連れていき、顔写真集を見せた。すると彼は、アーノルド・マクナブという髪がふさふさで鼻が大きく、靴用ブラシのような口ひげを生やした男を指した。われわれはすぐさま人相書きを配布した。

マクナブは強盗の常習犯で、用心深い質屋に、ミス・バウムガートナーの宝石を質入れしようとしたのを警察に通報された三日後、再度つかまっていた。

宝石を所持していた事実とピザ配達人の証言を突きつけられて観念したのか、マクナブは自供した。

彼はミス・バウムガートナーが洗濯洗剤のボトルで――そのときはストレスを受けていたため、緑の棍棒と思ったそうだ――殴りかかってきたからと、正当防衛を主張した。

ラルフと私は調書をとり署名をして、その日の仕事を終了した。

「ラルフ」私は言った。「ふと思ったんだが、私は非常に視野が狭かった。どうして私はジョン・スミスを探すのに、ミルウォーキーの都市部に限定してしまったのか？　よく考えれば、彼は週末だけこっちに来てたんだ。マディスンからでもケノーシャからでも、シボイガンからでも楽々通える」

「ヘンリー」ラルフは言った。「ジョン・スミスがどこの誰かなんて、もうどうでもいいだろう。殺人に関係なかったんだから。忘れちまえ」

彼の目つきからすると、他意はまったくないようだった。

私は断った。「ヘンリー、ピザをおごってやるよ」しかし彼とつれだってバーへ行き、指二本ぶんのシェリーを飲み、ジョン・スミスのことは忘れることにした。

最後の旅

That Last Journey

松下祥子 訳

「さあ、いい子だから、そうぶすっとしないで」エロイーズは私に命じた。「旅行会社に電話して、クアラルンプール行きの手配をしてちょうだい」

クアラルンプールだって、よせよ、もうたくさんだ。それでも、私は電話のところへ行っていつもの代理店の番号にかけた。

今ではエージェントは私の声をよく知っている。彼は不思議そうに訊いた。「クアラルンプール？　どうしてクアラルンプールなんかへ？」

「来週、そこで土地の祭りかなにかがあるんで、家内が見たがっている。それに、彼女にしてみれば今まで行ったことのない街だから、それだけでもやりがいがあるんだ」

電話を切ると、私はゆっくり二階のエクササイズ用固定自転車へ足を運んだ。規則正しい適度な運動は体によいと心から信じているが、なにも戸外へ出る必要はない。

自転車のペダルを踏みながら、私はエロイーズを始末する計画を練り上げた。

いやはや、旅行は大嫌いだ。

航空券の予約、列車の出発時刻、バスやフェリーの発着と、次から次へ悩みは尽きない。外国の陰気な駅の待合室でみじめに何時間も過ごし、いつだって薄暗い照明しかないから、本でも読もうとすれば頭が痛くなる。

最初から最後まで不安が去らない。どこへ行ったら現金を現地の通貨に交換できるのか？　公式の為替相場は？　闇で交換すればどのくらい得する？　危険を冒す価値はあるか？　今日はどこで食事をする？　どんな不思議な――たいていはひどくまずい――食べ物が供されるのか？

それに、わけのわからない言語とどうにも聞きとれない方言を相手に、こっちの話を通じさせるのも絶え間ない苦労だ。水と洗濯の心配もある。できるとしてもいつ洗濯できるのか？　洗濯屋に出したものは返ってくるだろうか、それともわけもわからずに消えてしまうだろうか？　そして、たぶん最悪なのは、旅行者は誰からもいいカモにされると、つねに自覚していなければならないことだろう。

しかし、エロイーズはこういうストレスがあるときこそ生き生きしてくるし、これまでの生涯、ずっとそうだった。彼女にしてみれば、これはみんな冒険で、アメリカの広々として住みやすい自宅は、ときどき泊まって召使たちの様子を確かめ、郵便物を受けとり、次の旅行を計画する場所でしかない。結婚して四年になるが、私たちが自宅で過ごしたのは平均して年に二カ月足らずだった。

私はエロイーズの四番目の夫である。

一番目はアブナー、彼女より四歳年下だった。彼は二十九歳で死んだ。モナコで、運転していたスポーツカーがヘアピンカーブを曲がりきれず、酒屋に突っこんだのだ。

エロイーズは二番目の夫チャールズより八歳年長、四十歳と三十二歳だった。チャールズは泳ぎができず、大酒飲みだったが、シンガポールで死んだ。ヨット・クラブのパーティの最中に埠頭の暗がりから落ちたらしい。

次はマンフレッド。エロイーズは五十二歳、マンフレッドは四十歳だった。彼はカルパート山脈で死んだ。

菌類の熱心な蒐集家で、野生のキノコのスープが好きな食通でもあったが、とうとうスープに当たって中毒死したのだった。

　つきあっていたころ、一度エロイーズに、夫婦のあいだの年齢差をどう思うかと遠まわしに訊いてみたことがあった。年齢にはなんの意味もない、若いと感じていれば若いのだ、と彼女は答え——私はいそいそと同意を示した。

　もちろん、エロイーズが地球のあちこちをほっつきまわるのが好きなことは、結婚前からよく承知していた。だが、これから結婚しようというときの甘い考えのために楽観し、私は彼女を変えられると自信を持っていたのだ。

　間違いだった。

　しかし、旅行をすると私は精神的にも、情緒的にも、肉体的にも疲れ果てるので、いずれなにか思い切った手を打つしかないという結論に達せざるを得なかった。こんな生活を続けて、どこか外国でばったり死ぬはめになるのはごめんだ。

　離婚は問題外だった。私からそんなことを言いだせば、おそらく無一文で追いだされる——それは絶対に避けたかった。

　すると、残る解決法は一つだけ。エロイーズには最後の旅に出てもらう。早ければ早いほうがいい。

　まず最初に考えたのは、外国に出たときにプロの殺し屋を雇うことだった。だが、言語の問題がある。ろくに英語の通じない場所で殺し屋を探し、そいつと殺人の詳細を話し合うなど、想像もできなかった。

　合衆国内でプロに助けてもらうことも考えてみたが、どこで見つければいいのか？　あちこちで人を呼び止めて、手の空いた殺し屋を知っているかと尋ねるわけにはいかない。たとえ見つかったとしても、あとになって恐喝される可能性がつねにひそんでいる。

　なにかを成し遂げたいなら——たとえ殺人でも——

自分でやらなければならない。

　ではどうやってエロイーズを始末するか？　なるべく暴力を使わない方法が好ましい――たとえば毒殺とか。だが、毒殺だと内部の仕事であることがすぐ知れてしまうし、私は自分ができるだけ怪しまれないようにしたかった。

　エロイーズの死はお定まりの悪役、侵入者というやつの仕業とみなされるように計画しよう。

　枕で窒息死させるか？

　私は非常に健康で、まずまず腕力もあるが、片方の肘が頼りにならない。窒息させようとしている途中で、肘がいきなりまた脱臼したら、じつに厄介なことになるし、私は片手でエロイーズを窒息させられるとは思わなかった。

　撃ち殺すか？　手についた火薬の粉やらなにやらから、警察はなんでも突き止める。たとえ予防措置として手袋をはめていても、充分とはいえないかもしれない。そのうえ、銃声が召使たちに聞こえ、殺人の時刻が確定してしまう。私は警察になるべく手がかりを与えたくないのだ。

　エロイーズは音もなく殺されなければならない。すると、棍棒のようなものになるだろう――鈍器、といってもいいが――いかにも侵入者が使いそうな武器だ。

　賊は化粧台をあさるつもりでエロイーズの部屋に忍びこむが、そのとき彼女は目を覚まし、助けを呼ぼうとする。すぐ逃げればよいものを、男はパニックに陥り、手近の武器をつかんで彼女を殺す。このあいだ、私はもちろん自分の寝室でぐっすり眠っている。

　そう、私の寝室でだ。はっきりいって、エロイーズは四人目の夫が本気で欲しかったのではないと思う。ただ、旅行の同伴者――こまごましたことを引き受け、列車や飛行機やバスに乗り遅れないよう気をつけてくれる男――が必要だったというだけだ。

　今夜、エロイーズを殺そう。これ以上先延ばしにしてもしようがない。クアラルンプール旅行の手配がすぐにも整ってしまうだろうし、そうなれば機会を逃すことになる。

　決意を固めると、まず車で近所のショッピング・センターへ行き、ゴム手袋、懐中電灯、電池を買った。同じ場所にある靴屋で、私には三サイズ大きすぎる靴を買い、まるで興味を示さない店員に向かって、友達へのプレゼントだと説明した。

　その晩、私はいつものように十時半に寝室へ下がったが、目は覚ましていた。一時半に、元気づけにブランディを一杯飲んだ。二杯やると気分が悪くなるとわかっている。

　大きすぎる靴を履き、紐をできるだけきつく締めた。ゴム手袋をはめ、懐中電灯をポケットに収めると、忍び足で廊下を進み、エロイーズの寝室に近づいた。

　ドアの前で聞き耳を立てた。ああ、眠っている。エロイーズは大きないびきをかくわけではないが、派手な息遣いがよく聞こえた。

　ノブを回し、部屋に入った。月明かりのおかげで、懐中電灯をつけなくても動き回ることができた。

　暖炉の脇の道具立てから火掻き棒を外し、エロイーズのベッドに戻った。ため息がでた。断固として、躊躇なく、やってのけなければいけない。火掻き棒を振り上げ、満身の力をこめて振り下ろした。一回。二回。それからベッドを離れ、棒を床に落とした。

　ここで懐中電灯をつけ、エロイーズの化粧台に近づいた。フラシ天張りの宝石ケースを見つけ、ポケットに忍ばせた。次に、小物をあれこれ散らばし、引出しがあさられたように見せかけた。

　フランス窓へ行き、片側をいっぱいに開いて、そこで止まったままにした。バルコニーに出ると、端まで歩いてから裏手のテラスに続く階段を降り、庭師の物置小屋へ向かった。私はそこに五十ポンドの重さの肥料袋を用意しておいた。

袋を担いで花壇のほうへ歩いた。近づくにつれ、走りだした——走るというほどではないにせよ、まずまずの大股に速度を上げた。チューリップの花壇の柔らかい土に足を踏み入れ、花壇から出ると、止まって袋をおろした。

体調は上々とはいえ、ここまですると呼吸が荒くなり、数分休んで、ようやく力を回復した。

懐中電灯を控えめに使い、花壇のすぐ向こうに立っている大理石の子鹿像を見つけた。エロイーズの宝石ケースをあけ、中身を子鹿の近くの芝生にばらまいてから、ケースも一緒に投げ捨てた。

それから、そばの石造りのベンチに懐中電灯の頭部を強くぶつけると、レンズと電球が割れ、明かりが切れた。それをその場に残し、肥料袋をまた物置小屋まで運んでいった。

家に戻ると、靴とゴム手袋は地下の焼却炉に投げ入れた。階段を上がって自分の寝室に入り、寝巻きに着替えて、なんとか眠りについた。

朝、せわしないノックの音で目が覚めた。メイドの一人だった。エロイーズの死体を発見したのだ。

私は即座に警察に電話した。

警察が到着し——やがてそれなりの人数が集まった——私の尋問を始め、犯罪の経緯を再構成しようと懸命になった。

しばらくすると、ランダル警部補なる人物が図書室に来て、何があったか、彼なりの考えを聞かせてくれた。

「物盗りだろうと思います。犯人は部屋に忍び込み、奥様の化粧台をあさっていたところ、奥様が目を覚まされた。犯人はあわてて手近のものをつかみ——それがたまたま火掻き棒だったんですが——奥様を殺害した」

私はそれらしく仰天した様子を装った。

「男は奥様の宝石ケースを奪って、テラスから庭へ走り出た。花壇の一つに足跡が見つかりました。あなたと同じくらいの身長の男です」

「ほう」私は言った。「姿を見た人がいるんですか？」

「いいえ。足跡の歩幅を測って見当をつけました」

私はうなずいた。「私くらいの身長と体重ですか？」

「身長は同じくらいですが、体重は違います。足跡の深さからわかります。ずいぶん体重がある。太ったやつでしょう」

私は感心した様子を保った。

「宝石と宝石ケースは、あそこの大理石の子鹿のすぐ向こうで見つかりました。思うに、犯人は走っていたんですな。夜、見知らぬ場所で走るもんじゃない、たとえ懐中電灯を持っていてもね。男は子鹿につまずいて倒れ、宝石をあたりにまきちらした。闇の中、手探りで集めるのに時間を使いたくなかったので、あきらめて起き上がり、そのまま走って逃げた」

「闇の中を手探り？　懐中電灯を持っていたんじゃありませんか？」

「運が悪かった。転んだとき、懐中電灯が手から飛びだし、石のベンチにぶつかってめちゃくちゃになってしまったんです」

ランダルはかなり得意になっているようだった。

「目についた宝石はすべて集めました。ごらんになって、なくなっているものがあるかどうか、教えていただけますか？」

「わかりようがありませんね。でも、なくなって困るものじゃない。あれはみんなエロイーズの旅行用アクセサリーなんですよ。ガラスだかなんだか、最近は人造宝石を何で作るのかは知りませんが、どれもそういう偽物です。本物は銀行の金庫に保管していました」

その物腰態度から、ランダルはそもそも初めから私を主要容疑者と考えていなかったと察しがついた。たぶん、残忍な殺人や暴力行為が可能な人間だと思わなかったのだろう。

しかし、彼にはまだ気になる点がいくつか残っていた。「あなたと奥様は別々の寝室を使っていらっしゃったのですか？」

ここで私はいくぶん赤面したかもしれない。「ええ」

「結婚して何年になります？」

「もうじき四年です」

「奥様はおいくつでしたか？」

「六十一です」

そのあと、避けられない質問が来た。「で、あなたは？」

私は誇らしげににっこり笑った。「七十四です。でも、体には気をつけていますよ。父は百一で亡くなりましたし、母は九十八でした」

そう、うちは長寿の家系だから、私の寿命はまだ何年もある。だが、その一日たりと、ジブチやカラチやクアラルンプールで過ごすつもりはなかった。

警察の人たちが出ていくと、私はスリッパに履き替え、図書室の暖炉の脇の心地よい椅子に腰をおろして、面白い本を開いた。

ああ、旅行とはこれでなくては！

リヒテンシュタインのゴルフ神童

The Liechtenstein Imagination

小鷹信光 訳

ジュリアス・モルデンハウエルは、リヒテンシュタインからゴルフ・バッグ持参でやってきたただ一人の留学生だった。

「きみたちの学校のゴルフ部に入るつもりなんだ」到着早々、彼は宣言した。「スティーヴンスン高校には、もちろんあるよね、ゴルフ部が？」

ぼくらの学校に、ゴルフ部なんてあったかな。考えてみたが、確信はなかった。

ヨーロッパに実在するリヒテンシュタイン国は、スティーヴンスン高校で一年間過ごさせるために、優秀な生徒を毎年一人送ってくる。その見返りにぼくらのほうからも生徒を一人留学させている。今年の留学生がジュリアス・モルデンハウエルだった。彼は、ぼくの家に滞在することになっている。彼が到着したのは夏休みが始まったばかりの頃だった。

リヒテンシュタインは広さ六十二平方マイル。ほとんど山ばかりの国だが、その地で生まれたものには所得税が課せられないという特典がある。国を切り盛りしてゆくために、彼らは観光業や記念切手の売り上げ増をあてにしているが、国の収入の九十パーセントは、その地に本拠地を置く国際的な貿易商社からの他国よりは安い事業税で賄っているのではないかと思う。

ところで、スティーヴンスン高校にゴルフ部が存在するか否かに確信がもてなかったといって、ぼくにゴルフのたしなみがないということではないんだ。ぼくはパパと一緒に、年に十数回はコースに出るし、いずれラウンドで１００も切れるようになるだろう。

「いくつぐらいで上がるんだい？」実際にどれくらいうまいのかが気になって、ぼくはジュリアスにたずねた。

　彼は夢見るような目つきをした。「そうだな。いまの上達具合から言うと、たぶん８０台の前半ってところじゃないかな」

　その台詞の中にいくぶんあやふやな単語があるのに気づいた。

「たぶんっていうのは？」

　彼はうなずいた。「いまのは予想上の数字なんだ。じつを言うと、ゴルフコースでプレイをしたことは一度もないのさ」

「つまり、アメリカでは、ということかい？」

「どこの国でもだよ」ジュリアスはさらに説明を加えた。「リヒテンシュタインにはゴルフコースが一つもない。少なくとも、ぼくが住んでいるそばにはね」

「ジュリアス」どういうことなのかつきとめようと、ぼくは訊いてみた。「これまでに一度もコースに出たことがないのに、なぜ８０台前半で回れると考えたんだ？」

　彼はにっこりと笑った。「ゴルフを習うのはゴルフコースとはかぎらない」

「かぎらないって？」

「そうとも。ドライヴィング・レンジや練習グリーン、その他もろもろの場所での絶え間ない、熱心な訓練によってこそゴルフの技量の大半が培われるんだ」

「それで、リヒテンシュタインにも、ドライヴィング・レンジが一つあるというんだね」

「それが、ないんだ。でもぼくは、パパの放牧地で長時間、根気よく練習をやってきた。パパは酪農業者なんだよ」

　その光景を頭に描けそうだった。「牛たちにとってはさぞ迷惑だろうね」

「いや、実際には、牛たちがゴルフボールを当てられる危険はゼロさ」彼はおでこを意味ありげにコツコツたたいた。「僕が打つのは架空のボールなんでね」

　ぼくは目を閉じた。

「ゴルファーにとって重要なのは打つこと、つまり安定したスウィングだ。それさえ会得すれば、そのスウィングをホンモノのゴルフボールを打つときに、いかに適応させるかということだけが技術上の問題になる」

　ぼくは目を開けた。幻ではない。彼はまだそこにいた。

「じつを言うと」彼は言った。「ぼくはゴルフボールを一つだけ持っている。それを失くすわけにはいかなかった。パットの練習に必要だったからね」

「放牧地でかい？」

　彼は首を振って否定した。「放牧地はパットの練習をするのに理想的な場所じゃない。理由はいろいろあるが、とにかく草の背が高すぎる。だからぼくは、ヘルムース叔父さんの宿屋、アルペン・インでパットの練習をしたんだ。大きな宿屋で、ロビーの敷物はまさに練習グリーンにふさわしくけば立っていた」

「ジュリアス」ぼくは真剣に訊いた。「ゴルフが自分に一番向いているスポーツだなどとなぜ決めたんだい？」

「叔父の宿屋に、英国人の旅行者が一晩泊ったことがあった。宿を発つとき――たぶん偶然やったんだと思うが――彼はゴルフクラブのセットを置き忘れていった。次の滞在地も告げず、クラブをとりに戻ってもこなかったので、叔父は九十日間待ったあと、クラブのセットをぼくにくれたんだ」

　ジュリアスはうれしそうな笑みを浮かべた。「ゴルフは最も民主主義的なスポーツだ。中身は三つの要素で成り立っている。一つめがドライヴァーとロング・アイアン、二つめがショート・アイアン、そして三つめがパッティングだ。

ドライヴァーとロング・アイアンでは、上背と目方のある男が有利だろうが、ショート・アイアンとパッティングではそうは言えない。ショート・アイアンには、中肉中背の男が得意にする正確さが求められる。パッティングについて言うなら、強者の悲嘆、弱者の愉悦ってところだ。スコア上は、十五センチのパットと三百ヤードのティ・ショットは等価値だ。これらの事実を総合して、ひとことでいえば、ゴルフは真の民主主義のゲームということになるのさ」

次の土曜日、ぼくは父の車を借り、ジュリアスと一緒にパブリック・コースへ行った。彼はボールをいくつか買った。

どんな結果が待っているのか、予想もできなかった。彼がコースを平れ伏させるとまでは思わなかったが、毎年、リヒテンシュタインからやってくる留学生が、びっくりするような芸を袖の下に隠していた、というのも事実だった。

彼が先に第一打を打ち、ボールはフェアウェイのどまんなかを二百二十ヤード先まで飛んだ。

彼が顔をしかめた。「妙だな。ぼくの予測ではあと十ヤードは飛んでしかるべきなんだが」

ぼくの第一打はラフに打ちこむスライスだった。

一番ホールはパー4。ジュリアスは第二打をグリーンに乗せた。カップから十二フィート。パットの番になると、彼は芝を読み切ってカップイン。バーディだ。ぼくはこの最初のホールで8の大たたきだった。

ジュリアスはつとめて謙虚にふるまおうとした。

「こっちはツイてただけさ」

妙な話だが、まさにそのとおりだった。

なぜかと言うと、二番ホールの第一打でフックを打って森に打ちこんだジュリアスは、なんとかフェアウェイに戻すのに三打をかけ、弁解じみた台詞まで口にせざるを得なかったからだ。「ツイてなかった。言うことを聞きたがらないボールと一緒に森にとじこめられるという状況をこれまで想定したことがなかったもんでね」

　次のショットを彼はバンカーに打ちこんだ。やっとバンカーから脱出したあと、彼は言った。「バンカーってやつをこれまでにいっぱい見ていたらもっとうまくやれたと思うけど、リヒテンシュタインにはそんなもの一つもないんでね」

　ようやくグリーンにたどりつくと、彼は両手、両膝をついてじっくり芝を読んだ。それをあと三回繰り返すことになった。カップにボールをおさめるのに四パットを要したからだ。

　彼はため息をついた。「叔父の宿屋の敷物にもう少しくせがあれば役に立つんだろうが、あいにく非の打ちどころがないほど真っ平なんだ」

　ぼくはフロント9を54であがった。いつものスコアだ。ジュリアスは79。いくらホールを重ねても上達の兆しはなかった。

　十番ホールで彼はきゅうに指をパチンと鳴らした。

「わかったぞ！」

　当然ぼくは、何がわかったのかとたずねた。

「へまをくいとめる解決策さ」彼は言った。「ぼくはこれまで、ボールを一つしか持っていなかった。英国製のボールだ。英国製は、きみたちのアメリカ製ボールよりほんのわずかだが小さいんじゃなかったかな？」

　たぶんそのとおりだろう。

「だから一番でのティ・ショットが予測したほど飛ばなかったのさ」ジュリアスは言った。「大きなボールは風の抵抗も大きくなる。これからは、小さな英国製ではなく、大きなアメリカ・ボールを打つのだということに精神集中するようにしよう」

　しかし、たいしたちがいは生じなかった。彼が後半のハーフで一番よかったのは十七番のパー3だった。

スコアは8。

　十八番で第一打を打とうとするぼくを、ジュリアスがとどめた。「ずっと気づいていたんだが、きみはボールから離れて立ちすぎている。そのために、ボールを打ちにいこうと突っこんでしまって、ドライヴァーに乱れを生じさせるんだ」

　ゴルフのプレイについてぼくにアドバイスを与える人間としてはきみは最後尾なんだよと言ってやるべきだったのだが、けさのプレイではつらい目にあっていることだし、逆に彼を気分よくさせてやろうと、ぼくは少しだけボールに近づいて立ってみせた。すると、こんなことはめったにないのに、ボールはフェアウェイのどまんなかに飛んでいった。

　8番アイアンを手にしてフェアウェイを進むぼくに、ジュリアスが声をかけてきた。「ショートゲームになると、きみがいつもボールをカットして打つのに気がついていた。きみの問題は、きわめて心理的なものだ。無意識のうちにきみは、ダフるのは芝に対する破壊行為の一種だと思いこんでいる。その謙虚さと良心を投げ捨てるのが先決だ。カット打ちをせずに、ボールの真下を打て」

　それでぼくは謙虚さと良心をかなぐり捨てて、ボールの真下を打った。ボールはグリーンに落ちてとまった。

　ぼくがパットの構えにはいると、ジュリアスがまた口をだした。「きみはパットのとき、ボールを打とうとする傾向がある。パットは打つんじゃなくて撫でるんだ。撫でろ!」

　言われたとおり、ボールを撫でるようにしたら、十四フィートのパットが一発で決まった。生涯初のバーディだった。

　その日のぼくのスコアは１０８。ジュリアスがいくつだったかは永遠の秘密ということにしよう。

　翌朝、彼はクラブを持たずに車に乗りこんだ。「人は現実を直視すべきだ。ぼくがこれ以上うまくなれないことはよくわかっている。まったくではないだろうが、たいした差はない」

　彼はぼくを試すように見た。「アングロ・アイリッシュの劇作家、ジョージ・バーナード・ショーがあるとき言った警句に、〝自分でやれる人間はやる。やれない人間は人に教える〟というのがある。ぼくにはわかるんだが、現在のへぼなゲーム運びはさておいて、きみはいいゴルファーになれる可能性を秘めている。だけど、そのためには、ぼくの言うことをしっかりと聞き、逆らわずに練習をする必要がある。そうすれば、びっくりするほどうまくなれることを保証しよう」

　そこでぼくたちはそのままコースに出かけ、ぼくは彼の言葉に耳を澄まし、言われるとおりに実行して、生まれて初めて１００を切った。

　一週間もたたぬうちに、ぼくは９０台の前半でまわった。８０を切るようになったとき、ぼくらのスティーヴンスン高校にゴルフ部があるのかを本気で調べてみた。

　どうやら存在するらしいという噂を耳にし、ほどなくコーチはミスター・デイヴィッドスンではないかということがわかった。彼は授業では生物学が担当だ。

　ぼくがデイヴィッドスン・コーチの家を訪ねたとき、ジュリアスもついてきた。ゴルフ部のシーズンが夏休みの中間から始まり、十月までつづくことを知った。コーチは、生きてさえいればほとんど誰でも入部を歓迎することもわかった。

　ぼくがジュリアスの助言で上達したことを教えると、コーチはかなり関心をもったようだった。「アシスタントが必要なんだが、誰も名乗りをあげてくれない。どうかね、きみは、ジュリアス？」

　ジュリアスはこの申し出にとびついた。彼はすべての練習課程をうけもち、部員全員を傾聴、服従させ、誰もが無駄な打数を減らしはじめた。

ぼくたちのゴルフ部が、フォックス・リヴァー・ヴァレー選手権で準優勝したのは大半がジュリアスの功績によるものだった。去年、ぼくの入部前には最下位だった同じチームが優勝決定戦まで駒をすすめたのだ。

ぼくは、ジュリアスをキャディにつけて、州が開催するジュニア・マッチプレー選手権にも出場し、準々決勝までいった。来年が待ち遠しい。

待ち遠しいのは春と野球シーズンの到来でもある。

今年の冬、ジュリアスは我が家の地下室でバットの素振りにかなりの時間を費やした。もちろん、架空のボールが相手だった。

このぶんなら四割二分五厘は打てそうだ、と彼は自信たっぷりに宣言している。

洞窟のインディアン

The Indian

松下祥子 訳

彼がいなくなったことに最初に気づくのは誰だろう？

クレアだろうか？

彼は薄く笑った。いや、クレアじゃない。何日姿を見せなくても、彼女はおそらく気づきもしないだろう。たぶん、シンプソンだ。そう、シンプソンなら即座に気がつく。あの堅物のチャーリーが今朝はいったいどこにいるんだと考える。具合が悪くて家にいるのなら、どうして電話してこない？

そう、シンプソンなら、次にはチャーリーから電話がなかったかと秘書に訊く。いいえ、ないと思いますが、と彼女は答え、それからオフィスのほかの人たちに訊きまわる。

戻ってくると、誰のところにも電話はなく、なんの連絡も入っていません、と秘書はシンプソンに伝える。チャーリーは今朝出社せず、誰も姿を見ていません。デスクにいませんし、誰もなにも知りません。

シンプソンはそれを聞いてしばらく眉をひそめ、それから受話器を取ってダイアルを回すだろう。

彼は死んだインディアンにまた思いを馳せた。

あの日、クレアが洞窟ツアーに参加したがったので、チャールズはパンフレットをじっくり読んだ。それによれば、参加者はガイドに従って、手すりのついた通路を進むだけだ。這ったりする必要はない。それならと、チャールズは彼女に同行することに決めたのだった。

地下大洞窟に入るのはチャールズには初めての体験だった。彼とクレアは二十人ほどのグループに加わり、引率するガイドはここぞという見どころを指さしながら、この場所の歴史を語った。きれいに整備され、明るく照明のついた洞窟だった。砂利敷きの道、板張りの道、流水や穴の上に渡した狭い橋をそろって進み、ガイドはこの洞窟のさまざまな特徴が何千年ものあいだにどのように形成されてきたかを説明した。

インディアンの遺骸もツアーの一部だった。その遺骸にはガラス箱がかぶせられ、スポットライトが当たっていた。乾いた頭蓋は長い灰色の髪に埋まり、体は横向き、膝をやや曲げた格好で横たわっている。遺体をくるんだ毛布は三枚だとチャールズは見てとった。遺体の指から少し離れたところに、小さな素焼きの壺が置いてあった。

百五十年以上前に死んだと推定されている、とガイドは教えた。おそらくこのインディアンは大洞窟を探検しているうち道に迷い、出口を探そうとしながら餓死したに違いない、という。

そもそもインディアンはどうやってこの洞穴に入りこんだのだろう、とチャールズは考えた。ツアー・グループが入ってきたのと同じ経路をたどったはずはない。当時は砂利敷きの道や、岩の深い裂け目の上に渡した橋などなかった。そうか、ほかにも入口があるんだ、と気がついた。何十とあるのかもしれない。

クレアは遺骸にちらっと目をやると、案の定「うえっ」とつぶやき、みんなそろって先に進んだ。

電話が鳴って、クレアは目が覚めた。

目をあけ、枕元の時計をにらむ。朝の九時。こんなに早く、いったい誰だ？　友達なら遠慮するに決まっているのに。ふとんの下から脚を振り出し、ベッドの端にすわった。

受話器を手にとった。「はい？」

「シンプソンです。チャーリーの上司の」

「ああ、ミスター・シンプソン」クレアはあくびをして、煙草に手を伸ばした。

「今朝、チャーリーが仕事に出てきていませんが、病気ですか？」

クレアは煙を深々と吸い、ため息をついた。チャーリーは病気になると、犬が森の奥へ入り、横たわって回復するか死ぬのを待つ、そんなふうになる。一人になりたがるのだ。

「ちょっとそのままお待ちいただけますか、ミスター・シンプソン？」

クレアは煙草をクリスタルの灰皿の上で揉み消し、ベッドから立ちあがった。敷物の上のスリッパは無視して、裸足で廊下に出た。チャーリーの部屋のドアノブを回し、中を覗く。

なんだ、寝てもいないし、ベッドはきちんとしている。起きると必ずベッドを整えるのが習慣だから、いつものように起きてベッドを整え、朝食をとろうと下に降りたんだろう。それから仕事に出たのだ。交通渋滞に巻きこまれて動けずにいるか、途中で車が故障したのかもしれない。

電話に戻った。「ミスター・シンプソン？」

「はい？」

「チャーリーは今朝、いつものように出かけました、わたしが朝食を出したあとすぐに。そのあと帰ってきていません。どこかで車が故障したんじゃないでしょうか」

「はあ、そうかもしれませんな。どうも失礼」シンプソンは電話を切った。

クレアは受話器を下ろした。やれやれ、もう一眠りできるかしら。ふとんにもぐりこみ、目をつぶった。

洞窟ツアーが終わって昼の光の中に出てきたとき、

チャールズは不思議とくつろいだ気分だった。地下の通路を歩いたことがなにかの効果を及ぼし、彼を変えていた。これまでの一生、ずっと探し求めていたものを見つけたような感じといってもいい。ぜひもう一度ツアーに参加し、あのインディアンをよく見たいと彼は思ったのだが、クレアはその気にならなかった。

帰宅したあと、洞窟についてもっと知ろうと、図書館に行った。だが、洞窟や洞窟探検についての本はあまりなかったのでがっかりした。

わずかに見つけた本には、地下深い洞穴を這い進む探検家たちの写真が載っていた。目的の洞窟に到達するまで、狭い通路を何十フィートも這っていかなければならないことも多いという。読んでいるだけでも、チャールズは軽い閉所恐怖症じみたパニックの気分に襲われた。

地面の下にこんなに洞窟が隠れているとは今まで知らなかった。あちこちにあるのだ。何万マイルにもわたって続く洞窟。そのすべてが洞窟探検家好みの狭苦しい通路というわけではない。一つの州の端から端まで地下を歩いて行ける場合さえある。歩いて、だ。這うとか、狭い隙間をようやくくぐり抜けるというのではない……

十時にシンプソンは自室を出て、また訊いた。「イーヴィー、チャーリーから電話は？　もう出社してきたか？」

秘書はタイプライターから顔をあげた。「いいえ。誰からも電話はありません」

シンプソンは眉をひそめた。「あいつ、いったいどこにいるんだ？　なぜ電話してこないんだろう、電話できる状態ならだが。事故にでも遭ったんだろうか？」

「可能性はありますけど」秘書はノートを繰って次のページに進んだ。

シンプソンはため息をついた。「まあ、いずれ誰かが知らせてくれれば、すっかりわかるだろうがね」

昼食後、彼はまたチャーリーの番号にかけてみた。お話し中だった。十分たってもまだお話し中だった。

シンプソンは二時に、そして三時にもかけ直してみたが、誰も出なかった。

知るか、と思った。だが、それでも退社直前にもう一度試してみた。答えはなかった。

洞窟についての情報は、州の天然資源課に問い合わせると、もう少し手に入った。洞窟がいかにして形成されたか、内部の状態、といった基本的事実のほか、小さい地図もいくつかついていた。地図といっても、州は地下大洞窟を正式に測量したことはないので、アマチュア探検家が調べた範囲に限られていた。

地図の大きな写しを請求すると、すぐに送ってくれた。完全なものではないにせよ、地図を見ると、洞窟はツアーで見たよりずっと大きなものであることがわかった。ツアーで通った部分より、ゆうに数十倍もの洞穴や通路がある。こういう地域は、たぶんいったん地図に記録されたあと、二度と探検されていないのだ。

チャールズの考えは一つだけ正しかった。クレアとツアーで回った洞窟には、ほかにも入口がある。地図にはいくつもの入口が示され、その一つは彼が毎日会社に行くときに使う高速道路から遠くなかった。

クレアがまた目を覚ましたのは十一時近くだった。口の内側じゅうに舌を走らせ、渋い顔になった。足でスリッパを探り当て、ぱたぱたと浴室へ向かった。歯を磨き、階段を降りて台所に行くと、コーヒーをいれようとやかんをかけた。

湯が沸くのを待ちながら、ぼんやり窓の外を見つめた。やれやれ、また陰気な一日。スプーンに山盛り一杯のインスタント・コーヒーをカップに入れ、砂糖を加えた。湯が沸くと、カップに注いでかきまぜた。

カップを受け皿にのせ、居間に運んでテレビをつけた。トーク・ショーをやっていた。今日は変態セックスもふつうのセックスも、その手の話はなし。連続ドラマ「若者たち」にチャンネルを合わせた。パックから煙草を一本振り出し、ブック・マッチで火をつけた。

コマーシャルのあいだに、小テーブルから新聞を取りあげた。ある見出しが目にとまった。おやおや、クリーヴランド郊外の辺鄙な場所で売春グループが摘発されたって。倦怠した主婦たち。金のためにやっていた、と書いてある。まあねえ。

そういう事件がこのあたりで起きることはあるかしら？　お客さんはどこでつかまえる？　このへんの男たちはたいてい、一日中外で働いていて、夜は奥さんと子供たちと一緒に過ごす。同じ道路の先に住むグレゴリー老人のことを考えた。退職しているが、今も女を見ると色目を使うし、目のほかにもたぶんあれこれ使うのだろう。そう思うと、笑ってしまった。あんなじいさん、たとえ百ドルくれたってさわらせてやるものか。

電話が鳴ったので出た。マギーだった。隣に住んでいる。きっと同じく起き抜けだろう。

「どうお？」マギーが訊いた。

「どうってことも」クレアは答えたが、それから思い出した。「チャーリーのボスが今朝電話してきた。チャーリーが会社に出てきてないって。とにかく、九時までにはね」

「車が故障したとかじゃないの。ね、うちに来ない？　ほかにも声をかけて、ブリッジでもやりましょうよ」

クレアは腕時計に目をやった。「三十分したら行くわ」

テレビを消し、二階へ戻って服を着た。下に降り、ガレージのドアを開けると、チャーリーの車はなかった。少なくとも、今朝はちゃんと家を出たのだ。ばかね。きっと事故に遭ったんだ。でもそうだったら、警察か誰かがもう連絡をくれてるはずなのに。いや、たぶん会社へ行く途中で車が故障して、どこかの修理工場へ引っ張っていってもらうハメになった。それからタクシーをつかまえて出社したけど、遅刻したのだ。

マギーの家でブリッジをやり、とうとうみんなあきあきして、話題も尽きたのでやめにした。五時過ぎてクレアは家に戻り、冷蔵庫を覗いた。たいしたものは入っていないが、かまうものか。どうせ空腹ではない。マギーの家でつまんだプレッツェル・スティックで腹がふくれていた。

壁の時計を見た。チャーリーは六時には帰ってくる。冷凍庫から冷凍ディナーを取り出し、オーヴンに突っこんだ。

ディナーが温まるあいだ、寝室へ行って、イヴニング・ドレスに着替えた。

クレアがふたたび帰宅したときには、夜十一時半になっていた。車をガレージにしまい、目をやるとチャーリーの車はまだそこになかった。

やっぱりね、と思った。車の具合がおかしくなって、修理工場に置いてきたんだ。鍵をあけ、暗い家に入った。

飲み物をこしらえ、居間に運んだ。チャーリーはもうベッドのようだ。いつも早寝するんだから。クレアはテレビをつけ、名画チャンネルに合わせた。なんだ、この映画なら前に見た。ほかの局をあちこち試し、コマーシャルにぶつかるたびに悪態をついた。面白いものがなんにもない。しょうがない、もう一杯飲んで寝るか。

あーあ、退屈。この家にこもりっきりで。それに、チャーリーの休暇まで、まだあと三週間もある。どこかわくわくする場所に行こう。バハマ諸島とかバミューダとか、太陽が照りつけ、外に出て、知らない人――面白い人――と出会えるところへ。

いや、とチャールズは考えた。あのインディアンは洞窟を探検していて迷ったのではない。死ぬためにあそこまで行ったのだ。病気を患い、死期を悟り、一人で死にたいと願った。

それで、死ぬとき寒くないようにと、毛布を三枚持っていった。小さな壺を携えていったのは、喉の渇きで死にたくなかったから、水を入れておくためだ。洞窟に入り、水の流れに沿って進み、ここで死にたいと思える場所を見つけた。壺に水を満たし、その脇に横たわって、三枚の毛布にくるまった。

水は命の最後の瞬間までもったのだろうか、それとも、小川に這い戻ってもう一度壺を満たす必要があったのだろうか？

編訳者あとがき

パズラー短篇の名手、エドワード・D・ホック（一九三〇〜一九八〇年、五五年デビュー）、意外な結末が売りだったヘンリイ・スレッサー（一九二七〜二〇〇二年、五五年デビュー）と並ぶ戦後アメリカの多作な短篇小説家、ジャック・リッチー（一九二二〜一九八三年、五三年デビュー）の短篇集は、生前に一点、没後に二点刊行されました（長篇は八七年刊の未訳、*Tiger Island* 一作のみ）。

いま並べた三人の中では、リッチーが最年長で、デビューも一番早かったのですが、生涯総作品数では、ホック、スレッサーには及びませんでした。しかし、切れ味鮮やかな犯罪風味の短篇のみごとな仕上がりやオチの巧みさではけっしてひけをとっていません。大昔の《ヒッチコックマガジン》誌上の名品の数々はいまでは語り草になってしまいましたが、アメリカで三点の短篇集が刊行されたあと、日本で独自に編集された短篇集が五点刊行されたことは、読者の方々がよくご存じだと思います。

その五点目が、二〇一三年にポケミスにおさめられた『ジャック・リッチーのあの手この手』でした。そして、電子書籍化以降も好調に売れ続けているリッチー短篇集の、第二弾が本書『ジャック・

リッチーのびっくりパレード』です。

本書の収録作品数は二篇増えていますが、『あの手この手』同様にすべての作品が本邦初訳であることが大きな特徴でもあります。ポケミスの二点は、総数三百五十篇を超えるリッチー全短篇の約七分の一を新たに発掘したことになるのです。それまでの四点の短篇集は雑誌に掲載ずみの翻訳作品からおもに選ばれたものが大半で、本邦初訳作品の数は四点合計で十四作にすぎませんでした。

さて、本書の構成ですが、『あの手この手』のように趣向を凝らしすぎずに、デビュー作からほぼ三十年後に書かれた未発表の遺作までをごく単純に発表順に配列することにしました。それに従って、年代順に四部構成とした各年代ごとに、それぞれの年代におけるリッチーの創作活動の概要をつけておきました（各扉裏）。


トリをつとめている遺作「洞窟のインディアン」については短い注釈が必要です。

リッチーの息子、スティーヴから送られてきた未発表のこの作品のタイプ原稿には、「一九八三年八月二十三日に亡くなったとき、ジャック・リッチーはこの物語を執筆中だった」という注記が付されていました。そして著者名はジャック＆スティーヴ・リッチーの連名となっています。未完成の原稿にスティーヴが手を加え、完成させたことを明らかにしたのでしょう。

とりたてて人を驚かすようなオチが用意されているわけでもない心境小説風の仕上りで、いうなればテーマは〝死出の旅〟ということになるのでしょうか。明るく華やいだデビュー作から静かなこの一篇まで、ジャック・リッチーの三十年間の物書き人生をたくまずして象徴しているように、私は思いました。

ネタばらしは避けねばなりませんが、本書収録の犯罪風味の作品中に、みんながよく知っているつもりのリッチーとは少しばかり趣を異にする作品群が二種類まじっていることにもお気づきになられるでしょう。

その一つは、『あの手この手』にも数篇おさめたファンタジー風、ＳＦ風の作品群です。そしてもう一つが、リッチーの持ち味とされてきたユーモア風味をときとしてきびしく拒絶さえする苦みのきいたクライム・ストーリーの一派です。この傾向の作品は、じつは五〇年代からすでに書かれていたのですが、当時の日本の翻訳ミステリ誌の編集者によって意図的に排除されたという事情もあります。そんな理由で未訳のままになっている《マンハント》初出の二篇の強烈な印象はまだ私の頭に刻み込まれています。

本書におさめたある一篇（初出は《ヒッチコックマガジン》）などは原稿二千枚を超える犯罪小説を百分の一に圧縮したような作品ですが、山間の寒村を舞台に起こる五つの殺人が、冷えびえとした描写を通じて描かれたおそろしい物語でした。

ジャック・リッチーは、とても芸域の幅の広い、練達の短篇小説家だったのでしょう。

小鷹信光　二〇一五・十・三十一

HAYAKAWA POCKET MYSTERY BOOKS No. 1903

小《こ》 鷹《だか》 信《のぶ》 光《みつ》

1936年生，早稲田大学英文科卒，
ミステリ評論家、翻訳家、作家
編書
『ジャック・リッチーのあの手この手』ジャック・リッチー
『夫と妻に捧げる犯罪』ヘンリイ・スレッサー
（以上早川書房刊）
『O・ヘンリー・ミステリー傑作選』O・ヘンリー
他多数
訳書
『郵便配達夫はいつも二度ベルを鳴らす』ジェイムズ・M・ケイン
『酔いどれの誇り』ジェイムズ・クラムリー
『マルタの鷹〔改訳決定版〕』ダシール・ハメット
（以上早川書房刊）他多数

この本の型は，縦18.4センチ，横10.6センチのポケット・ブック判です．

〔ジャック・リッチーのびっくりパレード〕

2016年1月10日印刷　　2016年1月15日発行

著　　者　ジャック・リッチー
編・訳者　小　鷹　信　光
発 行 者　早　川　浩
印 刷 所　星野精版印刷株式会社
表紙印刷　株式会社文化カラー印刷
製 本 所　株式会社川島製本所

発行所　株式会社　早川書房
東京都千代田区神田多町2－2
電話　03-3252-3111（大代表）
振替　00160-3-47799
http://www.hayakawa-online.co.jp

（乱丁・落丁本は小社制作部宛お送り下さい
送料小社負担にてお取りかえいたします）

ISBN978-4-15-001903-7 C0297
Printed and bound in Japan

ハヤカワ・ミステリ〈話題作〉

1878 **地上最後の刑事** ベン・H・ウィンタース 上野元美訳

〈アメリカ探偵作家クラブ賞最優秀ペイパーバック賞受賞〉小惑星衝突が迫り社会が崩壊した世界で、新人刑事は地道な捜査を続ける

1879 **アンダルシアの友** アレクサンデル・セーデルベリ ヘレンハルメ美穂訳

シングルマザーの看護師は突如、国際犯罪組織による血みどろの抗争の渦中に放り込まれる！ スウェーデン発のクライム・スリラー

1880 **ジュリアン・ウェルズの葬られた秘密** トマス・H・クック 駒月雅子訳

親友の作家ジュリアンの自殺。執筆意欲のあった彼がなぜ？ 文芸評論家のフィリップは友の過去を追うが……異色の友情ミステリ。

1881 **コンプリケーション** アイザック・アダムスン 清水由貴子訳

弟の死の真相を探るため古都プラハに赴いた男の前に次々と謎の事物が現れる。ツイストと謎があふれる一気読み必至のサスペンス！

1882 **三銃士の息子** カミ 高野 優訳

美しく無垢な令嬢を救わんとスーパーヒーローがダイカツヤク。脱力ギャグとアリエナイ展開満載で世紀の大冒険を描き切った大長篇

ハヤカワ・ミステリ〈話題作〉

1888 **黒い瞳のブロンド**　ベンジャミン・ブラック　小鷹信光訳

フィリップ・マーロウのオフィスを訪れた優美な女は……ブッカー賞受賞作家が別名義で挑んだ、『ロング・グッドバイ』の公認続篇！

1889 **カウントダウン・シティ**　ベン・H・ウィンタース　上野元美訳

〈フィリップ・K・ディック賞受賞〉失踪した夫を捜してくれという依頼。『地上最後の刑事』に続いて、世界の終わりの探偵行を描く

1890 **ありふれた祈り**　W・K・クルーガー　宇佐川晶子訳

〈アメリカ探偵作家クラブ賞最優秀長篇賞受賞〉少年の人生を変えた忘れがたいひと夏を描く、切なさと苦さに満ちた傑作ミステリ。

1891 **サンドリーヌ裁判**　トマス・H・クック　村松　潔訳

聡明で美しい大学教授サンドリーヌは謎の言葉を夫に書き記して亡くなった。自殺か？他殺か？　信じがたい夫婦の秘密が明らかに

1892 **猟　犬**　J・L・ホルスト　猪股和夫訳

〈「ガラスの鍵」賞／マルティン・ベック賞／ゴールデン・リボルバー賞受賞〉停職処分を受けた警部が、記者の娘と共に真相を追う。